Sue Hubbell

Ein Jahr in den Ozark Mountains

Sue Hubbell

Ein Jahr in den Ozark Mountains

Mit einem Nachwort
von J. M. G. Le Clézio

Aus dem Amerikanischen
von Barbara Heller

SchirmerGraf Verlag
München

Teile dieses Werkes wurden erstmals in den Zeitschriften *Country Journal*, *Harper's Magazine*, *Missouri Conservationist*, *The New York Times* und *Sports Illustrated* veröffentlicht.
In Buchform erschien das Werk erstmalig 1986 unter dem Titel *A Country Year. Living the Questions* im Verlag Random House, Inc., New York.
Die wissenschaftliche Betreuung der deutschsprachigen Ausgabe besorgte Susanne Warmuth.

ISBN 978-3-86555-039-2

Gesamtgestaltung nach einem Entwurf von Paul Barnes, London
Umschlag unter Verwendung des Gemäldes *Mrs. Scott's House* (1932, Ausschnitt) von Edward Hopper
Die Vignette auf den Seiten 8 und 262 ist einem Aquarell (1624) von Georg Flegel entnommen
Gesetzt aus der Berthold Caslon
Satz: Uwe Steffen, München
Druck und Bindung: Ebner & Spiegel, Ulm
Printed in Germany

www.schirmer-graf.de

Der Trost der Natur

… und ich möchte Sie … bitten … Geduld zu haben gegen alles Ungelöste in Ihrem Herzen und zu versuchen, *die Fragen selbst* liebzuhaben … Forschen Sie … nicht nach Antworten, die Ihnen nicht gegeben werden können, weil Sie sie nicht leben könnten. Und es handelt sich darum, alles zu leben. *Leben* Sie jetzt die Fragen. Vielleicht leben Sie dann allmählich, ohne es zu merken, eines fernen Tages in die Antwort hinein.

Rainer Maria Rilke
Briefe an einen jungen Dichter, vierter Brief

Vorwort

Meine Hütte hat an der Südseite drei große Fenster, die vom Boden bis zur Decke reichen. Im Zwielicht der Winterabende sitze ich gern in meinem braunen Ledersessel und beobachte die Vögel an der langgestreckten Futterstelle draußen. Die Fenster hat mir mein Mann bei seinem letzten Besuch geschenkt. Er war schon mehrmals gekommen und wieder gegangen, und wir wußten nicht, ob dies das letzte Mal sein würde, doch ich ahnte es bereits.

Ich lebe jetzt seit zwölf Jahren in den Ozark Mountains im südlichen Missouri, die meiste Zeit allein. Ich habe gelernt, den Betrieb zu führen, den wir gemeinsam aufgebaut haben, eine Imkerei. Es ist ein unsicheres, wenig einträgliches Geschäft, das mich nie von Geldsorgen befreit, mir aber die Möglichkeit gibt, in diesen Hügeln zu leben, die ich so liebe.

Mein Stück Land in den Ozarks ist ein höchst eindrucksvolles Fleckchen Erde. Meine Farm liegt knapp achtzig Meter oberhalb eines prächtigen schnellfließenden Flusses im Norden und eines von Wasserfällen unterbrochenen Baches im Süden. Bach und Fluß vereinigen sich nahebei im Osten, so daß ich praktisch auf einer Halbinsel wohne. Der fünfzig Meter breite Geländestreifen hinter der Hütte ist von Sekundärwald bedeckt, und ich hole dort mein Feuerholz. Letzten Sommer entdeckte ich beim Holzschneiden einen prachtvollen Schwarzen Walnußbaum mit einem hohen, geraden Stamm ohne Seitenäste, die seinen Wert als Nutzholz schmälern würden. Ich habe zwar nicht vor, ihn zu verkaufen, auch wenn schon ein einziger so makelloser Nußbaum einen guten Preis erzielen würde, aber ich habe einige andere Bäume ringsum gefällt, um ihm Raum zu geben. *Juglans nigra* – »Gottes Schwarzer Nußbaum«, ein passender Name für solch einen würdevollen Baum.

In den vergangenen zwölf Jahren habe ich gelernt, daß ein Baum Platz zum Wachsen braucht, daß im Januar unten am Bach Kojoten singen, daß ich nur dann einen Nagel in eine Eiche schlagen darf, wenn sie belaubt ist, daß Bienen mehr vom Honigmachen verstehen als ich, daß Liebe zu Traurigkeit werden kann und daß es mehr Fragen als Antworten gibt.

Frühling

Der Fluß nördlich meiner Farm gehört zum Nationalpark, der Bach südlich davon liegt in der Obhut der Naturschutzbehörde des Staates Missouri, ich bin also von staatlichem Land umgeben. In meiner Besitzurkunde steht, die Farm sei zweiundvierzig Hektar groß, wahrscheinlich sind es aber nur etwas über sechsunddreißig. Das Land ist seit Mitte des neunzehnten Jahrhunderts nicht mehr vermessen worden, und wo die Grenzen verlaufen, läßt sich schwer sagen. Ein Ranger meinte, der Landvermesser damals müsse seine Linien in einer Kneipe gezogen haben.

Das Stück Land hier ist so schön, daß mir fast die Tränen kamen, als ich es vor zwölf Jahren zum ersten Mal sah, und noch heute geht es mir so. Deshalb hat es mich nie groß interessiert, wieviel Hektar es umfaßt, wo die Grenzen verlaufen und wem genau was gehört. Doch was es für mich so schön und begehrenswert macht, hat wohl auch andere davon überzeugt, daß es sich um erstklassiges Land handelt, und sie betrachten sich ebenfalls als seine Eigentümer. Im Augenblick beispielsweise fühle ich mich hier ein bißchen wie ein Eindringling, denn ich habe festgestellt, daß ich mitten in einer Indigofinken-Enklave wohne. Wie Enklaven es so an sich haben, lebt es sich darin recht vergnügt, nur sehe ich mich gezwungen, mir Gedanken über Besitzrechte zu machen.

Indigofinken sind kleine, aber energische Vögel. Sie wiegen sich in dem Glauben, alles ringsum gehöre ihnen, und es ist kaum möglich, diesen Besitzanspruch einfach zu ignorieren. Die Männchen – von leuchtendem, schimmerndem Blau – sitzen auf den Zaunpfosten oder den Wacholderbäumen, die das Weideland vereinnahmt haben, überblicken von dort aus ihren Besitz und schmettern ihre Lieder. Verschlungene Melodien, die mich morgens aus dem Schlaf wecken. Sie singen den ganzen Tag, sogar mittags, wenn die anderen Vögel verstummt sind, denn sie haben uns Wichtiges mitzuteilen, vor allem, wer hier das Sagen hat. Die mattbraunen spatzenähnlichen Weibchen und Jungvögel dagegen interessieren sich mehr fürs Fressen; sie halten sich eher in Bodennähe auf und suchen niedrige Sträucher und Gräser nach Samen und der einen oder anderen Raupe ab, aber auch sie wissen, was Sache ist. Als ich einmal am Rand der Wiese entlang nach Hause ging, stieß ich auf einen in seine Gesangsübungen vertieften jungen Indigofinken. Er hatte sich noch nicht so sichtbar zu postieren gewagt, wie sein Vater es getan hätte, aber er trällerte auf seinem kahlen Zweig unverdrossen seine Strophen, machte alles falsch und fing wieder von vorn an, so leise, daß ich ihn gar nicht gehört hätte, wenn ich nicht so nahe bei ihm gestanden hätte.

An einem anderen Tag entdeckte ich, daß der Wind die Hintertür meines Honighauses aufgeweht hatte und alle möglichen geflügelten Geschöpfe darin umherschwirrten, größtenteils Insekten. Doch auch ein halbwüchsiger Indigofink hatte sich hierher verirrt und schlug auf der Suche nach einem Weg ins Freie mit seinen kleinen Flügeln gegen das Fliegenfenster. Ich nahm ihn vorsichtig in die Hände und strich ihm über den Nacken, um ihn zu beruhigen, merkte dann aber, daß sein Herz gar nicht angstvoll flatterte. Vielleicht war er so jung, daß er das Fürchten noch nicht gelernt hatte, aber ich stelle mir lieber vor, daß er wie der Rest seiner Sippe einfach zu keck und sich seiner Rechte zu bewußt war, um Angst zu haben. Er beäugte mich ärgerlich und pickte nach meinem riesigen Daumen, eine Aufforderung, ihn auf der Stelle loszulassen. Das tat ich natürlich und schaute ihm nach, wie er davonflog, ins hohe Gras hinter meinem Honighaus, wo eine Indigofinkenfamilie ihr Nest hatte.

Ja, sie halten sich für die Herren hier, und ich habe ihrer Selbstgewißheit nichts entgegenzusetzen als ein Stück Papier in meinen Unterlagen. Aber auch andere erheben Besitzansprüche, und vielleicht sollte ich erst eine Volkszählung durchführen, ehe ich irgendwelche Ansprüche anerkenne: Bussarde, die die Aufwinde über Fluß und Bach nutzen, Goldzeisige, wilde Truthähne, Schnäppertyrannen und Schwarzkehlnachtschwalben. Das Filetstück aber – die Gegend um die Vogelfutterstelle – hat sich ein Kardinalpärchen gesichert. Ich habe Kassetten mit Vogelstimmen, und wenn ich sie abspiele, versuche ich den Kardinal zu überspringen, denn der derzeitige Bewohner bricht in frenetischen Reviergesang aus, wenn er seinen Rivalen hört, und sein bis dahin so schöner Tag ist ihm vergällt.

Und die Kojotin? Eine Zeitlang hat sie die Farm als ihren Besitz betrachtet, speziell den Hühnerhof. Sie war sich ihrer Sache so sicher, daß sie einmal am helllichten Tag anspaziert kam und sich den robusten alten Hahn schnappte, um ihn ihren Welpen zu bringen. Die Hunde kamen ihr jedoch auf die Schliche, und als sie die nächsten Male auftauchte, um ihre Rechte auszuüben, verjagten sie sie und machten ihr klar, daß die Farm ihnen gehöre und das Hühnervolk in ihre Zuständigkeit falle.

Vor langer Zeit, ehe ich in die Ozarks zog, arbeitete ich einmal einen Frühling lang auf einem Forschungsgelände der Universität. Ich war jung und verliebt, und die meisten Tätigkeiten dort machten mir Spaß, aber das Projekt interessierte mich ohnehin. Drei ganz verschiedene Lebensräume waren zu untersuchen: ein Bergwald, eine Flußniederung und ein Stück Ödland. Meine Aufgabe bestand darin, einmal wöchentlich an jedem dieser Orte eine würfelförmige Erdprobe zu entnehmen, sie durchzusieben und ihre mit bloßem Auge sichtbaren Bewohner zu zählen und grob systematisch einzuordnen. Das Populationswachstum wurde in einer Graphik festgehalten. Die so entstehende Kurve, Sinnbild der fröhlichen, ständigen Erneuerung des Lebens, paßte zum Wetter und zu meinem eigenen Pulsschlag.

Die Liebe von damals ist verstummt, und hier habe ich keine Erdproben entnommen, aber ich weiß, was sich dort unten abspielt: Millionen kleiner Wesen stoffwechseln munter drauflos und nutzen das Land. Ich wage gar nicht daran zu denken, was für Zahlen zusammenkämen, wenn ich mein Volkszählungsinstrumentarium durch eine Taschenlupe oder ein Mikroskop ergänzen würde. Dagegen kann ich andere Bewohner mit einem ernstzunehmenden Rechtsanspruch sehr wohl zählen. In dem Waldstück bei meinem Haus stehen zwanzig Bienenstöcke, jeder mit rund sechzigtausend Bienen. Das macht zusammen eine Million zweihunderttausend Bienen, die hier herumfliegen und Anspruch auf alle Blumen im Umkreis von etwas über drei Kilometern erheben.

Nun sind da aber auch noch die Kupferkopfschlangen und ihre ganze Schlangenverwandtschaft, deretwegen man tunlichst in Stiefeln über die Wiesen geht. Wie soll ich sie zählen und ihre Ansprüche prüfen? Und dann die Schildkröten, die die Erdbeeren im Garten fressen, die Laubfrösche, denen der Teich gehört. Und was ist mit den Rechten von Waschbär, Stinktier und Hirsch? Was ist mit dem Rotluchsweibchen, das unter den Felsen am Fluß haust und meine Farm als einen winzigen Bruchteil seines Reviers betrachtet?

Mir wird ganz schwindlig, wenn ich mir auch nur vorzustellen versuche, ich müßte alle Lebewesen zählen, die hier zu Hause sind. Alle haben ja gewisse Ansprüche auf das Land, kaum weniger berechtigte, vielleicht sogar berechtigtere als ich.

Ein Stück die Straße hinauf ist ein menschlicher Streit um ein weniger glücklich gelegenes Stück Land im Gange. Es wird nicht wie meine Farm von zwei staatlich und damit umweltfreundlich verwalteten Arealen begrenzt und befindet sich mit allem, was es umgibt, in Privatbesitz. Einer der Eigentümer will es planieren und erschließen, und damit wird die Grenzfrage zu einer heiklen Angelegenheit. Es ist von einem teuren Gutachten die Rede, das Aufschluß darüber geben soll, wem was gehört. Dann werden vermutlich Eckpunkte festgelegt und Linien gezogen, mit dem Nebeneffekt, daß ich vielleicht erfahren werde, ob meine Farm zweiundvierzig Hektar mißt oder sechsunddreißig oder wieviel auch immer.

Die Indigofinken wird das nicht kümmern.

Ich lernte Paul kennen, als er sechzehn und ich fünfzehn war. Ein paar Jahre später waren wir verheiratet, und die Ehe funktionierte recht gut, solange wir Kinder waren und selbst ein Kind hatten. Aber wir wurden älter, der Sohn ging aus dem Haus, und die Ehe strukturierte unser Leben nicht mehr so wie früher. Trotzdem war Paul in all den Jahren der Mann meines Lebens. Es gab keinen anderen. Und als die Ehe beendet war, war es schwierig für mich, die emotionalen Trümmer zu sichten, die übrigblieben, nachdem das Gerüst einer dreißig Jahre währenden vertrauten Verbindung zusammengebrochen war.

Ich machte das übliche durch: Ich konnte weder schlafen noch essen, ich redete fieberhaft mit Freunden und stürzte mich Hals über Kopf in eine zerstörerische Affäre mit einem Mann, der noch mehr Probleme hatte als ich. Er traf eine Reihe unsinniger Entscheidungen bezüglich meiner Imkerei und verpfuschte mir über einige Jahre mehr oder weniger mein Leben. Und sehr lange Zeit funktionierte auch mein Verstand nicht mehr. Wenn ich im Radio Nachrichten hörte, drang nichts davon zu mir durch. Meine Aufmerksamkeit ließ nach, sobald ich etwas anderes las als seichteste Unterhaltungsliteratur. Mein Gehirn drehte endlose, schmerzhafte Schleifen, und ich konnte mich weder konzentrieren noch auch nur annähernd geordnet denken. Es war mir immer eine Freude gewesen, einen Verstand zu besitzen, und den vermißte ich nun über die Maßen. Drei Jahre lang war ich nicht ganz bei mir.

Ich grübelte über Struktur, Gerüst, Schema, System, Klassifikation und Ordnung nach und stieß auf eine Klassifikation, die sich Jorge Luis Borges ausgedacht hat:

Eine chinesische Enzyklopädie teilt die Tiere ein in:
a) dem Kaiser gehörige
b) einbalsamierte
c) gezähmte
d) Milchschweine
e) Sirenen
f) Fabeltiere
g) streunende Hunde
h) in diese Einteilung aufgenommene
i) die sich wie toll gebärden
j) unzählbare
k) mit feinstem Kamelhaarpinsel gezeichnete
l) und so weiter
m) die den Wasserkrug zerbrochen haben
n) die von weitem wie Fliegen aussehen.

Meine Freunde und ich lachten über die Liste, und das sagte mehr über uns und unser westlich-europäisches Denken aus, fanden wir, als über eine mutmaßliche orientalische Weltsicht. Wir glauben eine angemessenere Vorstellung davon zu haben, wie die Natur zu klassifizieren sei, und wenn Borges diese Vorstellung zerzaust, finden wir das lustig. Daß ich mitlachen konnte, sagte mir, daß ich den Sinn für diese Ordnung noch nicht ganz verloren hatte, so unordentlich es in meinem Kopf damals auch aussehen mochte.

Mein Vater war Botaniker. In meiner Kindheit hielt er sich die Samstagnachmittage für mich frei, und oft wanderten wir dann durch den Wald und über Stock und Stein. Er nannte die Pflanzen, die wir fanden, bei ihren zweiteiligen lateinischen Namen und erklärte mir ihre Eigenarten. Die Namen waren zu schwierig für mich, aber ich begriff, daß Pflanzen Namen haben, die ihre verwandtschaftlichen Beziehungen beschreiben, und das fand ich schon mit sechs Jahren schön und interessant.

Nachdem ich also Borges' Liste gelesen hatte, wandte ich mich Linné zu. Welche Defizite der Mann als Wissenschaftler auch gehabt haben mag – er hat uns ein wunderbares Instrument zur Erfassung der Vielfalt in der Welt an die Hand gegeben. Das erste Wort in der von ihm geschaffenen binären Nomenklatur bezeichnet jeweils die Gattung und faßt verschiedene Pflanzen zusammen, die eine Reihe von Merkmalen gemeinsam haben; das zweite Wort definiert die Art oder Spezies, also Pflanzen, die einander so ähnlich sind, daß sie regelmäßig miteinander Nachkommen zeugen, die so aussehen wie sie selbst. Diese Struktur hilft uns verstehen und macht deutlich, wie sich Teile der Welt ineinanderfügen.

Ich kann kein Latein, doch als ich anfing zu botanisieren und die Pflanzen um mich herum bei ihren lateinischen Namen zu nennen, lenkte mich dieses geistreiche System von meiner eigenen Geistesarmut ab.

Commelina virginica, die altbekannte Tagblume, ist ein wucherndes Kraut, dessen blaue Blüten ungleiche Kelchblätter haben, zwei davon auffällig und gerundet, das dritte kaum erkennbar. Nachdem ich sie als jene besondere *Commelina* identifiziert hatte, die nach einem in Virginia gefundenen Exemplar benannt ist, las ich in einem meiner Handbücher – es stammte aus einer Zeit, als man noch nicht glaubte, langweilig sein zu müssen, um ernstgenommen zu werden – folgendes:

Der wunderbare Linnaeus, der stets einen Scherz auf den Lippen hatte, nannte die Tagblumen nach den Brüdern Commelyn, drei niederländischen Botanikern, von denen zwei – die auffälligen blauen Blütenblätter – ihre Arbeiten veröffentlichten, während der dritte aus Mangel an Fleiß und Ehrgeiz so unscheinbar blieb wie das weißliche dritte Blütenblatt.

In den Wäldern wächst ein Baum mit glänzenden ovalen Blättern, die sich im Herbst, manchmal auch schon gegen Ende des Sommers, leuchtend rot färben. Im Juni trägt er kleine Dolden weißer Blüten, die bei Bienen sehr beliebt sind, später dann blaue Früchte, an denen sich Hüttensänger und Wanderdrosseln laben. Es ist ein Tupelobaum, hier in der Gegend auch *black-gum* oder *sour-gum* genannt. Aus meiner Kindheit in Michigan kenne ich ihn unter dem Namen *pepperidge*, sein botanischer Name lautet *Nyssa sylvatica.* Die Tupelobäume sind also in der Gattung *Nyssa* zusammengefaßt, deren Name sich von den Nyseiden herleitet, den Nymphen des Berges Nysa, die das Kind Dionysos aufzogen. *Sylvatica* bedeutet »aus dem Wald«. *Nyssa sylvatica,* ein wilder, ungezähmter Name. Im Alter oft hohl, dienten die Bäume den ersten amerikanischen Siedlern als Bienenstöcke. Sie sägten den Stamm in Stücke, versahen die Abschnitte mit einem Deckel und setzten die Bienenschwärme, die sie fanden, hinein. Noch heute werden Bienenstöcke manchmal *gums* genannt, eine unbewußte Reminiszenz an den volkstümlichen Namen des Baumes. Später wurden die hohlen Stämme auch als Rohre für den Transport von Salzwasser zu den Salinen von Syracuse benutzt. Diese Holzrohre ließen sich ohne Verwendung von Eisenbändern, die ja rosteten, miteinander verbinden.

Ich botanisierte wie wild in dieser schwierigen Zeit. Täglich lernte ich neue Pflanzen mit ihren lateinischen Namen kennen. Ich wanderte im Winter durch die Wälder – zu viel mehr war ich nicht zu gebrauchen – und untersuchte die Rinde kahler Bäume. Als im Frühling die Blumen aufblühten, nahm ich meine Pflanzenführer mit hinaus und trug Standort, Gestalt und Blütezeit der Pflanzen in ein dickes Notizbuch ein. Mein Gehirn war aus der Übung und völlig überlastet, so mußte ich alles aufschreiben.

Eines Frühlingsnachmittags holte ich die Post aus dem Kasten, und als ich wieder in meiner Hütte war, hatte ich zwei schöne neue Blumen nachzuschlagen. Der Zug der Waldsänger hatte begonnen, und auf dem Rückweg beobachtete ich sie durch das Fernglas und entdeckte einen, den ich noch nie gesehen hatte. Die Sonne schien schräg durch das junge Laub, und die Luft duftete nach Später Traubenkirsche (*Prunus serotina*: *Prunus* – Pflaume, *serotina* – spät blühend), in deren Blüten meine Bienen emsig werkelten. Ich blieb in dem

Sonnenstreifen stehen und beobachtete sie. Die Welt schien sich, ohne daß ich es wahrgenommen hatte, wunderbar weitergedreht zu haben. Still und dankbar stellte ich fest, daß der Teil von mir, der irgendwoanders seinen Kummer und Schmerz genährt hatte, zurückgekehrt war. Ich war wieder bei mir.

Im Haus tat ich dann all die Dinge, die man tut, wenn man wieder bei sich ist. Ich räumte meinen Schreibtisch auf und beantwortete die Nachrichten, die andere mir hinterlassen hatten. Ich war lange Zeit fort gewesen, und so hatte ich einiges zu erledigen, ehe ich mich an die Arbeit machen konnte, die den Nachmittag meines Lebens bestimmen würde: Ich mußte eine neue Ordnung schaffen, eine Struktur, mit der eine Frau von fünfzig ihr Leben allein meistern kann, im Frieden mit sich selbst und der Welt um sie herum.

Vor ein paar Jahren saß ich an einem Frühlingsabend in dem braunen Ledersessel im Wohnzimmer, las Zeitung und war mit mir und der Welt zufrieden, als ich plötzlich merkte, daß ich nicht mehr allein war. Ich schaute auf: Meine drei raumhohen Fenster waren voller Frösche.

Es waren Hunderte: zollgroße Fröschchen mit hauchdünnen Schwimmhäuten und fingerartigen Zehen, mit deren Saugnäpfen sie an den glatten Flächen hafteten. Nach der Form ihrer Zehen, ihrer Größe und den hellen Bäuchen zu schließen, mußten es Wasserpfeifer sein. *Hyla crucifer.* Ich ging hinaus, um sie näher in Augenschein zu nehmen, mußte aber aufpassen, wohin ich die Füße setzte, denn im Gras vor den Fenstern wimmelte es nur so von Fröschen, die geduldig darauf warteten, die erleuchteten Fenster zu erklimmen. Tatsächlich hatte jedes der braunrosa Tiere die dunkle Kreuzzeichnung auf dem Rücken, der die Spezies ihren wissenschaftlichen Namen verdankt. Daß sie vom Licht angelockt werden, war mir neu.

Ich ließ meine Zeitung Zeitung sein und brachte den Abend damit zu, die Gesellschaft zu beobachten. Sie kletterten kaum über die Fensterrahmen hinaus und saßen an Scheiben und Profilen, als könnten sie sich nicht entscheiden, was als nächstes zu tun sei. Am folgenden Morgen waren sie verschwunden, und ich habe sie seitdem nie wieder an den Fenstern gesehen. Ein eigenartiges Verhalten.

Es waren stumme Fensterkletterer; Wasserpfeifer bemerkt man gewöhnlich nur gegen Ende des Winters, im Februar, wenn ihre schrillen, einem Pfeifen ähnlichen Paarungsrufe von dem Teich oben in der Wiese herabtönen. Die Männchen erzeugen diese Rufe, indem sie Maul und Nasenöffnungen schließen und Luft aus der Lunge über die Stimmbänder ins Maul und anschließend über die Stimmbänder wieder zurück in die Lunge pressen. Der Laut lockt die Weibchen an den Weiher, und sobald sie im Wasser sind, umklammern die Männchen sie und plazieren ihre Kloake genau über derjenigen der Weibchen. Die Weibchen setzen dann den Laich ab, und die Männchen befruchten ihn.

Sie ist eine gesellige Angelegenheit, diese Froschpaarung, und die Frösche sind so zahlreich und ihre Rufe so schrill und durchdringend, daß ich abends gern zum Teich hinaufgehe und diesem für den Menschen so erheiternden und zugleich seltsam aufwühlenden Chor lausche. Eines Abends war ich mit einem Freund dort oben, und wir saßen lange am Ufer. Jede Unterhaltung wäre unpassend und ohnehin unmöglich gewesen. Das Froschkonzert hüllte uns ganz ein, füllte uns aus, hallte mit hysterisch-schriller Eindringlichkeit wider, vertrieb jeden konzentrierten Gedanken aus unseren Köpfen und zwang uns, Laute nicht nur zu hören, sondern auch zu fühlen.

Als wir uns auf dem Rückweg zu meiner Hütte darüber unterhielten, stellten wir verblüfft fest, daß wir uns unabhängig voneinander beide gefragt hatten, ob es sich so anfühlt, wenn man den Verstand verliert.

Ein etwas größerer Verwandter des Wasserpfeifers aus derselben Gattung ist der Graue Laubfrosch, der sich über die Sommermonate oft in meinen Bienenstökken einnistet. Die Frösche hängen unter der Wetterschutzabdeckung des Stockes, und wenn ich die Abdekkung hochhebe, lassen sie sich ganz ohne Eile auf den inneren Deckel plumpsen und sehen mich ruhig an.

Sie sind von einem angenehm weichen Graugrün mit dunkleren moosgrünen Flecken, und wenn sie in einem Baum sitzen, sehen sie aus wie ein Stück flechtenüberzogener Rinde. Mit dieser im Zuge der Evolution entstandenen wunderbar erfolgreichen Tarnfärbung ist der Graue Laubfrosch in brenzligen Situationen am sichersten, wenn er stillhält und so tut, als sei er tatsächlich ein Stück Rinde. Auf dem weißen inneren Deckel des Bienenstocks nützt ihm seine Tarnung allerdings herzlich wenig, aber das weiß er natürlich nicht, und da er nicht gelernt hat, daß es von Nutzen sein kann, weithin sichtbar davonzuhüpfen, bleibt er sitzen und beäugt mich, so kommt es mir vor, mit einer Mischung aus Eitelkeit und trotziger Rechthaberei.

Als ich gestern abend im Bett lag und las, spürte ich ein kaum vernehmbares leichtes Plopp neben mir. Ich spähte über meine Brille hinweg und erblickte einen stattlichen dicken Grauen Laubfrosch, der mich prüfend ansah. Wir musterten einander eine ganze Weile, der Frosch sichtlich gelassen, dann nahm ich ihn auf, trug ihn zur Hintertür hinaus und setzte ihn in den

Hickorybaum. Selbst in meinen Händen bewegte er sich kaum, und auch im Baum blieb er still sitzen und verschmolz aufs schönste mit der Rinde. Ein gleichmütiger Frosch.

Die Fensterbänke in meinem Schlafzimmer sind verrottet, und er hatte vermutlich ein Loch gefunden, durch das er hereingeschlüpft war. Ich fragte mich, ob nicht noch Freunde von ihm dabeigewesen waren, schaute unters Bett und entdeckte dort drei weitere Graue Laubfrösche, jeder womöglich ein verwunschener Prinz. Dessen ungeachtet beförderte ich sie alle in den Hickorybaum.

Ich erinnerte mich vage, daß ich als Kind in der Sonntagsschule einmal etwas von einer Froschplage gehört hatte, und so nahm ich meine Bibel aus dem Regal und machte es mir wieder im Bett bequem. Ich fand die Geschichte im *Exodus*. Es handelte sich um eine der Plagen, die Gott dem Pharao sandte, auf daß er die Juden aus Ägypten ausziehen lasse.

Da sprach der Herr zu Mose: Geh hin zum Pharao und sage zu ihm: So spricht der Herr: Laß mein Volk ziehen, daß es mir diene! Wenn du dich aber weigerst, siehe, so will ich dein ganzes Gebiet mit Fröschen plagen, daß der Nil von Fröschen wimmeln soll. Die sollen heraufkriechen und in dein Haus kommen, in deine Schlafkammer, auf dein Bett …

Wie aufregend: Mein Abend hatte eine ausgesprochen biblische Färbung angenommen. Ich las von einer Froschplage, und ich hatte mit den Wasserpfeifern an meinen Wohnzimmerfenstern selbst eine erlebt. Beide Plagen gefielen mir, dem Pharao dagegen weniger. Wie der Verfasser des *Exodus* berichtet, peinigten ihn die Frösche in seinem Bett, und er rief Moses zu sich und sagte:

Bittet den Herrn für mich, daß er die Frösche von mir und von meinem Volk nehme, so will ich das Volk ziehen lassen, daß es dem Herrn opfere.

Ein pingeliger Mensch, dieser Pharao, und einer mit ziemlich schwachen Nerven.

Ich kannte einmal einen Sumpffrosch, *Rana palustris*, der hätte den Pharao eines anderen belehren können. Er war ein reizendes Geschöpf, sehr hübsch, gräulich mit rechteckigen dunklen Flecken, die Innenseiten der Beine leuchtend gelb. Er wohnte einen ganzen Sommer lang in meiner Scheune. Ich fand ihn eines Morgens, als er sich den Aufmerksamkeiten des Katers und der Hunde zu entziehen suchte. Sein rechter Vorderfuß fehlte; der Stumpf war zwar vollständig verheilt, aber der Frosch konnte nur schief und unbeholfen hüpfen. In der Annahme, er sei besser dran, wenn er sein Glück in freier Wildbahn versuchte, trug ich ihn zum Weiher hinaus und setzte ihn dort unter das schützende Brombeerdickicht. Am nächsten Tag aber fand ich ihn wieder in der Scheune – er war die ganze Strecke von der Länge eines Fußballfelds zurückgehüpft. Da ließ ich ihn bleiben, gab ihm Wasser und fing ihm ein paar Fliegen.

Den ganzen Sommer über versorgte ich ihn mit frischem Wasser, jagte Fliegen für ihn und paßte auf, daß ihm nichts zustieß. Sumpffrösche leben manchmal in Höhlen, und ich fragte mich, ob das gedämpfte Licht in der Scheune und der kühle Betonboden ihn in dem

Glauben wiegten, er habe eine Höhle mit besonders gutem Service entdeckt. Der Teil der Scheune, in dem er wohnte, dient als Durchgang zu meinem Schleuderraum, und bald war der Frosch ein gewohnter Anblick für mich. Nach einiger Zeit sah ich in ihm sogar so etwas wie einen Schutzgeist, einen Hüter des Honighauses, den Penaten Melissus sozusagen.

Eines Tages aber kam der Mann von der Lebensmittelkontrolle zu seiner jährlichen Inspektion. Er ist wie der Pharao ein pingeliger Mann. Einmal hat er mir Schwierigkeiten gemacht, weil er im Schleuderraum ein paar verirrte Honigbienen fand. Bienen, so erklärte er mir geduldig, seien Insekten, und laut Vorschrift seien Insekten in einem lebensmittelverarbeitenden Betrieb unzulässig. Ich wies ihn – nicht ganz so geduldig vielleicht – darauf hin, daß diese Insekten das Lebensmittel selbst erzeugten und sich bis zu dem Moment, da ich es ihnen wegnähme, in ständigem engem Kontakt damit befänden. Schließlich gab er, sichtlich widerstrebend, klein bei. Ich wußte nun nicht, wie er auf den Sumpffrosch reagieren würde, der bei seinem Wasserschälchen und einem Schraubdeckel voller toter Fliegen vor dem Honighaus hockte. Doch der Kontrolleur ist ein dynamischer Mann, er ging dynamisch an dem Frosch vorbei und bemerkte ihn gar nicht.

Vor Jahren habe ich in einem Biologie-Einführungskurs einen Frosch seziert, habe sorgfältig die Muskeln beiseite gelegt, die Nervenstränge verfolgt und die Organe bestimmt. Ich erinnere mich noch, wie zufrieden ich mit mir war, als ich den Kadaver wegwarf. Ich wußte nun alles über Frösche und konnte mich daranmachen, meine restlichen paar Wissenslücken zu füllen.

Damals war ich so selbstherrlich wie ein Grauer Laubfrosch auf dem weißen Deckel eines Bienenstocks.

In den Jahren danach, ehe ich in die Ozarks zog, führte auch ich ein dynamisches Leben. Ich hatte zwar keinen Grund, daran zu zweifeln, daß ich nach wie vor alles über Frösche wußte, aber ich verschwendete wohl auch nie einen Gedanken an sie, denn wie der Kontrolleur sah ich keine.

Heute gibt es in meinem Leben Frösche in Hülle und Fülle, und das beglückt mich, aber so eingenommen von mir bin ich heute nicht. Zum einen ist mein Leben nicht so verlaufen, wie ich es mir vorgestellt hatte, zum anderen bilde ich mir nicht mehr ein, über irgend etwas alles zu wissen. Von Fröschen beispielsweise habe ich keine Ahnung, und besonders klar wird mir das, wenn sie meine Fenster besetzen, in mein Bett springen oder meinen Schutz benötigen.

Ich seziere keine Frösche mehr, und ich lese mehr Lyrik als mit zwanzig. Vor kurzem stieß ich auf einen Zweizeiler über die Natur, der von einem unbekannten Japaner stammt. Gerade habe ich ihn abgeschrieben und über meinem Schreibtisch an die Wand gehängt:

Fremd ist mir, was hier wohnt
Tränen fließen vor Dankbarkeit und Demut.

Meine dreihundert Bienenstöcke stehen über die Hügel des südlichen Missouri verteilt auf Weideflächen oder am Rand von Waldparzellen der Farmer. Als Miete bekommen die Farmer jährlich vier Liter Honig von mir, aber den meisten sind die Bienen ohnehin willkommen, weil sie ihr Obst und Gemüse und den Klee auf ihren Weiden bestäuben.

Bienen fliegen auf der Suche nach Nektar drei Kilometer weit, zum Teil noch weiter. Ich habe einmal ausgerechnet, daß die achtzehn Millionen Bienen aus meinen Stöcken zweieinhalbtausend Quadratkilometer des Ozarkplateaus überfliegen. Im Frühjahr bin ich fast ausschließlich damit beschäftigt, zu den Trachtgebieten zu fahren, die Bienenvölker zu kontrollieren und sie für die großen Nektarströme vorzubereiten, aus denen sie den Honig machen.

Den Honig bringe ich dann mit einem Kleinlaster zu den Abnehmern, für diese Arbeit benutze ich einen wackeren roten 1954er Chevy-Halfton-Pickup. Er heißt »Augen zu und durch«, weil er auf vieles von dem, was gemeinhin als automobile Notwendigkeit gilt, verzichtet und trotzdem läuft und läuft. Der Pickup und ich haben einiges an Widrigkeiten überstanden, wir haben

Matsch und schwere Zeiten durchgemacht, und ich hege und pflege ihn sorgfältig.

Heute war es kalt und regnerisch, kein gutes Wetter für die Bienenarbeit, und so nahm ich mir den Pickup vor. Ich ging in die Scheune hinaus, in deren mittlerem Teil er steht, machte Feuer in dem Holzofen dort und stellte den Radiosender der hundertdreißig Kilometer entfernten Universität ein. Man versprach mir Albinonis Konzert C-Dur für zwei Oboen und Streicher, und ich begann die Lebenssäfte des Pickups zu kontrollieren. Das Getriebeöl war in Ordnung, aber ich mußte eine halbe Dose Bremsflüssigkeit in den Hauptbremszylinder füllen. Das Öl mußte gewechselt werden, und während ich es abließ, bockte ich den Wagen vorn auf, rollte auf meinem Rollbrett darunter und schmierte die vorderen Teile, wobei mir ständig Schmutz und Fett in die Augen fielen. Mein Pickup hat zwanzig Schmierpunkte, und die müssen bei einem so alten Fahrzeug ziemlich oft geschmiert werden.

Während ich also auf dem Rollbrett lag und Albinoni durch mein Gehirn wogte, entdeckte ich, daß ich den Stoßdämpfer hinten rechts vernachlässigt hatte. Er war gebrochen, und auch seine Halterung hatte sich gelöst. Ich füllte gut vier Liter frisches Öl in das Kurbelgehäuse, wendete den Wagen, prüfte den Ölstand der Hinterachse und bockte ihn dann auf, um die hinteren Federn zu schmieren. Dann wechselte ich den Startknopf über der Anlassereinheit aus. Der Fußstarter hatte sich in letzter Zeit störrisch gezeigt, und mein Nachbar Ermon, ein Mechaniker, der auf der anderen Seite der Talmulde wohnt, hatte mir gesagt, er müsse ausgetauscht werden. Er hatte mir erklärt, wie man das macht, und der alte Startknopf ließ sich auch mühelos herausnehmen. Doch den neuen hineinzuschrauben, über dem Kotflügel hängend, die Fingerspitzen gegen den Motorblock gestemmt, war Schwerarbeit; ich hatte Albinoni und auch Mozart und Beethoven längst hinter mir und war bereits bei den Romantikern angelangt, als ich es endlich geschafft hatte. Wie der Mechaniker mit seinen dicken Fingern das nur so flink hinbekam.

Als ich fertig war, zog ich meinen verschmierten Overall aus, wie immer erfreut und auch ein wenig überrascht, so sauber daraus aufzutauchen, daß ich in einem Wohnzimmer Gäste hätte empfangen können.

Das Wetter war inzwischen noch immer nicht gut genug für die Bienenarbeit, und so fuhr ich in die Stadt, um Besorgungen zu machen. Im Autoersatzteilladen kaufte ich neue Stoßdämpfer und ging dann zu meinem Lieblingsschrottplatz hinüber, weil ich ein Kardangelenk brauchte. Die Strecken, die ich fahre, setzen Kardangelenken schwer zu, und als das letztemal eines brach, baute mir mein Mechanikernachbar das einzige ein, das er noch hatte, und meinte, ich solle mir noch ein zweites besorgen und es als Reserve ins Handschuhfach legen.

Der Schrotthändler ist ein Freund von mir, und ich wußte, daß der Kauf einige Zeit in Anspruch nehmen würde, was uns beiden an einem solchen Regentag aber nur recht sein konnte. Als ich kam, war er gerade dabei, einen Schrott-Pontiac mit dem Schweißbrenner in verwertbare Einzelteile zu zerlegen. An seine Werkbank gelehnt wartete ich, bis er mit einem Schnitt zu Ende war. Schließlich schob er seinen Schutzschild zurück und nickte mir zu. Er schenkte erst mir, dann sich selbst eine Tasse Kaffee ein, und wir redeten über das Wetter, das Für und Wider des Regens in Vergangenheit, Gegenwart und Zukunft. Dann wollte er wissen, was ich bräuchte. Ein Kardangelenk für meinen Chevy? Nein, solche alten Pickups kämen heutzutage kaum noch rein, und wenn, dann seien die guten Teile immer schon ausgebaut.

Ich hätte mich nun bedanken und gehen können, aber ich lebe mittlerweile seit zwölf Jahren in den Ozarks und wußte daher, daß er erst einmal nur hallo gesagt hatte. Ich fragte ihn, wie er mit dem 1934er-Pickup vorankomme, den er sich gekauft hatte und jetzt restaurierte.

»Kein Stück«, sagte er. »Kommt ja dauernd jemand rein und will Ersatzteile. Echt nervig.« Er sah mich durchdringend an. Ich ließ diesen Kommentar so stehen und machte es mir an der Werkbank etwas bequemer.

»Dabei würd ich so gern dran weitermachen«, fuhr er fort. »Es ist genau so einer wie mein allererster Pickup überhaupt. Hab ich dir von dem mal erzählt?«

Nein.

Er lehnte sich an einen zerknautschten Kotflügel. »Ein vierunddreißiger Chevy war das, den hatte ich dem alten Holzbein-Potter abgekauft. Super Teil, und ich bin voll Stolz damit heimgefahren. Aber am nächsten Tag hab ich so ein komisches Klopfen gehört, und da bin ich druntergekrochen und hab die Ölwanne abgemacht. Tja, der alte Holzbein-Potter mag ja sonst was gewesen sein, aber ein großer Mechaniker war er nicht, da war nämlich ein Lager ausgeschlagen, und er hatte einfach ein Stück Speckschwarte um die Pleuelstange gewikkelt. Aber mit Speckschwarte läuft ein Pickup nicht! Na, eines Tages, als mein Daddy geschlafen hat, da hab ich mir von der Zunge von seinem Schuh ein Stück Leder abgeschnitten, hab die Speckschwarte rausgemacht und dafür das Schuhleder reingetan, und dann hab ich den vierunddreißiger Chevy die Straße runtergefahren und ihn gegen einen 1948er Ford getauscht. Der alte Knabe, dem der gehört hatte, der kam die Woche drauf bei mir an und hat sich über das Schuhleder beschwert. Da sag ich zu ihm, ›Erzähl mir nix‹, sag ich, ›ich hab den Pickup doch überhaupt erst auf Vordermann gebracht. Geh mal zum alten Holzbein-Potter und red mit dem. Der denkt, ein Pickup läuft mit Speckschwarte.‹«

Hätte ich jetzt gelacht oder auch nur gelächelt, wäre ich nicht mit ihm ins Geschäft gekommen, und so versuchte ich eine Miene aufzusetzen, die ausdrückte, daß ich zwar eine ganz nette Story gehört hatte, aber immer noch wußte, was ein guter Witz ist, und daß ich nach wie vor ein Kardangelenk brauchte. Ich sagte, der Regen scheine etwas nachzulassen und ich würde dann mal gehen.

»Schade, daß du's so verdammt eilig hast, sonst könnt' ich ja vielleicht irgendwo eins auftreiben«, sagte er und kramte auf einem Bord herum, bis er eines gefunden hatte.

Da wünschte ich mir das erste und einzige Mal in meinem Leben, ich wäre ein Mann, denn jetzt hätte ich sagen müssen: »Hey, willst du etwa auch noch Geld für das alte Ding?« Aber ich bin keiner, und so fragte ich nur nach dem Preis, er nannte ihn mir, ich zahlte, und er kehrte zu seinem Schweißbrenner zurück.

Einem Schwarm können Leute, die Bienen halten, einfach nicht widerstehen. Wir lassen alles stehen und liegen und fangen ihn ein, wenn wir darum gebeten werden. Sinnvoll ist das allerdings nicht, denn vom Standpunkt ernsthafter Bienenzucht und Honigerzeugung bringt so ein Schwarm nicht viel. Die Schwärme werden von alten Königinnen angeführt, deren Legeleistung bereits stark nachgelassen hat, und der Imker sollte sie tunlichst gegen eine neue Königin austauschen, die er von einem Königinnenzüchter bezieht. Das erste Jahr muß man den Schwarm füttern und hätscheln; selten produziert er schon in der ersten Saison Honig über den Eigenbedarf hinaus. Trotzdem fangen wir jeden Schwarm ein.

Mit Bienenschwärmen hat es eine ganz eigene Bewandtnis, und ich merke immer wieder, daß Imker nicht gern darüber reden, vielleicht weil es zu den Dingen gehört, die jenseits aller Rationalität liegen und uns Unbehagen bereiten, wenn wir sie in Worte zu fassen suchen.

Meinen ersten Schwarm fing ich in meinem zweiten Jahr als Bienenzüchterin ein. Ich steckte mitten in der Frühjahrsarbeit des Imkers – zehn bis zwölf Stunden am Tag – und war ganz darauf konzentriert, was die Bienen in ihren Stöcken draußen machten. Der Tag hatte mit starkem Regen begonnen, und statt an den Bienenstöcken zu arbeiten, fertigte ich im Honighaus neues Zubehör an. Bis zum Nachmittag hatte es aufgehört zu regnen, aber die Luft war schwülwarm, aufgeladen und erwartungsschwer. Ich fühlte mich irgendwie komisch, angespannt, so als stünde irgend etwas Ungewöhnliches bevor. Dann begann mein Hals zu prickeln, und ich beschloß, einen Spaziergang zu den Bienenstöcken zu machen, die ich neu aufgestellt hatte. Und dort, ganz in der Nähe, hing am Ast eines Apfelbaums ein Bienenschwarm. Von überallher kamen noch Bienen angeflogen und gesellten sich zu all den anderen, die sich um ihre Königin gesammelt hatten.

Aus Gründen, die man noch nicht genau kennt, teilen sich manche Bienenvölker im Frühjahr und vermehren sich durch das Schwärmen. Die Arbeiterinnen ziehen fürsorglich eine neue Königin für das Muttervolk heran, dann schart sich ein Teil der Bienen um die alte Königin, füllt seine Honigmägen und zieht aus. Sie lassen jede Erinnerung an den alten Bau hinter sich und kehren nie wieder dorthin zurück. Irgendwo, in meinem Apfelbaum zum Beispiel, sammeln sie sich dann für eine Weile zu einer Schwarmtraube. Wenn kein Imker sie einfängt, entfernen sich die Kundschafterinnen von der Traube, erkunden nahe gelegene Hohlräume und berichten den anderen, ob sie sich als neues Quartier eignen.

Die Honigbienen kennen zwei Formen der Kommunikation. Eine erfolgt chemisch: Informationen über Nahrungsquellen und das Befinden von Königin und Kolonie werden ausgetauscht, während die Bienen einander mit Nektartropfen füttern, die bereits weiterverarbeitet und mit chemischen Merkmalen versehen sind. Die zweite Form der Kommunikation ist taktiler Art: Bienen berichten anderen Bienen durch bestimmte Bewegungsfolgen von guten Dingen wie Nahrung oder einer geeigneten neuen Wohnstatt. Diese komplizierten Bewegungen, die eine stark stilisierte Karte aus Orientierungspunkten, Himmelsrichtung und Sonnenstand ergeben, nennt man Schwänzeltanz.

Die Kundschafterinnen können mehrere mögliche Behausungen für den Schwarm ausfindig machen, über die sie dann tanzend Bericht erstatten. Irgendwann, manchmal erst nach mehreren Tagen, wird eine Einigung erzielt, ähnlich dem Konsensprinzip bei den Quäkern, und der ganze Schwarm fliegt los und bezieht sein neues Heim.

Eine Weile beobachtete ich die Bienen in meinem Apfelbaum voller Freude, dann ging ich zurück und holte die nötigen Gerätschaften aus der Scheune, um sie einzufangen. Ich sah zum Himmel auf. Er war noch dunkel von dem abziehenden Gewitter, doch vor dem Schwarzblau wölbte sich leuchtend ein vollkommener Regenbogen, der einen atemberaubend schönen Kontrast zu dem umgekehrten spitzen V des Scheunendachs bildete. Wieder am Apfelbaum, schüttelte ich die Bienen in den neuen Kasten. Irgendwann merkte ich, daß ich dabei Passagen aus einer von Händels *Krönungshymnen* sang – eine passendere Begleitmusik zum Einfangen eines Bienenschwarms konnte ich mir kaum vorstellen.

Seit damals gebe ich besonders acht, wenn die Luft im Frühling vor elektrischer Aufladung knistert. Letzte

Woche war wieder so ein Tag. Ich arbeitete an einer Reihe von zwölf Bienenstöcken ruhig vor mich hin, als sich plötzlich meine Nackenhaare sträubten. Ich blickte auf: Die Luft schwirrte von Bienen, die von Norden her auf mich zuflogen. Aus einem meiner eigenen Stöcke stammten sie nicht, doch aus unerfindlichen Gründen sammeln sich Bienen auf der Suche nach einem neuen Quartier oft in der Nähe bereits bestehender Stöcke. Ich verschloß den Stock, mit dem ich gerade beschäftigt war, trat zurück und stellte mich neben eine schlanke junge Pfahleiche, um die Bienen zu beobachten. Sie begannen sich auf einem der unteren Äste niederzulassen, direkt neben mir. In wirbelndem Sinkflug kamen sie heran und umkreisten mich und die Pfahleiche, bis ich ganz von dem Schwarm eingehüllt war, dessen Flügelschlag die Luft leise bewegte. Wie lange ich dort stand, weiß ich nicht mehr. Ich verlor jedes Zeitgefühl, und eine freudige Erregung erfaßte mich, gleichsam die menschliche Entsprechung der frühlingsfrohen Aufbruchsstimmung, in der sich die Bienen befanden. Ich stand ganz still; für sie war ich nichts weiter als ein Gegenstand, den sie umkreisen mußten, um zu dem Ort zu gelangen, an dem sie sich aus Gründen, die mir verborgen blieben, zu sammeln gedachten. In einem anderen Sinne aber war ich ihnen keineswegs fern, denn ich empfing allerlei vielsagende Botschaften, so deutlich, wie man es sich jenseits menschlichen Denkens und menschlicher Sprache nur vorstellen kann. Die Bienen streiften mich, meine Haut kribbelte, und ich fühlte mich fast als Teil des Schwarms.

Nachdem sie sich zu einer Traube gesammelt hatten, besann ich mich wieder auf mein Menschsein und meine Pflichten. Ich ging zu meinem Pickup hinüber, holte den leeren Kasten, den ich während der Schwarmzeit immer dabei habe, und hielt ihn mit dem Flugloch direkt unter den Schwarm. Eine Honigwabe aus einem anderen Stock befand sich darin, und die Bienen rochen sie und begannen hineinzukrabbeln. Ich hielt nach der Königin Ausschau, ohne sie würde der Schwarm sterben. Es dauerte ungefähr zwanzig Minuten, bis alle Bienen in den Stock eingezogen waren, die Königin, ein langes, elegantes Tier, als eine der letzten.

Ich verschloß das Flugloch und stellte den Stock auf die Ladefläche des Pickups, und als ich mit meiner Arbeit an den Bienenstöcken des Trachtgebiets fertig war, fuhr ich mit meinem neuen Schwarm nach Hause.

Da ich mit der Imkerei mein Geld verdiene, hätte ich die alte Königin nun töten und gegen eine kräftige neue austauschen müssen, um mit der Kolonie eine gute Honigproduktion zu erzielen. Doch damit hätte ich die Identität des Schwarms zerstört, denn jedes Bienenvolk übernimmt sein Wesen, seinen Charakter und seine Persönlichkeit von der Königin, der Mutter aller seiner Mitglieder. Und so ließ ich sie leben.

Der hiesige Kriegsveteranenverein, die »Veterans of Foreign Wars«, hat einen Campingplatz am Fluß, direkt unterhalb meiner Farm. An warmen Tagen kommen die Mitglieder mit ihren Familien zum Baden und Grillen dorthin, und manchmal schlagen sie über Nacht ihre Zelte auf.

Der VFW ist eine wichtige kommunale Einrichtung in der Stadt, er sponsert Bürgerveranstaltungen ebenso wie Backfischfeste, Spanferkelfeste und Barbecues, wann immer sich auch nur der geringste patriotische Anlaß dazu bietet. Seine Mitglieder sind größtenteils Veteranen des Zweiten Weltkriegs, die Vietnamveteranen sind hier wie andernorts vielfach verbittert und haben kein Interesse am geselligen Leben eines Vereins, der sie an den Krieg erinnert. Einer von ihnen fragte mich einmal, während er mir an einer Tankstelle in der Stadt einen Reifen flickte, ob ich nicht die Bienenfrau sei, die oben am VFW-Campingplatz wohne.

»Ich halt das einfach nicht aus, wenn die alten Kerle da rumsitzen und einem erzählen, wie ein Krieg geführt werden muß«, sagte er grimmig.

Ich habe zwar keine engen Freunde unter den VFW-Mitgliedern oder ihren Frauen, aber ich kenne viele von ihnen, und sie laden mich oft zu ihren Grillpartys ein. Es ist ein Akt der Höflichkeit, eine freundliche Geste, die uns als gute Nachbarn ausweist; daß ich die Einladung annehme, wird nicht erwartet. Doch wie meine Mutter scheint auch der VFW zu glauben, daß ich mich nicht ausreichend ernähre, denn jedesmal, wenn dort unten ein Barbecue stattfindet, kommt jemand mit einer Kiste voll gegrilltem Fleisch, Bratkartoffeln, Baked beans und Salat, von der ich tagelang zehre, den Hügel heraufgefahren.

»Was zu essen für Sie«, sagt der Veteran dann grinsend und fährt wieder zu seinen Freunden hinunter.

Jedes Jahr an einem Samstag gegen Ende des Sommers veranstaltet der VFW einen Herrenabend. Dabei wird, soviel man hört, nicht nennenswert auf den Putz gehauen, aber um so mehr vorher darüber gesprochen. Einer der Männer erzählte mir einmal, sie hätten der Ehefrau eines neuen Mitglieds weisgemacht, daß an jedem Herrenabend um Punkt zehn ein Kanu voller nackter Frauen den Fluß hinunterfahre. Die Ehefrau, ein ganz junges Ding, habe ihnen die Geschichte prompt abgenommen und sich schrecklich aufgeregt, berichtete der Veteran laut lachend und fügte dann hinzu: »Mann! Bis zehn sind wir so besoffen, daß wir's nicht mal merken würden, wenn die Königin von Saba den Fluß runterkäme.«

Vorigen Sommer schauten eines Nachmittags Virgil, ein VFW-Mitglied, und seine Frau Mary Lou bei mir vorbei, um mir zu sagen, daß sie mit ein paar Freunden Ziegensteaks grillen wollten und mich sehr gern dabei hätten. Ich hatte sie länger nicht gesehen und in letzter Zeit sehr viel gearbeitet, und so war mir die Aussicht auf

Ziegenbraten und ein bißchen zwanglose Unterhaltung gerade recht. Ich bedankte mich und versprach später hinunterzukommen. Bevor ich ging, überlegte ich, was ich zu dem Festmahl beitragen konnte. Im Kühlschrank fanden sich ein bißchen rohes Gemüse, gerade genug für den Salat, den ich mir zum Abendessen hatte machen wollen, ein angebrochenes Glas Senf, bereits im Übergang zu einer höheren Lebensform, und ein halber Krug Rotwein, der von einem Essen mit Freunden in der Woche zuvor übriggeblieben war. Im Schrank sah es nicht viel besser aus: ein paar fade Kräcker und eine halbe Flasche Teriyakisoße. Ein halber Krug Wein erschien mir dennoch festlicher als eine halbe Flasche Teriyakisoße, und so schwang ich ihn mir über die Schulter und ging zum Campingplatz hinunter. Als ich ankam, warf Virgil einen prüfenden Blick auf den Pegelstand in meinem Krug.

»Ich hab zwar gewußt, daß es ein weiter Weg ist bis hier runter, aber daß er *so* weit ist, hab ich nicht gewußt«, sagte er mit einem unschuldigen Lächeln.

Es wurde ein schöner Abend. Das Ziegenfleisch, in Kräutern gebraten, war köstlich, die Gesellschaft angenehm, und über Virgils Geschichten bogen sich alle vor Lachen, während er selbst keine Miene verzog. Ich war froh, daß ich die Einladung angenommen hatte.

Letzten Freitag hat sich ein lebensmüder, sorgenbeladener Veteran auf dem Campingplatz erschossen. Ich habe den Schuß nicht gehört und kannte den Mann nicht, aber die beiden Veteranen, die Minuten später an meine Tür hämmerten.

Ich lag schon im Bett und las, stand schnell wieder auf, schlüpfte in meinen Morgenrock und machte auf.

Die beiden Männer redeten wirres Zeug und weinten. Etwas Schreckliches mußte passiert sein, aber ich fand nicht heraus, was. Ich führte sie ins Wohnzimmer und ließ sie Platz nehmen, und ganz allmählich begriff ich. Sie hatten zwei Stunden lang versucht, den Mann vom Selbstmord abzuhalten, aber er hatte es trotzdem getan, und nun machten sie sich schwerste Vorwürfe.

Sie wollten von meinem Apparat aus den Sheriff und die Familie des Mannes anrufen, doch das Grauen war noch so frisch, daß sie das Telefonbuch nicht lesen konnten. Ich suchte die Nummern für sie heraus, half ihnen, ihre Anrufe zu machen, und zerbrach mir den Kopf, was ich ihnen sagen konnte. Doch Worte würden das Geschehene nicht ungeschehen machen. Schließlich baten sie mich, Virgil anzurufen, den Mann für Krisensituationen. Sie wollten ihn einfach um sich haben. Ich bot ihnen an, die halbe Stunde, die der Sheriff bis hierher brauchen würde, noch zu bleiben, ich würde ihnen Kaffee machen. Es konnte nicht gut für sie sein, auf den Campingplatz zurückzukehren und allein bei der Leiche zu sitzen, deren Kopf von einer Schrotflintenladung zerfetzt worden war. Aber sie wollten nicht bleiben. Sie fuhren wieder an den Fluß hinunter, und die Räder ihres Pickups spritzten Kies ins Dunkel. Ich rief Virgil an, und er versprach, sofort zu kommen.

Dann begann mein Telefon zu klingeln. Auf dem Land steht das Abhören des Polizeifunks als Abendunterhaltung in Konkurrenz zum Fernsehen. Die ganze Nachbarschaft wußte bereits, daß der Sheriff wegen eines Todesfalls auf dem VFW-Campingplatz dorthin unterwegs war, und die Neugierigen wollten Näheres von mir erfahren.

Von meiner Hütte aus kann ich die Straße nicht sehen, aber bald hörte ich Autos näher kommen. Der Sheriff, Virgil und vielleicht noch ein paar andere Veteranen trafen ein, und mir wurde etwas wohler bei dem Gedanken an die beiden Männer dort unten. An Schlaf war in dieser Nacht nun nicht mehr zu denken, und ich grämte mich um den unbekannten Mann, für den das Leben zu einer solchen Qual geworden war, daß er es hinter sich lassen mußte.

Am Nachmittag des nächsten Tages kam einer der beiden Männer noch einmal zu mir. Seine Augen waren noch gerötet, sein Gesicht zerknittert vor Erschöpfung, und er war so betrunken, daß er sich kaum auf den Beinen halten konnte. Die Jungs, sagte er, hielten es für das beste, über den Rest des Wochenendes eine Familienparty auf dem Campingplatz zu veranstalten und auch dort zu übernachten, sonst werde niemand je wieder hinkönnen. Und es sei wichtig, daß ich zum Abendessen auch hinunterkäme. Es sei wichtig. Sehr. Sehr. Wichtig. Sehr wichtig. Sehr.

Ich versprach es und versicherte ihm, daß ich verstanden hatte.

Der Tod hatte den Campingplatz in Besitz genommen, und er sollte dem Leben mit seinen Partys zurückgegeben werden, bevor er zum Gespenst wurde. Die beiden Männer mußten auf einer Party dort mit mir reden. Am Abend zuvor waren sie nicht mehr einfach nur zwei nette Kerle gewesen, sondern Männer, die das Grauen gesehen und in mein Wohnzimmer getragen hatten. Und ich war nicht mehr die Bienenfrau auf dem Hügel gewesen, sondern eine Frau, die sie in den Arm genommen hatte, als sie weinten. Nun wurde es

Zeit, daß wir alle zu dem zurückkehrten, was wir vorher gewesen waren.

Bei Sonnenuntergang ging ich zum Campingplatz hinunter. Wir aßen dies und das, ich saß im Kreis der Frauen und Töchter, und wir unterhielten uns über dies und jenes. Die Männer blieben unter sich und tranken. Nach einer Weile redete ich mit den beiden, die bei mir gewesen waren. Wir waren uns darin einig, daß es schlimm sei, was da passiert war, daß aber die Zeit vergessen helfe. Sie bedankten sich dafür, daß sie mein Telefon hatten benutzen dürfen, dann stieg ich wieder den Hügel hinauf.

Sommer

Ich bin Frühaufsteherin, und seit es draußen warm geworden ist, setze ich mich gern mit einer Tasse Kaffee unter die Eichen hinter der Hütte und versuche zu fühlen, was für ein Tag es werden wird. Heute waren die Nachttiere noch da, als ich hinauskam – Laubheuschrecken, Nachtschwalben, Nachtfalter, Eulen und Stechmücken. Bis ich ein paar Schlucke getrunken hatte und meine Augen sich so weit an die Dunkelheit gewöhnt hatten, daß ich die Umrisse der Bäume erkennen konnte, hatten die Stechmücken mich entdeckt und umschwirrten mit entnervendem Gesumme meinen Kopf. Doch ehe sie zustechen konnten, tauchte wie aus dem Nichts ein pelziges kleines Etwas auf, ich vernahm ein leises Flügelschwirren neben meinem Ohr, und die Mücken waren weg. Einen Moment lang herrschte Stille. Dann waren sie wieder da, und wieder schoß eine Fledermaus heran.

Das war sowohl für die Fledermaus als auch für mich ein angenehmes Arrangement. Ich mag Stechmücken nicht, die Fledermaus schon. Ich war der Köder, der sie an eine ergiebige Stelle lockte, und ehe sie mich stechen konnten, fraß die Fledermaus sie auf. Für die Mücken war die Sache weniger angenehm: Sie mußten auf ihre

Mahlzeit verzichten und wurden selbst zu einer. Das alles erfüllt mich mit einem guten, freundschaftlichen Gefühl für Fledermäuse. Und auf ihre Art finden sie mich wohl auch in Ordnung.

Die Fledermäuse sind schnell und deshalb in dem diffusen Licht vor Tagesanbruch schwer zu erkennen, aber ich glaube, es handelt sich um *Myotis lucifugus*, auf englisch schlicht *little brown bat*, also »kleine braune Fledermaus«. Vertreter dieser Art sehe ich jedenfalls oft mit dem Kopf nach unten an den Dachsparren der Scheune hängen, wo sie tagsüber schlafen. Sie sind hier weit verbreitet und schlafen auch in Höhlen oder hohlen Bäumen. Wie andere Fledermäuse gehören sie der Ordnung Chiroptera an, was Handflügler bedeutet und ein Tier mit Flügeln aus einer Haut, die Mittelhand- und Fingerknochen überzieht, treffend bezeichnet. Aber ich mag auch den alten englischen Namen *flittermouse*, eine schöne Beschreibung des einzigen fliegenden Säugetiers, das es gibt.

Fledermäuse säugen ihre Jungen, und ihre runzligen, uralt aussehenden Gesichter erscheinen uns seltsam verwandt und vertraut. Sie orientieren sich mit Hilfe von Tönen, die wir nicht hören können, und finden so auch ihr Futter. Sie jagen nachts, und wenn es im Herbst kalt wird, ziehen manche fort, andere halten Winterschlaf. Sie muten uns eigenartig und fremd an, so fremd, daß wir ihnen alles mögliche angedichtet haben – sie seien böse und brächten Unglück oder flögen uns zumindest in die Haare. Wer *Dracula* gelesen hat, der weiß, daß junge Damen nicht nachts auf Friedhöfen umherwandeln sollten, sie könnten sonst größere Probleme mit Fledermäusen bekommen.

In Wahrheit aber sind Fledermäuse – aus menschlicher Sicht – nützliche Tiere. Auf dem nordamerikanischen Kontinent besteht die Nahrung der *little brown bats* und anderer Fledermäuse der gemäßigten Breiten fast ausschließlich aus nachtaktiven Insekten. Weiter südlich, in tropischen Regionen, gibt es Fledermäuse, die Früchte fressen, und sogar Vampirfledermäuse, die sich dank ihrer Schneidezähne vom Blut großer Tiere ernähren können. Unsere nördlichen Fledermäuse aber haben mit solcher Kost nichts im Sinn; sie fressen die Insekten, die uns oft so lästig fallen.

Fledermäuse finden ihre Nahrung, indem sie sehr hohe Töne ausstoßen, die von Insekten oder anderen Objekten reflektiert werden. Die Echos verarbeitet ihr Gehirn zu einem präzisen akustischen Abbild ihrer Umgebung.

Diese Rufe liegen außerhalb des menschlichen Hörbereichs. Werden sie jedoch in Frequenzen umgewandelt, die für unsere Ohren tief genug sind, vernehmen wir rasch aufeinanderfolgende Klick- oder Zirplaute. Die kurzen Wellenlängen des Ultraschalls ermöglichen es den Fledermäusen, auch sehr kleine sich bewegende Objekte wie etwa stechmückengroße Insekten genau zu orten. Sie schnappen sich die Mücken nahe an meinem Kopf aus der Luft, wären aber nie so ungeschickt, mir dabei in die Haare zu flattern.

Das Gehör der Fledermäuse ist so gut, daß sie sogar Echos der eigenen Rufe von denen anderer Fledermäuse unterscheiden können. Das ist wichtig, denn sie fliegen und jagen oft in Gruppen und würden sich sonst ins Gehege kommen. Es mag nicht gerade unsere Methode des Nahrungserwerbs sein, aber ich finde sie wunderbar wirkungsvoll und einfach. Doch wie es im Leben meist geht: Ganz so einfach ist sie auch wieder nicht, und nicht immer ist den Fledermäusen ihre Abendmahlzeit sicher.

Ganz oben auf ihrem Speisezettel stehen Nachtfalter, und über eine lange Zeitspanne des Fressens und Gefressenwerdens hinweg haben Fledermaus und Falter eine komplexe Beziehung entwickelt.

Mein Cousin Asher, der sich wissenschaftlich mit den Ohrmilben von Nachtfaltern befaßt, hat in lebenslanger Arbeit eine ganze Menge über die Hörorgane von diesen Faltern herausgefunden, von deren Existenz manche von uns keine Ahnung hatten. Asher zufolge können einige dieser nachtaktiven Schmetterlinge – potentielles Fledermausfutter – die hochfrequenten Rufe der Fledermäuse hören und haben daher gute Chancen, ihnen zu entkommen. Noch erstaunlicher aber ist es, daß bestimmte Nachtfalter in der Lage sind, Töne zu erzeugen, die wiederum die Fledermäuse hören können. Sie antworten den Fledermäusen gewissermaßen.

»Und was sagen sie?« fragte ich Asher.

»Sie sagen ›Ich bin ungenießbar‹«, antwortete er.

Das ist schlecht für die Fledermäuse und gut für die Nachtfalter, aber die Falter können ihren Vorteil nur dank einer hochspezialisierten Beziehung mit einem dritten Lebewesen wahren, der Nachtfalter-Ohrmilbe.

Die Nachtfalter-Ohrmilben der nordamerikanischen Art, die Asher untersucht, schädigen die Ohren ihres Wirts, und wenn sie nicht vorsichtig wären, würden sie ihn taub machen und zusammen mit ihm zu einer leichten Beute werden. Aber sie *sind* vorsichtig.

Bei den Milben handelt es sich um winzige, mit bloßem Auge kaum erkennbare Spinnentiere. Wenn es für sie an der Zeit ist, Eier zu legen, klettern sie auf den Nachtfalter und wandern zu seinem Hörorgan, einem sicheren, geschützten Ort für die Eiablage. In deren Verlauf beschädigen sie jedoch die empfindliche Struktur des Hörorgans, und da sich auf einem einzigen Falter viele Milben aufhalten können, würde der Falter, wenn die Milben ihre Eier in beide Ohren plazierten, taub werden. Doch in einem verblüffenden Beispiel evolutionärer Rücksichtnahme, einem Fall, in dem sich Höflichkeit und Eigeninteresse decken, legt die erste Milbe auf eine Weise, die man noch nicht genau kennt, eine Fährte für die Milben, die nach ihr kommen. Sie folgen dieser Spur und legen ihre Eier alle in dasselbe Ohr, so daß das andere Ohr intakt bleibt. Damit bleibt das Hörvermögen des Falters zumindest teilweise erhalten, und er hat, während sich die Milbeneier entwickeln, bessere Chancen, den Fledermäusen zu entkommen.

Und so sind wir im Dämmerlicht unter den Eichen alle beisammen – die Milben, die Nachtfalter, die Fledermäuse, die Stechmücken und ich. Teil einer harmonischen Melodie, bei der man so gut wie bei jeder anderen seinen Kaffee trinken und den Tagesanbruch betrachten kann.

Vor einigen Wochen wurde ich von einer Braunen Spinne gebissen, und ich habe es überlebt, kann also davon berichten. Braune Spinnen sind die giftigsten Spinnen, die es in den Vereinigten Staaten gibt. Anders als bei den Schwarzen Witwen ist der Biß beider Geschlechter giftig, und man trifft sie – ebenfalls anders als die Schwarzen Witwen – in Wohnhäusern im gesamten Südosten und Südwesten an.

Die Spinne, die mich gebissen hat, hatte sich zwischen den Falten eines Handtuchs versteckt, das ich mir über die Schulter warf, um mit einem Freund schwimmen zu gehen. Auf dem Weg zum Fluß hinunter spürte ich plötzlich einen scharfen, brennenden Schmerz am Oberarm. Ich ließ das Handtuch fallen und sah die Braune Spinne davonhuschen. Man erkennt sie leicht: gräulichbraun und langbeinig, etwas über einen Zentimeter lang, mit der charakteristischen dunkelbraunen Zeichnung auf dem Vorderleib, der sie ihren volkstümlichen Namen verdankt: Geigenspinne. Mein Freund erschrak zu Tode, als ich ihm sagte, daß mich eine Braune Spinne gebissen hatte. Ob ich nicht lieber umkehren wolle, fragte er. »Warum?« antwortete ich. »Wenn ich sterben muß, dann lieber am Fluß als in der Hütte.« Wir gingen weiter und schwammen den ganzen Nachmittag über oder lagen auf einer Kiesbank in der Sonne.

Ich starb mitnichten, und der Biß hatte ganz im Gegensatz zu einem Zeckenbiß oder einem Mückenstich weiter keine Folgen. Nach einigen Tagen war die kleine Pustel spurlos verschwunden. Viele Menschen – die meisten sogar – reagieren auf den Biß einer Braunen Spinne nicht stärker als ich, manche aber sind gegen das Gift nicht immun, und bei ihnen kann es zu heftigen Reaktionen kommen; Todesfälle sind allerdings extrem selten. Die Enzyme im Gift der Spinne lösen Zellwände auf, zerstören Blutgefäße und können Gerinnsel verursachen. Das umgebende Gewebe stirbt ab, und es entsteht eine schwärende Wunde, die immer größer wird und einfach nicht heilen will, so daß der Schaden manchmal nur mit einer Hauttransplantation zu beheben ist. Darüber hinaus kann es bei der betroffenen Person zu Schüttelfrost, Übelkeit und Fieber kommen. Die Reaktionen sind ganz unterschiedlich, können zum Glück aber medikamentös behandelt werden.

Braune Spinnen bauen zwar auch unordentliche Netze unter Felsen und Baumstämmen, halten sich jedoch überwiegend in Innenräumen auf. Ihr wissenschaftlicher Name, *Loxosceles reclusa* (*loxosceles* bedeutet schiefbeinig), charakterisiert sie als einsiedlerisch, doch sieht man sie, auch wenn sie Einzelgänger sein mögen, häufig im ganzen Haus. Sie verstecken sich gern zwischen Kleidungsstücken in einer Schublade oder, wie die, die mich gebissen hat, zwischen den Falten von Handtüchern im Regal, unternehmen aber auch Erkundungsgänge und machen Jagd auf kleine Insekten. Glatte Flächen stellen sie vor unlösbare Probleme, und oft finde ich eine Braune Spinne in der Badewanne oder im Waschbecken, aus dem sie verzweifelt zu entkommen sucht. Vor einiger Zeit war eine Freundin mit ihrer Tochter zum Tee bei mir. Ich brachte die Kanne herein und verteilte die Tassen. Bevor ich einschenkte, warf die Tochter, die an das Leben auf dem Land gewöhnt ist, klugerweise einen Blick in ihre Tasse. »Aha, eine Braune Spinne!« sagte sie gelassen, und wir kippten die Spinne aus und spülten die Tasse ab; dann konnte unsere Teegesellschaft beginnen.

Doch nur wenige Menschen haben so die Ruhe weg wie meine junge Freundin. Immer wieder einmal kursieren Berichte von abfaulender Haut nach dem furchtbaren Biß einer Braunen Spinne und rufen entsetztes Schaudern hervor. Die Braune Spinne ist eines der Monster unserer Zeit. Am Tag, nachdem ich gebissen worden war, las ich in einem meiner Spinnenbücher etwas, das mich zunächst überraschte: Obwohl längst bekannt war, daß der Biß anderer Braunspinnen in Südamerika, anderer *Loxosceles*-Arten, krankmachen kann, fand man erst nach Bißunfällen in Texas, Kansas, Missouri und Oklahoma in den fünfziger Jahren heraus, daß die Braune Spinne ähnlich giftig ist. Nach einigem Nachdenken wurde mir klar, daß gerade das beweist, wie harmlos der Biß in den meisten Fällen ist. Mensch und Braune Spinne leben seit langer Zeit zusammen unter einem Dach, und bestimmt ist auch immer wieder einmal jemand gebissen worden, doch erst als die Toxizität des Bisses nachgewiesen war, wurde das Tier zum Untier.

Mehrere Zeitungen haben kürzlich über die Entwicklung eines Gegengifts beim Biß der Braunen Spinne berichtet. Eine Freundin aus der Stadt las davon und rief mich prompt an, um zu fragen, ob ich schon einmal eine Braune Spinne gesehen hätte. Ich sagte, sie seien hier ziemlich verbreitet, und jetzt will meine Freundin nicht mehr kommen, obwohl sie schon etliche Male hier war und nach jedem Besuch in bester Gesundheit wieder nach Hause gefahren ist. Es ist eine gute Freundin, und ihre Gesellschaft wird mir fehlen.

Letzte Woche war ich auf einer Party in Saint Louis. Als einige der Gäste hörten, daß ich auf dem Land lebe, fragten sie mich nach Braunen Spinnen. Da ich kurz zuvor gebissen worden war und mich in das Thema eingelesen hatte, hakte ich sofort ein und erzählte ihnen viel mehr, als sie eigentlich wissen wollten: wie scheu die kleine Spinne ist und wie selten und in der Regel harmlos ihre Bisse sind. Größeres Interesse zeigten meine Zuhörer jedoch erst, als ich zu dem Punkt mit der abfaulenden Haut kam. Nachdem sie sich eine Weile wohlig gegruselt hatten, entschlossen sich einige, ihre Pläne für ein Wochenende in den Ozarks zu streichen, und mir wurde klar, welches einer der Hauptvorzüge der Braunen Spinne ist: Sie trägt dazu bei, Touristen fernzuhalten.

Diese Woche habe ich angefangen, Brennholz zu schlagen. Man sollte das sehr frühzeitig tun, damit das Holz trocknen kann und im Winter schön heiß brennt. Es ist jetzt Juni und fast schon zu spät, aber im Frühjahr hatte ich keine Zeit dafür, weil ich von Sonnenaufgang bis Sonnenuntergang mit den Bienen beschäftigt war. Mittags ist es im Wald zu stickig, deshalb gehe ich bei Tagesanbruch hinaus, mache ein paar Stunden Holz, lade es in den Pickup und schichte es dann unter dem Dachvorsprung der Scheune auf.

Ich bin gern so früh draußen. Die Spinnen haben ihre Netze aufgespannt, um nachtaktive Insekten zu fangen, und wenn die ersten Sonnenstrahlen schräg durch die Bäume dringen, werden die Tautropfen an den Fäden zu kostbaren, glitzernden Juwelen. Es riecht nach Dämmer, moderndem Laub und feuchter Erde. Wilde Truthähne haben dort, wo sie nach Käfern und Larven gescharrt haben, kahle Stellen hinterlassen. Meinen Hunden gefällt es hier auch, und sie haben heute ganz aufgeregt in einer Höhle am Fuß eines Baumes herumgeschnuppert. Der Beagle hat seine Schnauze so tief hineingesteckt, daß sein Bellen nur noch gedämpft zu hören war. Ein

Eichhörnchen, das vielleicht in dem Baum übernachtet hatte, saß, von den Hunden unbemerkt, mit zuckendem Schwanz auf einem niedrigen Ast und beäugte sie argwöhnisch. Ein Sonnenstrahl erleuchtete eine hohe, von einer üppigen lila Blüte gekrönte Distel, an der sich ein Schmetterling und eine Honigbiene labten. Hoch oben in den Wipfeln sangen Rotaugenlaubwürger.

Als ich die Kettensäge anwarf, war es mit dem Gesang vorbei. Die Säge macht einen fürchterlichen Lärm, aber ich mag sie trotzdem. Sie ist eines der ersten Werkzeuge, die ich allein benutzen lernte, und sie ist auch sehr wichtig für mich. Mein Holzofen, ein einfaches schwarzes Ding aus Gußeisen und Blech, ist im Winter die einzige Wärmequelle in meiner Hütte, und wenn kein Brennholz da ist, müssen die Hunde, die Katze, die Zimmerpflanzen und ich selbst erfrieren. So wunderbar einfach ist das: Mach Holz oder stirb.

Solange Paul hier war, hat er das Brennholz geschnitten, und ich habe es, wie alle Ozarkfrauen, zum Pickup getragen. Als er ging, hinterließ er mir die Kettensäge, ein schweres, vibrierendes, übellauniges Ding. Ich selbst wiege achtundvierzig Kilo, und ich konnte sie zwar heben, aber wenn ich sie in Gang gesetzt hatte, zitterten meine Hände so stark, daß die Sache richtig gefährlich wurde. Ich heuerte deshalb einen Mann an, der das Holzmachen für mich besorgte, aber das Ergebnis fiel nicht zu meiner Zufriedenheit aus, und so schaffte ich mir im Jahr darauf, obwohl ich es mir nicht leisten konnte, die beste und leichteste Kettensäge an, die für Geld zu haben war. Es ist ein Fabrikat, das viele Holzfäller benutzen, und selbst die kleineren Modelle haben einen Vibrationsdämpfer.

Diese hervorragenden Kettensägen sind wunderbare, aber gefährliche Werkzeuge. Mein Bruder hätte sich mit einer einmal beinahe den Arm abgesägt. Ein Nachbar, der mit Nutzholz sein Geld verdient, konnte gerade noch den Motor abstellen, als er über Kopfhöhe Äste schnitt und einer davon die Säge traf, so daß sie auf ihn zu schnellte. Die Kette hatte schon seinen Mützenschild durchtrennt. Als ich ihm sagte, daß ich mir so ein Ding angeschafft hatte, wurde er sehr ernst und gab mir einen guten Rat: »Wenn man keine Angst mehr vor einer Kettensäge hat«, sagte er, » dann wird es Zeit, sich Sorgen zu machen.«

Ich bin vorsichtig. Ich nehme mir viel Zeit, um einen Baum, den ich fällen will, genau zu taxieren. Wenn er dann am Boden liegt, entferne ich die Büsche ringsum, bevor ich ihn zersäge, damit ich nicht bei laufender Säge stolpere und stürze. Mit einer stumpfen Kette oder einer schlecht laufenden Säge zu arbeiten ist riskant, deshalb halte ich meine Säge gut in Schuß und schärfe die Kette nach jedem Gebrauch nach.

Heute vormittag habe ich einen Baum vollends zersägt, an dem ich schon die ganze Woche gearbeitet hatte. Dabei fiel mir mein Motorsägenschlüssel aus der Tasche, ein Kombiwerkzeug aus Schraubenzieher und Steckschlüssel, mit dem ich die Säge einstelle, und ich fand ihn in dem Laub am Boden nicht wieder. Die Kette hatte sich gelockert, ich hatte sie nachgespannt und den Schlüssel dann in die Tasche gesteckt, statt ihn wieder in den Pickup zu legen. Ich schalt mich wegen meiner Nachlässigkeit und begann mich umzusehen, welchen Baum ich als nächsten fällen konnte, hielt dann aber inne, um einem Rehkitz nachzuschauen, das ich an seinem Schlafplatz aufgeschreckt hatte. Es war ganz klein, sein Fell noch hell gefleckt, aber es sprang so schnell und leise davon, daß die beiden Hunde, die noch hinter dem Eichhörnchen herschnüffelten, es gar nicht bemerkten.

Tote Bäume in meinem Waldstück fälle ich gern, damit die lebenden besser gedeihen. Ich fand einen, der erst vor kurzer Zeit abgestorben war, aber er war so hoch, daß mir bei dem Gedanken, ihn zu fällen, nicht ganz wohl war. Ich schlage mein Feuerholz schon seit sechs Jahren selbst, aber wenn so ein schwerer Baum zu Boden kracht, flößt mir das noch immer gewaltigen Respekt ein, und ich muß allen Mut zusammennehmen, um mich an sehr hohe Bäume zu wagen.

Damit der Baum in eine Richtung fiel, in der keine anderen Bäume oder Büsche standen, schnitt ich an dieser Seite eine keilförmige Kerbe in den Stamm. Der Theorie zufolge fällt der auf diese Weise geschwächte Baum in Richtung der Kerbe, wenn auf der anderen Stammseite etwas oberhalb der Kerbe der Fällschnitt ausgeführt wird. Das Problem ist nur, daß Bäume, besonders tote Bäume, die möglicherweise von innen her faulen, die Theorie nicht kennen und in eine andere Richtung kippen können. So kommt es zu Unfällen. Das wußte ich, und ich hatte auch Angst davor, einen so hohen Baum zu fällen. Vielleicht brachte ich deshalb die Kerbe zu zaghaft an. Ich begann auf der anderen Seite zu sägen und behielt dabei den Wipfel im Auge, damit mir das charakteristische Zittern nicht entging, das den Fall ankündigt. Doch ich hatte noch nicht einmal den Kunststoffkeil aus meiner Gesäßtasche gezogen, um ihn in den Schnitt zu schieben, als sich der

Baum schon in meine Richtung neigte, genau entgegen der vorgesehenen Fällrichtung. Ich stellte die Säge ab und sprang zur Seite.

Doch es bestand keine Gefahr. Direkt hinter der Stelle, an der ich gestanden hatte, waren etliche andere Bäume – ihretwegen hätte mein Baum ja in die entgegengesetzte Richtung fallen sollen –, und er blieb mit den oberen Ästen darin hängen. Ich hatte den Stamm ganz durchgesägt, aber jetzt war meine Säge zwischen Stamm und Stumpf eingeklemmt. Ich hatte einen so genannten »Witwenmacher« produziert, wie man es so vielsagend nennt. Wäre noch jemand dabeigewesen, hätten wir mit einer zweiten Säge meine herausschneiden und den Baum vielleicht umlegen können, aber das war mir zu gefährlich. Ich konnte die Säge auch nicht dadurch befreien, daß ich sie auseinandernahm, denn meinen Schlüssel hatte ich ja verloren. Ich fuhr also zur Scheune zurück und holte das nötige Werkzeug: einen Steckschlüssel, Ketten und einen Hebelseilzug, eine Art tragbarer Winde. So ein Hebelseilzug ist ein erheiterndes, sinnvolles Gerät für eine Frau. Er hat einen großen Haken an einem Ende und einen mit einem Stahlseil verbundenen Haken am anderen. Das Seil wird um eine Trommel mit einer Sperrvorrichtung gewickelt, indem man einen langen Hebel bewegt. Die Hebelkraft und die Sperrklinke sorgen dafür, daß die Arbeit in kleine Abschnitte aufgeteilt wird, die mit den Kräften einer Frau zu bewältigen sind, und ich habe mit dem Hebelseilzug schon viele Male meinen Pickup aus Matsch und Schnee befreit.

Es wurde wärmer, und bis ich wieder im Wald war, schwitzte ich, aber ich war fest entschlossen wiedergutzumachen, was ich beim Fällen des Baumes vermurkst hatte. Mit dem Steckschlüssel löste ich Schwert und Kette von der Säge und legte sie beiseite. Ohne ihr Gewicht bekam ich das eingeklemmte Schwert mit der Kette frei. Ich setzte mich auf die Erde, trank Eiswasser aus meiner Thermoskanne, betrachtete den Witwenmacher und überlegte, wie ich ihn herunterholen konnte. Dann machte ich mich an die Arbeit.

Ich schlang eine der Ketten, die ich geholt hatte, um das Stammende, eine andere um einen nahebei stehenden Baum und befestigte beide an der Winde. Dann drückte ich den Hebel herunter, wieder und wieder. Langsam, mit jeder Bewegung der Sperrklinke, sank der Baum ein Stückchen tiefer.

Die Sonne stand hoch am Himmel, es war drükkend heiß, mein Hemd und meine Jeans waren durchgeschwitzt, und so beschloß ich, das Zersägen des Baumes auf den nächsten Tag zu verschieben. Ich sammelte mein Werkzeug ein und fand dabei auch den Motorsägenschlüssel wieder, der sich im Moderlaub versteckt hatte. Dann warf ich alles in den Pickup, setzte mich auf die Ladeklappe, trank den Rest Eiswasser und lauschte dem Gesang des Rotaugenlaubwürgers.

Es ist natürlich befriedigend, einen Vorrat an Winterwärme anzulegen, und das – vom Arbeitsaufwand einmal abgesehen – auch noch gratis. Aber es hat auch etwas Berauschendes, zu einem Teil des Waldkreislaufs zu werden. Es hört sich so einfach an, wenn ich sage, daß ich beim Holzmachen den Wald durchforste, aber es bedeutet auch, daß ich entscheiden muß, welche Bäume in ihrem Wachstum gefördert und welche entfernt werden sollen.

Ich mag meinen großen Walnußbaum, und deshalb habe ich die Bäume um ihn herum gefällt, damit er genug Raum und Licht hat, um sich frei zu entfalten. Bei den Hartriegeln spielt das keine Rolle. Sie sprenkeln den Wald im Frühjahr mit weißen Blüten und gedeihen auch dann prächtig, wenn sie dicht bei anderen Bäumen stehen. Holze ich eine Fläche ab, siedeln sich dort innerhalb eines Jahres Kiefernsämlinge an, schießen in die Höhe und dünnen sich in ihrem Wettstreit miteinander von selbst auf erträgliche Abstände aus. Lasse ich einen kranken Baum stehen, können seine Nachbarn ebenfalls krank werden und absterben. Säge ich die eine Hälfte einer gegabelten Weißeiche ab, wächst der andere Stamm gerade und kräftig in die Höhe. Ein toter Baum wie der, den ich heute gefällt habe, liefert gutes Brennholz und lädt zum Fällen ein. Lasse ich ihn aber stehen, wird er zur Wohnstatt für Spechte und später auch für Flughörnchen und Schreieulen. Wo ich Kronenäste zu Reisighaufen aufschichte, bauen sich Kaninchen ihr Nest. Wenn ich einen gefällten Baum liegenlasse, profitieren andere davon: Ameisen, Spinnen, Käfer und Waldschaben nutzen ihn als Nahrung und Behausung, und wunderbar zarte Pilze sprießen aus ihm hervor, ehe er mit dem Moderlaub verschmilzt und in eine neue Erdschicht eingeht.

Ein einzelner Mensch mit einer Kettensäge verändert etwas im Wald und wird damit Teil des Waldkreislaufs, der Waldgemeinschaft, so abstrakt dieser Begriff auch sein mag.

Heute habe ich nach einigen meiner Bienenstöcke gesehen. Als ich mich über einen beugte und mit meinem Rauchbläser eine Rauchwolke in das Flugloch schickte, um die Bienen zu beruhigen, wand sich eine Kupferkopfschlange darunter hervor. Der Rauch und der Aufruhr, den ich verursachte, hatten sie aus ihrem Versteck aufgestört. So plötzlich im Freien, geriet sie in Panik und glitt in die nächstbeste Öffnung, das Flugloch des Nachbarbienenstocks. Was sich dort drinnen abspielte, weiß ich nicht, jedenfalls kam sie sofort wieder heraus und schaute ganz erstaunt. Daß eine Schlange erstaunt dreinschauen kann, war mir neu, aber diese tat es eindeutig. Sie verharrte einen Moment, um die Angelegenheit einer näheren Betrachtung zu unterziehen, dann verschwand sie im Schutz des Waldes.

Es war eine junge Schlange gewesen, nur etwas über einen halben Meter lang. Wie die andere in den Ozarks heimische Giftschlangenart, die Wassermokassinschlange, gehören die Kupferköpfe zur Gattung *Agkistrodon*, was Angelhakenzahn bedeutet. In meinem Teil der Ozarks lebt die südliche Varietät *Agkistrodon contortrix contortrix*, ein Name, der sie als besonders verdreht charakterisiert. Sie ist blaßrosa-kupferfarben mit dunklerer sanduhrförmiger Zeichnung, und ihre breiten Kiefer verleihen ihrem Kopf eine dreieckige Form. Kupferkopfschlangen sind wie die Wassermokassins Grubenottern, die in einer Vertiefung zwischen Auge und Nasenloch jeweils ein Sinnesorgan haben, das ihnen hilft, warmblütige Beutetiere aufzuspüren. Sie fressen andere kleine Schlangen, Mäuse, Eidechsen und auch Frösche.

Das Überraschende an den Kupferköpfen ist, daß sie so sanftmütig, scheu und ängstlich sind. Obwohl sie mit ihrem Gift eine mächtige Verteidigungswaffe besitzen, ist es, wenn sie entdeckt werden, ihr sehnlichster Wunsch, die Flucht zu ergreifen. Auf meiner hochgelegenen felsigen Halbinsel zwischen Fluß und Bach finden sie einen idealen Lebensraum. Ich sehe sie oft unter den Bienenstöcken, und auch auf freiem Feld trifft man sie häufig an. Zweimal hatte ich einen Kupferkopf in meiner Hütte. Doch wenn ich auf einen stoße, sieht er zu, daß er wegkommt, und keiner hat je Anstalten gemacht zuzubeißen.

Ich hatte früher einen schweren alten Irish Setter, der einmal ungeschickt auf einen Kupferkopf trat und böse gebissen wurde. Die Schlange faßte es als einen direkten Angriff auf, als achtunddreißig Kilo Hund auf sie traten, und sie stieß zu. Das Bein des Hundes schwoll an und tat ihm sichtlich weh. Nach einigen Stunden raste sein Herz, sein Atem ging flach, und ich mußte mit ihm zum Tierarzt. Von da an paßte er auf, wohin er seine Füße setzte. Das tue ich auch, und ich gehe nur in Lederstiefeln über eine Wiese oder in den Wald. Und wenn ich in den warmen Monaten einen Stapel alter Bretter umdrehe, gebe ich vorher ein dezentes Warnsignal. Ich habe einen Heidenrespekt vor einem kleinen Tier, dessen Gift stark genug ist, um einen großen Hund schwerkrank zu machen. Da ich mehr wiege als der Hund, würde ich vielleicht nicht so heftig reagieren, und über Todesfälle bei Menschen nach dem Biß eines Kupferkopfs ist in Missouri nichts bekannt, aber die Schmerzen möchte ich nicht riskieren.

Außer meinem Respekt vor Kupferkopfschlangen hege ich auch noch andere Gefühle für sie: eine Mischung aus Verwunderung und Mitleid, weil sie solche Angst vor mir haben, so sehr auf Flucht bedacht und so wenig geneigt sind, das mächtige Instrument, mit dem sie sich zur Wehr setzen könnten, auch zu benutzen.

Der Kupferkopf steht in seltsamem Kontrast zur Gewöhnlichen Hakennatter, die hier ebenfalls manchmal zu sehen ist. Sie ist harmlos, gebärdet sich aber ungeheuer grimmig. Als ich auf der Wiese einmal einer begegnete, richtete sie das vordere Drittel ihres Körpers auf und versuchte mir mit aufgeblähtem Hals und fürchterlich zischend weiszumachen, daß ich es mit einer Kobra zu tun hätte. Ich ließ mich jedoch nicht täuschen und blieb ruhig stehen, um sie zu beobachten. Nach einigem weiteren halbherzigen Zischen und Aufblähen gab sie den Versuch, mir Angst einzujagen, auf, besann sich auf dringendere Geschäfte an anderer Stelle und glitt durchs hohe Gras davon.

Von den Kupferköpfen abgesehen, leben hier nur wenige gefährliche Schlangen. Es soll auch Klapperschlangen geben, aber in den zwölf Jahren, die ich mich nun im Wald und am Flußufer bewege, habe ich noch keine einzige gesehen. Die meisten Schlangen in dieser Gegend sind harmlos oder sogar nützlich. Erdnattern beispielsweise vertilgen Nagetiere, und ich habe kein Verständnis dafür, daß man hier jede Schlange, die man zu Gesicht bekommt, tötet. In den Ozarks ist es Brauch, auf eine Floßfahrt außer dem Bier auch eine Pistole mitzunehmen. Sie dient dazu, auf Wassermokassinschlangen zu schießen, von denen es im Fluß und an seinen Ufern angeblich nur so wimmelt.

In Wahrheit ist der Fluß zu kalt für Wassermokassins, außerdem fließt er zu schnell, und seit ich hier lebe, habe ich nur eine einzige gesehen. Dunkel und massiv, lag sie müßig in einem warmen, seichten Tümpel nahe dem Ufer des Baches, der mein Grundstück im Süden begrenzt. Ich blieb stehen und sah sie mir aus sicherer Entfernung an. Souverän und selbstbewußt betrachtete sie mich ihrerseits, ohne den Rückzug anzutreten, wie ein Kupferkopf es getan hätte. Sie ging in Verteidigungsstellung, rollte sich zusammen und hob den Kopf, bereit zuzubeißen, falls ich mich ihr nähern sollte. Sie öffnete weit das Maul, und ich sah den watteweißen Rachen, dem sie ihren englischen Namen *cottonmouth* verdankt. Als sie sicher war, daß ich nicht näher kommen würde, tauchte sie würdevoll und gelassen wieder unter und schwamm von mir weg ans andere Ufer, wo sie unter dem schützenden Blätterdach der überhängenden Zweige verschwand.

Diese Art heißt *Agkistrodon piscivorus leucostoma*, zu deutsch »weißmäuliger, fischfressender Angelhakenzahn«. Man findet sie oft in eher warmem Wasser, und sie ernährt sich vorwiegend von Fischen, frißt aber auch andere Schlangen, Nagetiere, Frösche und Eidechsen.

Die Wassermokassinschlange, die ich gesehen hatte, war offensichtlich schon älter, denn es war ein großes

Exemplar, schätzungsweise einen Meter zwanzig lang, und ihre Querbänderung war kaum noch zu erkennen. Junge Wassermokassins sind heller und stärker gezeichnet, und neugeborene haben wie die Kupferköpfe eine gelbe Schwanzspitze. Die *Agkistrodon*-Arten gehören zu den höherentwickelten lebendgebärenden Schlangen: Die Jungen bleiben, umgeben von einer dünnen Eihülle, bis zu ihrer Geburt geschützt im Mutterleib. Wie andere Schlangen häuten sie sich während des Wachstums.

Zu meinen liebsten Besitztümern gehört die Haut einer dieser Schlangen. Sie ist brüchig, aber vollständig, sogar die Augenlider sind noch intakt. Ich bin jedesmal überrascht, wenn jemand bei ihrem Anblick schaudert. Viele Menschen haben, aus welchem Grund auch immer, eine irrationale Angst vor Schlangen, und das ist der Beobachtung nicht eben förderlich. Wie soll man wissen, was eine Schlange vorhat, wenn man vor ihr wegläuft oder sie tötet? Das mag der Grund sein, warum in Gesprächen über Schlangen Folkloristisches über Naturkundliches obsiegt und warum die Ozarker behaupten, Hakennattern seien giftig, Schlangen erblindeten im August, und auf den Hügeln wimmle es nur so von den gefürchteten »Reifenschlangen«, die ihren Schwanz ins Maul nähmen, hinter den Menschen her die Hänge herabflitzten und sie mit dem Dorn an ihrem Schwanz attackierten, einem Dorn mit so tödlicher Wirkung, daß ein Baum, wenn er darin steckenbleibe, binnen weniger Tage absterbe.

Meine Lieblingsvolksweisheit über Schlangen besagt, daß Kupferköpfe, bevor sie Wasser trinken, ihr Gift auf einen flachen Stein speien und es danach wieder in ihre Giftzähne einsaugen. Das gefiel mir deshalb so, weil ich es für eine maßlose Ozark-Übertreibung hielt. Doch dann stieß ich im *Physiologus* auf genau die gleiche Geschichte. Sie ist mindestens achthundert Jahre alt, vielleicht noch älter, und damit im Grunde genommen ein Stück Naturkunde. Nur hat sie eben etwas mit der Natur des menschlichen Geistes zu tun und nichts mit der Natur des Schlangengeschlechts.

Eine prachtvolle braun-golden gesprenkelte Hausspinne hat sich heute in einer Ecke über dem Ofen gehäutet. Spinnen wachsen, indem sie ihre Haut abstreifen, die ihnen gleichzeitig als Skelett dient. Meine Spinne hat gestern den ganzen Tag ruhig in ihrer Ecke gesessen und sich wohl auch ein wenig unwohl gefühlt, denn bei Spinnen, so habe ich gelesen, steigt während des Häutens der Blutdruck. Sie hat fast den ganzen Vormittag dazu gebraucht, aus der alten Haut herauszuschlüpfen, und jetzt sitzt sie daneben und ruht sich von der Anstrengung aus, die beträchtlich gewesen sein muß. Die alte Haut fängt schon an zu schrumpfen; kaum zu glauben, daß diese schöne neue Spinne in das dünne kleine Ding hineingepaßt hat. Sie ist groß, über einen Zentimeter, aber nicht so groß wie eine ähnliche Hausspinne, die ich in der Küche gesehen habe, also wird sie sich noch öfter häuten müssen, bis sie ihre volle Größe erreicht.

Das Häuten ist eine von mehreren Lösungen für das Problem des Wachstums – meine gewiß nicht, aber nichtsdestotrotz eine richtige Lösung. Biologen betonen gern, daß das Wachsen von innen nach außen eines der Merkmale ist, die Lebendes von nicht Lebendem unterscheiden. Kristalle leben nicht und wachsen dennoch, aber sie tun es durch Anlagerung, einfach indem sie neues Material an das bereits vorhandene anfügen.

Menschen und andere Säugetiere, die ihre weichen Körperteile außen auf einem Skelett tragen, müssen sich nicht mit den Wachstumsproblemen von Lebewesen wie Insekten – Heuschrecken etwa oder die Bienen in meinen Bienenstöcken – oder Spinnen (die keineswegs zu den Insekten gehören, sondern zu den *Arachnida*, den Spinnentieren) herumschlagen. Ihr Wachstum ist zwar auch mit gewissen Schwierigkeiten verbunden, aber es sind Schwierigkeiten anderer Art.

Spinnen, Heuschrecken und Honigbienen – und übrigens auch Hummer – tragen ihr Skelett außen, und wenn es ihnen darin zu eng wird, müssen sie Mittel und Wege finden, es abzuwerfen. Bei vielen Insekten findet eine Häutung statt, der eine vollkommene Verwandlung folgt; bei dieser Metamorphose wird die alte Körperform völlig aufgelöst und neu arrangiert. Spinnen dagegen schlüpfen einfach aus ihrem Skelett heraus, und das tun sie zwischen zwei- und zwanzigmal, bis sie ausgewachsen sind, aber ihre Gestalt verändern sie dabei nicht. Junge Spinnen sehen deshalb im Gegensatz zu vielen jungen Insekten genauso aus wie die erwachsenen Tiere, sie sind nur kleiner.

Als ich einmal abends in meiner Hütte Licht machte, fiel mein Blick auf eine Wolfsspinnenmama, die ihre Kleinen huckepack trug. Die meisten Spinnen kümmern sich kaum um ihre Jungen, Wolfsspinnen aber nehmen sie überallhin mit. Wenn die Jungtiere aus dem Kokon schlüpfen, krabbeln sie auf den Rücken der Mutter und klammern sich daran fest. Was ich vor mir hatte, waren winzige zarte, vollkommene Miniaturspinnen, ein ungebärdiger Haufen, der der Mutter offensichtlich schwer zu schaffen machte. Sie krabbelten ihr über die Augen, so daß sie sie wegschieben mußte, sie rempelten einander an, und einige fielen herunter und kletterten eilends wieder die Beine der Mutter hinauf, zurück in den sicheren Hort auf ihrem Rücken.

Wolfsspinne und Hausspinne haben durchschnittliche Spinnengröße; ein Außenskelett setzt einem gut funktionierenden Körper mechanische Grenzen. Doch in meinem Garten gibt es andere, noch größere Spinnen: die Goldwespenspinnen, deren unverwechselbare Netze aussehen, als hätten sie einen Reißverschluß. Es sind glänzende, elegante Tiere, und sie fangen die Heuschrecken, die meine Tomaten anknabbern. Wie umsichtige Hausfrauen, die ihre Vorratskammer bestükken, verpacken sie Insekten, die sie nicht sofort fressen, in ein Gespinst und legen sie beiseite. Mit dieser Art des Broterwerbs bin ich zutiefst einverstanden; ihretwegen stufen wir Spinnen als nützlich ein, während wir Heuschrecken als Schädlinge verdammen.

Zugegebenermaßen war ich bei weitem nicht so angetan, als ich eines Tages entdeckte, daß eine Goldwespenspinne ihr Netz vor einem meiner Bienenstöcke aufgespannt und ihre Vorratskammer mit säuberlich verpackten Bienen gefüllt hatte, die mit ihrer Nektarlast direkt hineingeflogen waren. Ich zerstörte das Netz, setzte die Spinne in einen Busch und hoffte, sie würde dort etwas zu fressen finden, was ihr ebenso genehm war wie die Bienen, mir aber wesentlich genehmer.

Netzbauende Spinnen sehen nach unseren Maßstäben nicht sehr gut. Sie sind so kurzsichtig, daß das

Männchen, wenn es einer weiblichen Spinne den Hof machen will, seine Ankunft mit einem Zupfen an einem Faden ihres Netzes ankündigt, um nicht für irgendeinen Leckerbissen gehalten zu werden. Ich bezweifle deshalb, daß die Goldwespenspinne an meinem Bienenstock mich sehen konnte, als ich sie wegbrachte. Das ist irgendwie schade, denn bei all den Unterschieden zwischen uns haben wir doch etwas Wichtiges gemeinsam: Wir beide leben von den Bienen. Bei mir gestaltet sich das allerdings ungleich komplizierter. Ich hätschle die Bienen das ganze Jahr über, nehme den überschüssigen Honig weg, verarbeite ihn, fülle ihn ab und bringe ihn mit dem Laster nach New York, wo ich ihn an Bloomingdale's verkaufe. Vom Erlös kaufe ich dann alles, was ich so brauche. Die Spinne dagegen frißt die Bienen einfach nur.

Wir beide sind aus den Elementen gemacht, aus denen alles Lebende besteht – Kohlenstoff, Wasserstoff, Sauerstoff, Stickstoff, Schwefel und Phosphor –, und unsere Chemie und unsere Lebendigkeit stellen uns beide vor eine Reihe von Problemen, darunter die Frage, wie wir wachsen und wovon wir leben sollen. Das sind große Fragen, und wie so oft bei großen Fragen kommen wir zu unterschiedlichen Antworten – Antworten, die wiederum anders ausfallen als bei der Biene.

In einer Welt zu leben, in der die Antworten auf Fragen so vielfältig und so gut sein können – das ist es, was mich jeden Morgen aus dem Bett und in die Puschen treibt.

Vorigen Sonntag fand wie jedes Jahr im Juli das Spießbratenfest des Imkerverbandes von South Central Missouri statt. Wir veranstalten es immer bei mir, weil ich unter den großen Eichen genug Platz für die siebzig Personen habe, die gewöhnlich kommen, und auch weil ich die einzige bin, die am Fluß wohnt, denn die Teilnehmer gehen zwischendurch gern schwimmen. Ich frage vorher den Vorsitzenden des VFW, der aber noch nie etwas dagegen gehabt hat, daß die Bienenzüchter und ihre Familien an diesem Sonntag den Campingplatz am Fluß benutzen.

Eines unserer Mitglieder ist nicht nur Bienen-, sondern auch Schweinezüchter, und er stiftet das Schwein. Er kommt schon am Vormittag, legt in sicherer Entfernung von den Bäumen einen Kreis aus Steinen und Betonklötzen und macht mit Eichen- und Hickoryscheiten von meinem Holzstoß ein großes Feuer. Ich half ihm dabei, und während der Arbeit schimpfte er auf die Holzkohlefabriken, die hier wie Pilze aus dem Boden schießen. Sie bringen unseren Holzfällern zwar Geld, aber der Mann ist ein in der Wolle gefärbter Ozarker und sagte, es gefalle ihm nicht, daß unsere Wälder zu Holzkohlenbriketts verarbeitet würden, damit die

Leute in den Nobelvororten überall im Land ihre Grillpartys veranstalten könnten.

Als das Feuer auf spießbratengerechte Maße heruntergebrannt war, trafen einige der anderen Imker mit ihren Familien ein. Die vorhergesagten siebenunddreißig Grad waren noch nicht ganz erreicht, und die Leute aus der Stadt meinten, wegen der leichten Brise auf meinem Hügel komme es ihnen hier etwas kühler vor.

Am Morgen hatte ich zwei Sägeböcke unter die Eichen gestellt und eine lange Sperrholzplatte daraufgelegt. Als Tischdecke breitete ich einen Bettüberwurf darüber und trat dann zurück, um mein Werk zu begutachten: Die Tafel wirkte ein wenig kahl, und so ging ich auf die Wiese, pflückte einen Arm voll Seidenblumen, Sonnenhut, Gänseblümchen und Blütenständen wilder Möhren und stellte sie in einer Wasserflasche auf den Tisch.

Nach und nach trafen die Bienenzüchter ein, und die Frauen luden ihre Körbe aus. Mein Kühlschrank wurde vollgepackt, und was in der Hitze nicht verderben konnte, wurde auf den Tisch gestellt. Da gab es Aufläufe, gartenfrische Salate, einen Korb Pfirsiche, soeben vom eigenen Baum gepflückt. Eine Frau hatte in der Woche zuvor ihre Hühner geschlachtet und eingefroren; einige davon hatte sie zum Braten mitgebracht. Wir alle fanden, daß frei laufende Hühner, die sich ihr Futter zumindest teilweise selbst suchen dürfen, besser schmecken als die aus dem Supermarkt. Es gab hausgemachte Pickles und Dips, gekühlte Limonade und Eistee, Pasteten und Kuchen, die an diesem heißen Tag unmittelbar vor der Abfahrt aus dem Rohr geholt worden waren. Da ich selbst keine große Köchin bin, besteht mein Beitrag immer aus einem eisgefüllten Waschzuber voll Bier. Es sind auch einige Antialkoholiker unter den Imkern, und als wir zum ersten Mal unser Schwein brieten, erhoben sie Einspruch gegen das Bier, aber da sie jedes Jahr wiederkommen, haben sie sich wohl irgendwie mit ihren Prinzipien arrangiert.

Das Interesse für Bienen verbindet die Mitglieder, und einige sind auch aus anderen Gründen befreundet, aber es ist eine gemischte Gesellschaft, bunt zusammengewürfelt nicht nur, was Antialkoholiker und Biertrinker betrifft. Zwei der Männer sind über achtzig und haben ihr Leben lang Bienen gezüchtet, doch es sind auch junge Leute dabei, die die Freuden der Bienenhaltung gerade erst entdeckt haben. Da gibt es ernste Naturapostel mit schulterlangem Haar, langjährige Ozarkfarmer, einen Banker aus der Stadt, einige Lehrer, mehrere Tischler, Paare im Ruhestand, die jetzt Zeit für ein paar Bienenstöcke haben. Ich bin die einzige gewerbsmäßige Imkerin, die einzige, die mit der Imkerei ihren Lebensunterhalt verdient und eine große Zahl von Bienenstöcken besitzt. Die meisten haben nur einen oder zwei, einige wenige zehn oder zwanzig. Fast alle sind Männer. Die weiblichen Gäste sind meist Ehefrauen, die sich für das, was ihren Männern Spaß macht, interessieren.

Da die Kinder sofort ins Wasser wollten, gingen ihre Eltern, nachdem sie das Essen ausgepackt hatten, mit ihnen zum Fluß hinunter. Alle hatten Klappstühle mitgebracht, und wir stellten sie nicht weit vom Tisch unter den Eichen in einem großen Kreis auf. Wer nicht schwimmen gegangen war, tauschte mit den anderen den neuesten Klatsch aus und redete über Bienen.

Einige der Gäste kamen kühl und naß vom Fluß herauf, andere gingen hinunter, ein paar behielten das Feuer im Auge und drehten den Spieß. Die Neuen waren neugierig auf meinen Schleuderraum, den sie noch nicht gesehen hatten, und ich ging mit ihnen hinein, führte die Geräte vor und zeigte, wie alles funktioniert.

Gegen vier war das Schwein gar, und wir waren alle hungrig. Die Frauen holten die Sachen aus dem Kühlschrank und verteilten sie auf dem Tisch, wir aßen, bis wir schier platzten, dann plauderten wir weiter, während die Kinder spielten. Bei Sonnenuntergang, als es kühler geworden war, räumten die Frauen den Tisch ab, und einige der Männer trugen die Sperrholzplatte und die Sägeböcke in die Scheune zurück. Familien mit kleinen Kindern brachen auf, andere blieben noch.

Wir saßen in der Abenddämmerung unter den Eichen, beobachteten die Glühwürmchen, die aus dem Gras aufstiegen, und fragten uns, warum man sie nie bei Tage sieht. Dann sprachen wir darüber, daß der Honigpreis fällt, während gleichzeitig die Kosten für die nötigen Gerätschaften steigen. In der Ferne ertönten die ersten Rufe der Schwarzkehlnachtschwalben. Ich verlor den Faden und horchte auf eine andere Vogelstimme dazwischen, die ich in letzter Zeit öfter gehört habe. Es könnte eine Carolinanachtschwalbe sein, aber ich kenne mich mit Vogelstimmen nicht sehr gut aus und unterbrach deshalb das Gespräch, um zu fragen, ob jemand wisse, was das sei. Wie sich herausstellte, kannte sich auch von den anderen niemand mit Vogelstimmen aus, aber alle lauschten und hörten den Unterschied heraus, als ich sie darauf aufmerksam machte. Auch Laubheuschrecken und Zikaden waren ringsum zu vernehmen, und wir fachsimpelten eine Weile darüber, wie sie die Töne erzeugen. Dann wandte sich das Gespräch wieder dem staatlichen Preisstützungsprogramm zu, von dem kleine Imker kaum profitieren.

Es war spät und bereits kühl geworden, als meine Gäste aufbrachen. Ein fast voller Mond erleuchtete den Weg zu ihren Pickups, und überall blinkten Glühwürmchen. Wir waren uns darin einig, daß es eines unserer gelungeneren Spießbratenfeste gewesen war. Nur ein kleiner Junge hatte geweint, weil mein Hahn ihm nachgerannt war, aber sonst hatten alle ihren Spaß gehabt.

Der letzte Winter war ungewöhnlich mild, und als Folge davon gibt es diesen Sommer jede Menge Grasmilben. Der Humor der Ozarker ist eher subtil, und so fragen die Leute hier einander, ob sie zufällig auf der Beerdigung einer der fünf Grasmilben gewesen seien, die während des kalten Wetters gestorben seien.

Dort wo der Wald abgeholzt ist, eignet sich der dünne Boden kaum zur Rinder- oder Schweinehaltung, und auch Feldfrüchte gedeihen nicht, so daß viele Lichtungen und alte Weiden verbuschen und von Brombeeren überwuchert werden. Dieser Bewuchs und die feuchtheißen Sommer machen sie zu einem idealen Lebensraum für Grasmilben.

Gestern hatte ich Besuch von einem Freund aus der Stadt. Er ging Brombeeren für eine Früchtepastete pflücken, und am Abend war er mit roten, fürchterlich juckenden Grasmilbenstichen übersät. Sie jucken wochenlang, aber ich brachte es nicht übers Herz, ihm das zu sagen. Mein Mitgefühl war ihm sicher, denn in meinen ersten Sommern hier habe ich mich auch permanent gekratzt, oft an nicht gesellschaftsfähigen Stellen. Doch wie viele Menschen war ich nach einigen Jahren gegen die Stiche der Grasmilben immun und fühle mich deshalb berechtigt, näher auf sie einzugehen.

Grasmilben sind keine Insekten, sondern gehören zu den Spinnentieren, deshalb haben sie acht Beine und einen unsegmentierten Körper. Man kennt über siebenhundert Grasmilbenarten, von denen sich kaum fünfzig vom Menschen ernähren. Im Orient gibt es eine Art, die das Flußfieber überträgt, aber in unseren Breiten richten sie nicht mehr Schaden an, als daß ihre Stiche jucken. Eine der häufigsten Arten hier ist *Trombicula alfreddugesi*, benannt nach Alfred Dugès, einem berühmten Milbenkenner, der sie um die Jahrhundertwende erforscht hat. Mein Lieblings-Milbenexperte aber ist James M. Brennan, ein Entomologe im Staatsdienst, der einmal im Bitterroottal in Montana von einem einzigen Waldmurmeltier über viertausend Grasmilben abgesammelt hat. Viertausend winzige Grasmilben zu zählen ist ein wahrhaft heroisches Unterfangen, und ich freute mich, als ich las, daß eine ganze Gattung nach ihm benannt ist.

Grasmilben sind für uns Menschen auch deshalb so bedeutsam, weil sie so klein sind, daß wir sie nicht sehen können und meist erst dann merken, daß sie sich an uns gelabt haben, wenn es wie bei meinem Freund, dem Brombeerenpflücker, zu jucken anfängt.

Ausgewachsene Grasmilben allerdings werden sage und schreibe zweieinhalb Millimeter lang und sind sehr wohl mit bloßem Auge zu erkennen. Selbst ich mit meinen mittelalterlichen Augen kann sie sehen. Sie sind leuchtend orange, wie die Knollige Seidenpflanze, die in den Ozarks deshalb auch Milbenkraut genannt wird. Durch die Lupe erkennt man, daß sie mit fedrigen Härchen bedeckt und sehr hübsch sind. Da sie sich jedoch von pflanzlichen und tierischen Überresten und auch dem einen oder anderen Insektenei ernähren, kreuzen sich unsere Wege selten. Sie legen winzige Eier, aus denen dann die Larven schlüpfen, und diese Larven sind es, die uns Menschen so zu schaffen machen.

Die mikroskopisch kleinen Eier werden in die Erde gelegt. In ihnen entwickeln sich zunächst sogenannte Prälarven, die in der Eihülle verbleiben. Aus diesen gehen die eigentlichen orangefarbenen Larven hervor, die so klein sind, daß man fünfzig von ihnen aneinanderreihen müßte, um auf eine Länge von einem Zentimeter zu kommen. Nun brauchen die Larven eine Mahlzeit, sonst können sie sich nicht in Nymphen – das nächste Entwicklungsstadium – verwandeln. Sie kriechen auf Grashalme, Brombeersträucher oder Büsche, um einen geeigneten Wirbeltierwirt zu finden, an dem sie sich gütlich tun können. Am liebsten sind ihnen Eidechsen, Schildkröten, Vögel oder sogar Waldmurmeltiere. Der Mensch ist aus Grasmilbensicht ein schlechter Wirt. Landet die Grasmilbe dennoch auf einem, klettert sie an ihm hoch, sucht sich ein geschütztes Plätzchen und läßt es sich schmecken. Grasmilben wählen deshalb meist Stellen, an denen die Kleidung eng anliegt, und uns juckt es dann an den unmöglichsten Stellen. Manche Ozarker schwören, der beste Schutz vor Grasmilbenstichen sei, sich splitternackt im Freien zu bewegen. Die Tierchen würden dann die eine Körperseite hinauf und die andere enttäuscht wieder hinunterwandern, weil sie kein passendes Plätzchen gefunden hätten. Ich habe es nie über mich gebracht, nackt in ein Brombeerdickicht einzutauchen, kann also nicht sagen, ob das stimmt.

Hat eine Grasmilbenlarve eine gute Stelle gefunden, läßt sie sich dort zum Fressen nieder. Technisch gesehen beißen Grasmilben nicht, dafür sind ihre Mundwerkzeuge nicht kräftig genug. Vielmehr injizieren sie ein Verdauungsenzym in die Haut und lösen damit ein bißchen Fleisch auf, das sie dann aufsaugen. Grasmilben interessieren sich nicht für Blut, sondern nehmen verflüssigte Haut und Gewebsflüssigkeit auf. Wenn sie nicht gestört werden, bleiben sie, wo sie sind, und erzeugen mit Hilfe des Enzyms eine kleine Kuhle oder Röhre, die man Stylostom nennt. Kann die Larve so lange auf ihrem Wirt bleiben, bis sie eine volle Mahlzeit intus hat – etwa drei Tage –, fällt sie gesättigt ab und sucht einen sicheren Platz am Boden auf, wo sie verharrt und sich auf die Verwandlung vorbereitet. Ihr Körperinneres wird eingeschmolzen und formt sich neu zu einer beinlosen puppenähnlichen Protonymphe, die sich ihrerseits in eine aktive Deutonymphe verwandelt, ein Räuber wie das spätere erwachsene Tier. Die Wandlung von der Nymphe zum erwachsenen Tier vollzieht sich ebenfalls in zwei Stufen. Wieder erstarrt die Grasmilbe, während sich in ihrem Innern Gewebe auflöst und zu einer beinlosen puppenähnlichen Tritonymphe umformt, die sich nicht bewegt, aus der aber dann die erwachsene, leuchtend rote, samtige, geschlechtsreife Grasmilbe hervorgeht.

Das alles ist überaus elegant und komplex, doch das aus menschlicher Sicht bei weitem Eigenartigste an den Grasmilben ist unsere Reaktion auf sie. Macht sich eine Grasmilbe über unsere Haut her, reagiert unser Körper damit, daß er ein ganzes Bataillon Allergie-Alarmglocken läutet und wir anfangen, uns zu kratzen. Das ist eine Überreaktion, denn sie nützt weder uns noch der Grasmilbe. Wer das Glück hatte, eine Toleranz gegen Grasmilben zu entwickeln, gibt einen ruhigen, nichtkratzenden Wirt für sie ab. Die Grasmilbe selbst hat auch nichts davon, daß sie diese allergische Reaktion hervorruft. Eine solche Reaktion auf das Gift am Stachel einer Biene dient dem Erhalt des Bienenvolks und seiner Nahrungsvorräte; wenn aber eine Grasmilbe eine allergische Reaktion auslöst, kratzen wir sie weg, bevor sie sich sattgefressen hat, und töten sie dabei meist.

G. W. Krantz, ein herausragender Milbenforscher, sinnt über diese Merkwürdigkeit nach und sagt: »... die heftige Kratzreaktion des Menschen ... verrät eine schlechte Anpassung an den Wirt.« Mit anderen Worten: Das alles ist ein schrecklicher Irrtum.

Wir haben es hier mit einem jener biologischen Rätsel zu tun, die ich so erheiternd finde – verwirrende, ungelöste Fragen, die uns daran erinnern, daß noch nicht alle Ergebnisse vorliegen, daß wir noch nicht unsere endgültige Form erreicht und auch nicht alle Antworten gefunden haben. Wir sind noch in Arbeit, Grasmilben, Menschen und alles andere. Wahrscheinlich warten irgendwo da draußen bessere Antworten auf uns.

Von meinen Bienenstöcken habe ich zwanzig hier in der Nähe, die anderen stehen weit über die Ozarks verstreut, überall dort, wo es dichte Brombeerhecken gibt und anderes, was Bienen mögen. Ich habe immer eine Warteliste von Farmern, die gern Bienen auf ihrem Land hätten, weil der Klee auf den Weiden üppiger wächst, wenn die Bienen ihn bestäuben.

Einer der Farmer, Ozarker der dritten Generation und Milchviehhalter mit einem lebhaften Interesse für Bienen, kam heute vorbei, um sich meine Honigfabrik anzusehen, wie meine Nachbarn sie nennen. Mein Honighaus beherbergt ein schimmerndes Sortiment Edelstahlbehälter, die mit durchsichtigen Plastikschläuchen verbunden sind, eine Entdeckelungsmaschine zum Öffnen der Waben, eine Honigschleuder und eine Menge weiterer Apparaturen, die surren, pochen, summen und recht eigenartig aussehen. Der Milchviehhalter, ein gewiefter Bergbewohner, betrachtete alles eingehend und meinte dann: »Jaaa, alsooo … so genau kann ich's noch nicht sagen, aber für mich sieht das aus wie eine Brennerei.«

Es hat hier dürre und auch naßkalte Jahre gegeben,

in denen die Blumen nicht recht blühen wollten und ich mit einer Brennerei auf meinem Hügel besser dran gewesen wäre. Das ganze letzte Jahr aber war das Wetter vom Bienenstandpunkt aus betrachtet ideal, und im August habe ich in meiner Fabrik hundertfünfzig Zentner Honig produziert, fast doppelt soviel wie sonst. Alles war überlastet, angefangen bei mir selbst, denn weder ich noch meine Ausrüstung sind auf solche Mengen eingestellt, auch nicht, wenn wir Hilfe haben.

Ich muß jedes Jahr jemanden anheuern, einen kräftigen jungen Mann, der sich nicht davor fürchtet, gestochen zu werden, und der mir hilft, den Honig aus den Bienenstöcken zu ernten.

Was ich herausnehme, ist der Überschuß, den die Bienen nicht für den Winter brauchen. Er befindet sich im obersten Kasten des Bienenstocks, der sogenannten Honigzarge. Um an ihn heranzukommen, stelle ich mich mit einem benzinbetriebenen Bienenbläser hinter den Stock und fege die Bienen mit dem Luftstrom aus dem Kasten heraus. Der kräftige junge Mann trägt dann die Zargen, von denen jede ungefähr siebenundzwanzig Kilo wiegt, zum Laster und stapelt sie darin auf Paletten. Es gibt in jedem Trachtgebiet dreißig bis fünfzig Honigzargen, und wir haben nur etwa eine halbe Stunde Zeit, um sie aus den Stöcken zu holen, zu stapeln und abzudecken, dann werden die Bienen böse. Die beste Zeit für die Honigernte ist hier der Spätsommer. Es ist dann oft über fünfunddreißig Grad heiß, aber die Natur dieser Arbeit und die Reizbarkeit der Bienen erfordern Schutzkleidung: Overall, Imkerschleier mit Reißverschluß und Lederhandschuhe. Selbst ein sehr kräftiger junger Mann gerät gehörig ins Schwitzen, wenn er bei heißem Wetter im rundum geschlossenen Imkeranzug siebenundzwanzig Kilo schwere Honigzargen schleppt – und dabei auch noch von zornigen Bienen schikaniert wird.

Dieses Jahr war der Helfer mein Neffe Ky, der etwas über Bienen und Imkerei lernen wollte. Er ist ein lieber, sanftmütiger, hilfsbereiter Hüne, dem aufgrund diverser körperlicher Probleme das Vertrauen in seine Fähigkeit fehlt, es im Leben zu etwas zu bringen.

Gleich nach seiner Ankunft begann ich damit, ihn zu desensibilisieren, also gegen das Bienengift unempfindlich zu machen. Ich drückte zur Betäubung einen Eiswürfel auf seinen Arm, faßte dann eine Biene vorsichtig am Kopf, setzte sie auf die betäubte Stelle und ließ sie zustechen. Der Bienenstachel hat Widerhaken, er bleibt im Fleisch stecken und reißt ab, wenn die Biene sich befreit. Ohne den Stachel lebt sie nur noch kurze Zeit. Die Giftblase am Ende des Stachels pulsiert noch weiter, nachdem die Biene weggeflogen ist, ihre Muskeln pumpen das Gift heraus und treiben den Stachel tiefer ins Fleisch.

Damit Ky nicht schon am ersten Tag die volle Giftmenge abbekam, kratzte ich den Stachel nach einer Minute mit dem Fingernagel heraus und beobachtete genau die Reaktion. Nur wenige Menschen – etwa jeder Hundertste – sind allergisch gegen Bienengift. Jeder neue Stich kann bei ihnen eine schwerere Reaktion auslösen als der vorhergehende, von Atemnot und Herzrasen bis hin zu Erstickungsanfällen und zum lebensbedrohlichen anaphylaktischen Schock. Ky war in seinem Leben schon mehrmals von einer Biene gestochen worden, er war also wohl nicht ernsthaft allergisch gegen das Gift, aber ich wollte auf Nummer Sicher gehen.

Die Stelle, an der der Stachel eingedrungen war, rötete sich und schwoll an. Das war normal, und auch daß sie juckte, war normal. Am nächsten Tag wiederholten wir die Prozedur, doch diesmal ließ ich den Stachel volle zehn Minuten in Kys Arm, so lange, bis die Giftblase leer war. Wieder wurde die Stelle rot, schwoll an und juckte, aber tags darauf war nichts mehr zu sehen. Ky meinte, er brauche den Eiswürfel nun nicht mehr, und setzte sich die Biene von da an selbst auf den Arm. Ich beließ es bei einem Stich pro Tag, bis keine Rötung oder Schwellung mehr auftrat, dann ließ ich Ky die Dosis auf zwei Stiche täglich erhöhen. Die größere Giftmenge rief von neuem Rötungen und Schwellungen hervor, aber bald zeigte sein Körper keine allergische Reaktion mehr. Nach und nach steigerten wir die Rate auf zehn Stiche pro Tag.

Um Ky aufzumuntern, sagte ich ihm, daß das Bienengift ihn möglicherweise vor Arthritis schützen werde, die bei uns in der Familie liegt. Imker sind generell der Ansicht, es sei gesund, von Bienen gestochen zu werden, und das Bienengift lindere die Arthritissymptome. In meiner ersten Zeit als Imkerin hielt ich das für eines der vielen Ammenmärchen, die die Bienenzucht zu einer so kurzweiligen Tätigkeit machen. Doch ich wurde eines Besseren belehrt: Nachdem ich mehrmals in die Hände gestochen worden war, verschwanden die Schmerzen in meinen Fingern. Ky hörte sich meine Prognose höflich amüsiert und skeptisch an, freute sich aber, als ich mich zur Gesellschaft ein paarmal in die Knöchel stechen ließ.

Ich hatte Ky eigentlich nur deshalb gegen das Bienengift desensibilisiert, damit ihn die Stiche, die er unweigerlich abbekommen würde, nicht allzusehr beeinträchtigten, wenn wir den Honig aus den Bienenstöcken holten. Doch dann merkte ich, daß die Prozedur noch eine andere, wichtigere Wirkung auf ihn hatte: Er war ungeheuer zufrieden mit sich, weil er etwas überstanden hatte, was er offenbar als einen Initiationsritus betrachtete. Stolz und hocherfreut erzählte er anderen davon. Er war jetzt ein richtig harter Bursche.

Ich hoffte nun, ihn gut genug auf seinen ersten Arbeitstag vorbereitet zu haben. Nach langjähriger Erfahrung mit kräftigen jungen Helfern wußte ich genau, was am ersten Tag passieren würde: Er würde grandios gestochen werden.

Manche Bienenzüchter behaupten steif und fest, Bienen würden ihren Imker kennen und ihn nicht stechen. Das ist Unsinn, denn Sommerbienen leben nur sechs Wochen, und manche Stöcke öffne ich so selten, daß ich für die Bienen darin eine Fremde bin. Trotzdem werde ich selten gestochen. Andere behaupten, Bienen könnten Angst oder Nervosität riechen. Ich weiß nicht, ob das stimmt, aber ich weiß, daß Bienenaugen so gebaut sind, daß sie starke Kontraste und Bewegung sehr gut, unbewegliche Objekte dagegen weniger gut erkennen können. Ein Mensch, der sich in der Nähe des Bienenstocks schnell und ruckartig bewegt, wird daher, wenn er sich am Stock zu schaffen macht, die Aufmerksamkeit der Bienen auf sich ziehen und eher von ihnen belästigt werden als einer, der sich ruhig und gelassen bewegt. Ich habe die Erfahrung gemacht, daß der kräftige junge Mann, den ich für die Honigernte anheure, in den ersten Tagen, wenn alles noch neu für ihn und er etwas angespannt ist, gnadenlos gestochen wird. Dann gewöhnt er sich an die Arbeit und wird gelassener im Umgang mit den Bienen. Je mehr Selbstvertrauen und Sicherheit er gewinnt, desto ruhiger werden auch die Bienen, und am Ende der Erntezeit wird er nur noch ein paarmal täglich gestochen.

Ich wußte, daß Ky an seinem ersten Tag in den Trachtgebieten unbedingt gute Arbeit leisten wollte. Ich hatte ihm genau erklärt, wie wir den Honig aus den Bienenstöcken nehmen würden, aber es war natürlich alles ungewohnt für ihn, und er war ängstlich. Als ich den ersten Stock öffnete, stürzten sich die Bienen prompt auf ihn. Die meisten Stacheln vermochten seinen Schutzanzug nicht zu durchdringen, aber Bienen hinterlassen beim Stechen eine chemische Spur, die den Gestochenen als Feind markiert, ein Alarmsignal, das andere Bienen auf Anhieb verstehen. So auch die Bienen aus jedem weiteren Stock, den ich öffnete. Bald sah Kys Anzug aus wie ein Nadelkissen. Obendrein wurde es heißer, und Ky fing an zu schwitzen. In den Zargen, die er zum Wagen trug, waren einzelne Waben zerbrochen, und der Honig tropfte auf seinen Anzug. Honig und Schweiß bewirkten, daß ihm der Stoff auf der Haut klebte, so daß die Stacheln der zornigen Bienen hindurchdrangen und er jeden einzelnen Stich spürte. Hunderte von Bienen fielen über ihn her, vertrieben ihn von den Stöcken und jagten ihn noch ein ganzes Stück weiter, ehe sie von ihm abließen. Ich konnte wenig tun, um ihm zu helfen, ich mußte nur versuchen, so schnell wie möglich mit der Arbeit fertig zu werden. Die letzten Zargen nahm ich deshalb selbst heraus, trug sie zum Laster und lud sie auf. Dann zurrten wir die Ladung fest und fuhren los. Kys Gesicht war rot vor Anstrengung, als er den Reißverschluß des Imkerschleiers aufzog. Auf der Fahrt zum nächsten Trachtgebiet saß er wortkarg neben mir und schüttete Eiswasser aus der Thermosflasche in sich hinein.

Diesmal ließen die Bienen Ky in Ruhe, als wir unsere Ausrüstung bereitmachten. Ich hoffte, die chemischen Alarmstoffe auf seinem Anzug hätten sich weitgehend verflüchtigt, doch kaum öffnete ich die Stöcke, attakkierten ihn die Bienen von neuem. Bald war er in eine Wolke wütender Bienen eingehüllt, die ihn zum Laster und zurück begleitete. Ich hatte den Wagen des Geländes wegen schräg parken müssen, und Ky mußte sich beim Einladen bücken. Der Stoff seines Anzugs spannte sich über seinem ganzen Rücken und seinem Hinterteil, und wieder konnten die Bienen mühelos durchstechen. Beim Lärm des Bienenbläsers war eine Verständigung nicht möglich, und ich machte mir Sorgen, wie er die vielen hundert Stiche verkraften würde. So schnell ich konnte, entfernte ich die Bienen aus den Honigzargen, aber es war ein gutes Trachtgebiet, und entsprechend viele Stöcke gab es dort.

Innerhalb einer Stunde schleppte und verlud Ky über elf Zentner, wie wir später feststellten. Das Thermometer mußte auf fast achtunddreißig Grad geklettert sein. Nachdem Ky die letzte Zarge eingeladen hatte, fuhr ich den Laster von den Bienenstöcken weg, und wir zurrten die Ladung fest. Kys lange Haare klebten ihm im Gesicht, so daß ich nicht erkennen konnte, wie ihm zumute war, aber er war an seine Grenzen gestoßen, und ich machte mir Sorgen um ihn. Er versuchte, einige der Stacheln aus seinem Hosenboden zu ziehen, bevor er sich ganz vorsichtig neben mich setzte. Dann öffnete er seinen Imkerschleier und warf ihn zur Seite, strich sich die Haare aus dem verschwitzten Gesicht, ergriff die Thermosflasche und sagte mit einem breiten, triumphierenden Grinsen: »Sollte ich mal Arthritis im Hintern kriegen, dann weiß ich, daß du mir einen Haufen Stuß erzählt hast.«

Noch einmal Schlangen. Erdnattern diesmal. Ich kann eine Erdnatter nicht von der anderen unterscheiden und weiß deshalb nicht, ob diejenige, die schon den ganzen Sommer pünktlich jeden Freitag in meinem Hühnerstall erscheint, immer dieselbe ist, aber ich denke schon. Nach meiner Theorie braucht sie eine Woche, um ihre Mahlzeit aus Mäusen und dem einen oder anderen Ei zu verdauen, aber das bleibt natürlich Theorie, denn keines meiner Bücher klärt mich darüber auf, wann bei den Erdnattern Essenszeit ist. Ich muß meinen Herpetologenfreund fragen, wenn ich ihn das nächste Mal sehe.

Erdnattern gehören zu den größten Schlangen, die es in unserer Gegend gibt. Die im Hühnerstall schätze ich auf anderthalb Meter, aber sie können auch bis zu zwei Meter lang werden. Das erwachsene Tier ist oben glänzend schwarz, Jungtiere tragen eine auffallende bräunlich-schwärzliche Zeichnung. Dieses Muster ist bei den Erwachsenen manchmal noch ganz schwach erkennbar, daher ihr wissenschaftlicher Name *Elaphe obsoleta obsoleta. Elaphe* weist auf ihre Verwandtschaft mit anderen Kletternattern hin, den Berg- und den Kornnattern, *obsoleta* bedeutet soviel wie verwaschen, undeutlich. Ihr englischer Name *black rat snake* spielt auf ihren Speisezettel an.

Die Hühnerstallschlange habe ich auf den Namen Freitag getauft.

Es liegt mir fern, einer Maus Böses zu wünschen, aber dieses Frühjahr haben die Mäuse im Hühnerstall so überhandgenommen und so viel vom Hühnerfutter weggefressen, daß ich bald mehr Mäuse als Hühner hatte. Das Problem war, daß mir die Katzen ausgegangen waren, denn meine Scheunenkatzen waren im Winter nach siebzehn Jahren eines erfüllten, unergründlichen Lebens im Abstand von wenigen Monaten beide gestorben. Im Frühsommer nahm ich einen jungen Kater bei mir auf, aber es würde noch eine ganze Weile dauern, bis er zum Mäusefänger herangereift war. Unterdessen vermehrten sich die unbehelligten Mäuse rapide und wurden für mich und die Hühner zu einer wahren Plage.

Daher freute ich mich, als ich im Frühjahr die erste Erdnatter sah. In der Scheune gab es Mäuse, im Hühnerstall gab es Mäuse, und bald waren überall Erdnattern aller Größen. Daß Freitag immer dieselbe Schlange ist, glaube ich auch deshalb, weil sie den Hühnerstall, dessen Mäusepopulation sie bald auf ein erträgliches Maß dezimiert hatte, mittlerweile als ihren Besitz betrachtet. Schlangen dieser Art können recht angriffslustig sein und beißen zu, wenn sie sich bedroht fühlen, aber Freitag scheint zu spüren, daß ich ihr nichts Böses will, und sie ignoriert mich. Als ich sie das erstemal sah, in einem Nest eingerollt, die Umrisse der drei Eier, die sie verschlungen hatte, in ihrer Mitte noch deutlich sichtbar, blickte sie mich ruhig an; sie war zu unförmig, um schnell davonzugleiten. Letzten Freitag, als ich Eier einsammelte, war sie wieder da. Es war ein heißer Tag, und die kreisförmige Pfütze unter der Hühnertränke hatte sie zu einem Bad animiert. Sie sah mir gerade in die Augen, als ich stehenblieb und sie auslachte. Keine etwa vorhandene Schlangenwürde konnte verhindern, daß es nur lächerlich wirkte, wie sie versuchte, ihre kompletten anderthalb Meter in eine Wasserlache von fünf Zentimetern Durchmesser zu zwängen.

Erdnattern fressen auch gern Vögel, und in Anbetracht ihrer Vorlieben ziehe ich das Dutzend Küken, das ich jedes Jahr im Frühling kaufe, in einem großen Pappkarton neben dem Holzofen in meiner Hütte unter einer Wärmelampe auf. Etwa eine Woche lang sind die Daunenbällchen einfach entzückend, doch sehr schnell werden sie zu schlaksigen Halbwüchsigen, die ohne Sinn und Verstand aufeinander einhacken, wenn sie nicht genug Platz haben. Das Sägemehl muß ständig erneuert werden, sie ferkeln mit Futter und Wasser herum, und bald bin ich diese Mitbewohner leid. Einmal habe ich sie zu früh hinausgelassen, und am nächsten Morgen war eines von ihnen tot, schon zu groß, um von einer Erdnatter verschlungen, aber noch klein genug, um von ihr getötet zu werden. Die Schlangen umschlingen und erdrosseln Tiere dieser Größe; der spiralförmige Abdruck war auf dem seltsam in die Länge gezogenen Leib des Huhns noch deutlich zu erkennen. Seitdem behalte ich die Küken in der Hütte, bis sie so groß sind, daß sie keiner Schlange mehr zum Opfer fallen können.

Einmal konnte ich zwei junge Schnäppertyrannen vor einer Erdnatter retten. Die Eltern hatten ihr Nest unmittelbar unter dem Dachvorsprung meines Honighauses gebaut, und ich hatte sie das ganze Frühjahr über immer wieder durchs Fenster beobachtet. Sie hatten ihre Eier ausgebrütet, und im Nest saßen zwei Jungvögel. Als ich eines Tages im Schleuderraum arbeitete, hörte ich einen fürchterlichen Lärm. Es waren die Eltern, die in einem nahen Persimonenbaum aufgeregt schrien. Eine Erdnatter, die nicht umsonst zu den Kletternattern gezählt wird, war an der Seitenwand des Honighauses emporgeglitten, hatte sich um das Nest gewunden und verschlang in aller Ruhe die beiden Kleinen. Ich rannte hinaus, packte die Schlange am Schwanz und schüttelte sie kräftig, bis ihr die Jungvögel aus dem Maul fielen, naß, aber unversehrt. Ich schleuderte die Schlange so weit fort, wie ich nur konnte, hob die Küken auf und setzte sie wieder ins Nest. Die Eltern verharrten noch den ganzen Tag in einem Zustand ohnmächtiger Verwirrung, bald vor ihren Sprößlingen zurückschreckend, bald zu ihnen hingezogen. Bei Einbruch der Dunkelheit kehrten sie endlich ins Nest zurück, und die beiden jungen Schnäppertyrannen lebten darin weiter, bis sie es aus eigener Kraft verlassen konnten.

Damit wären wir wieder beim Thema menschlicher Einmischung: Als Mensch trage ich die Verantwortung, wenn ich mitten im angestammten Mäuselebensraum ein Hühnervolk ansiedle und damit den ganzen Prozeß überhaupt erst in Gang setze. Ich stelle ihn mir gern als einen Kreis vor. Trete ich einen Schritt aus seinem Zentrum heraus, bin ich Teil des Kreises, eines Kreises aus Hühnern, Hühnerfutter, Mäusen, Schlangen, Schnäppertyrannen, mir und wieder Hühnern, eine einfache geometrische Figur, die die Komplexität des Ganzen allenfalls erahnen läßt. Denn jeder von uns ist zugleich Teil anderer geometrischer Figuren, die zusammen ein feines, facettenreiches, netzartiges, flexibles, fragiles Ganzes bilden. Als Mensch mische ich mich ständig ein, ich manipuliere, verändere, gestalte um. Das ist weder gut noch schlecht, es ist einfach Menschenart, so wie die Schlange, die Mäuse und Schnäppertyrannen frißt, sich nur nach Schlangenart verhält. Mein Menschengehirn aber kann erkennen, daß mein Herumfingern und -zupfen an einer Stelle des Kreises auf das Ganze zurückwirkt.

Mein Honighaus ist an die Südwand der Scheune angebaut und hat an den übrigen drei Seiten Fenster. Am Ost- und am Westfenster sind Bienenfluchten aus feinem Maschendraht angebracht, durch die die Bienen hinaus-, aber nicht hereinkönnen. Bienen, die sich draußen nicht aus den Honigzargen haben vertreiben lassen und mit Ky und mir in den Schleuderraum gelangt sind, kommen so wieder ins Freie. Wir stapeln die Zargen im Schleuderraum, und während sie auf ihre Verarbeitung warten, krabbeln die letzten Bienen zwischen den Rähmchen nach oben. Dort angelangt, sind sie zunächst entmutigt, weil sie nicht wissen, wo sie sind, aber da Bienen instinktiv zum Licht fliegen, finden sie im Laufe mehrerer Tage die Bienenfluchten – die im Ostfenster morgens, wenn dort das Licht hereinfällt, die im Westfester nachmittags. Draußen sind sie noch immer desorientiert, aber ich habe oberhalb der Bienenfluchten kleinere Kästen, sogenannte Halbzargen, mit ein paar Wabenrahmen darin angebracht, und die Bienen krabbeln dankbar hinein. Nach der Honigernte schüttle ich sie aus diesen Kästen in einige der Bienenstöcke am Waldrand.

Auf diese Weise wird die Bienenbiologie geradezu lehrbuchmäßig angewandt, um den Schleuderraum von Bienen freizuhalten. Dieses Jahr aber hatten einige Bienen die Lehrbücher nicht gelesen, und ihr Verhalten gab mir Rätsel auf.

In der ersten Woche der Honigverarbeitung fanden die Bienen durch die Fluchten den Weg ins Freie, und wie immer hingen außen an den Fliegengittern Trauben anderer Bienen, die den Honig drinnen rochen und danach lechzten, hineinzugelangen. Manchmal fütterten sich die Bienen draußen und drinnen durch das Drahtgeflecht hindurch mit ihren langen Zungen gegenseitig. Ich wußte, daß sie einander dabei auch einiges erzählten, denn die chemische Kommunikation während des Futteraustauschs ist ja einer der Regulatoren für das Verhalten der Bienen im Stock. Als ich einmal so dastand und sie beobachtete, fragte ich mich, was für Informationen sie wohl über eine für sie so künstliche Welt wie den Schleuderraum weitergeben mochten.

In der zweiten Woche weigerte sich ein Grüppchen Bienen hartnäckig, den Schleuderraum zu verlassen. Es wurden von Tag zu Tag mehr. Bienen sind extrem soziale Wesen, und je mehr sich zusammentun, desto besser ist die Stimmung unter ihnen. Die obstinaten Bienen vergnügten sich sogar damit, am Südfenster, an dem sie sich gesammelt hatten, Ansätze einer Wabe zu bauen. Die Bienen draußen kamen immer häufiger dorthin, und die beiden Gruppen fütterten einander pausenlos. Bienen im Schleuderraum zu haben ist grausam und außerdem unhygienisch, und ich versuchte sie mit allerlei Tricks hinauszubefördern: Ich zerstörte ihre Wabe und trieb sie auseinander oder versuchte sie in einen Wabenrahmen zu locken, den ich dann draußen ausschütteln wollte. Doch sie durchkreuzten meine Pläne und machten sich daran, eine neue Wabe zu bauen. Inzwischen waren es bereits mehrere tausend. Zwölf Jahre Bienenhaltung haben mich gelehrt, daß man Bienen zu nichts zwingen kann, und so gab ich meine Bemühungen auf und beobachtete sie nur noch. In der dritten Woche der Honigernte waren sie bereits zu einem kleinen Schwarm angewachsen.

Die ganze folgende Woche waren wir mit der Verarbeitung des Honigs beschäftigt. Eines Tages war ich bei Sonnenuntergang allein im Schleuderraum und füllte den Honig aus dem Fünfhundert-Liter-Tank in Zwanzig-Liter-Eimer ab. Die tiefstehende Sonne schien durch das Westfenster herein, und da einige der Bienen, die mit der letzten Fuhre gekommen waren, den Weg zu der Bienenflucht dort gefunden hatten, wie man es von ihnen erwartete, wollte ich sie nicht verwirren und machte deshalb kein Licht. Der Schwarm hing seltsamerweise noch immer am Südfenster. Ich unterbrach meine Arbeit und schaute genauer hin, denn draußen hatten sich mehr Bienen als sonst am Fliegengitter versammelt. Sie waren unruhig; ihre Erregung war förmlich mit Händen zu greifen. Plötzlich, wie auf Kommando, setzten sich die Bienen drinnen in Bewegung – nur einige wenige blieben an der trostspendenden Wabe zurück – und wanderten in langen Reihen zielstrebig los, über die schon im Schatten liegende Decke, jedoch nicht zum Westfenster und damit zum Licht, sondern in die entgegengesetzte Richtung, ans dunkle Ostfenster. An der dortigen Bienenflucht sammelten sie sich wieder, arbeiteten sich schiebend und drängelnd durch sie hindurch, und nach einer Viertelstunde waren Tausende von Bienen draußen.

Was war geschehen? Was hatte die Bienen bewogen, ihr Wabenstück, das einzige bißchen Glück, das sie sich im Schleuderraum hatten schaffen können, zu verlassen? Warum blieben einige zurück? Auf welches Signal hin setzten sich die anderen in Bewegung? Warum wanderten sie vom Licht weg? Woher wußten sie, daß im Dunkeln ein Weg nach draußen führte? Warum gingen sie im Gänsemarsch?

Ich habe keine Antworten auf diese Fragen, vermute aber, daß die ständige Kommunikation mit den Bienen draußen etwas mit ihrem Verhalten zu tun hatte, und bei der Vorstellung, wie komplex die übermittelten Informationen gewesen sei müssen, wird mir ein wenig unheimlich zumute. Der Entomologe, dem ich die Sache schilderte, wußte auch keine Antworten auf meine Fragen.

Ein Imkerkollege, dem ich davon erzählte, tat sich da leichter. »Die Bienen draußen haben denen drinnen halt gesagt, wie sie rauskommen, so war das«, meinte er. Ich äußerte meine Zweifel, und er schüttelte den Kopf. »Gespenstisch ist das«, sagte er. »Richtig gespenstisch.« Doch in einer Sache waren wir uns einig: Je länger wir Bienen züchten, desto weniger verstehen wir sie.

Die Sache ging mir noch tagelang im Kopf herum, und plötzlich erinnerte ich mich wieder an ein anderes verblüffendes Beispiel für den Orientierungssinn von Insekten.

Ich war bei meinem Cousin Asher zu Besuch, als eine Nachbarin vorbeikam und uns eine Seidenpflanze zeigte, an der sich eine prächtige Monarchfalterraupe mit ihren hübschen weißen, gelben und schwarzen Streifen gütlich tat. »Ich hab sofort an dich gedacht, als ich die gefunden hab«, sagte die Nachbarin, und wir mußten lachen, denn in anderer Gesellschaft hätte das möglicherweise etwas seltsam geklungen. Asher taufte die Raupe sogleich auf den Namen Henry und stellte die Seidenpflanze in einer leuchtend grünen Vase ins Wasser, so daß wir die Raupe beobachten konnten.

Den ganzen Nachmittag saßen wir da, unterhielten uns und betrachteten Henry, der bereits mehrere Blätter verspeist hatte. Plötzlich gab eines, an dem er gerade knabberte, nach, und er fiel mit einem Plopp auf den Tisch. Darauf standen allerlei von Menschenhand geschaffene Gegenstände, doch Henry hatte seine Raupensinne in Sekundenschnelle wieder beisammen, kroch zielsicher auf die Vase zu und erklomm unbeholfen die bauchige glatte Fläche, um wieder zu seinen Seidenpflanzenblättern zu gelangen.

Ashers Spezialgebiet sind zwar jene Ohrmilben bei Nachtfaltern, aber er kennt sich auch mit den Nachtfaltern selbst und anderen Schmetterlingen aus. Als ich ihn jedoch bat, mir zu erklären, was wir soeben gesehen hatten, war er genauso ratlos wie ich. Auch ihm war es ein Rätsel, wie die Raupe in einer Umgebung, in der ihre Instinkte ihr unmöglich weiterhelfen konnten, mit solcher Sicherheit ihren Weg hatte finden können. Wir spekulierten noch eine Weile hin und her und konnten am Ende doch nur staunend den Kopf schütteln.

Das saisonale Verhalten von Zugvögeln ist allgemein bekannt, und dennoch weiß man im Grunde nicht, wie die Vögel sich orientieren. Einer Theorie zufolge nutzen sie Landmarken, die von erfahrenen Mitgliedern des Schwarms erkannt werden, eine andere besagt, sie richteten sich nach dem Stand der Sonne beziehungsweise der Sterne, eine dritte, sie besäßen einen Magnetsinn, mit dem sie geringfügige Veränderungen im elektromagnetischen Feld der Erde wahrnehmen könnten. Doch alle diese Theorien sind in mancher Hinsicht unbefriedigend. Kürzlich las ich, Forscher hätten herausgefunden, daß Vögel über Tausende von Kilometern hinweg Infraschall wahrnehmen können, also Frequenzen, die Objekte durchdringen und aus Luftwirbeln entstehen, die sich an großen geographischen Strukturen wie Gebirgen oder Ozeanen bilden. Das würde bedeuten, daß die Zugvögel, die über meine Farm in Missouri hinwegfliegen, die Rocky Mountains oder den Atlantik hören können und sich daran orientieren.

Was immer ihnen den Weg weisen mag – Robert Crawford, ein junger Wissenschaftler aus Florida, meinte: »Es ist, als hätten sie Zugang zu einer anderen Dimension. Und wir sitzen hier in unserer vergleichsweise grauen Welt und glauben alles zu wissen und alles zu sehen.«

Er sprach von Vögeln, aber genausogut hätten es Monarchfalterraupen oder meine Bienen sein können. Der Physiker Sir James Jeans soll einmal gesagt haben, wir lebten in einer Welt, die nicht nur seltsamer sei, als wir dächten, sondern seltsamer, als wir überhaupt denken *könnten*. Das fiel mir wieder ein, als ich an jenem Nachmittag die Bienen über die Decke des Schleuderraums wandern sah, und ich war dankbar, daß ich hin und wieder einen Blick darauf erhaschen darf, *wie* seltsam das möglicherweise ist.

Herbst

Heute saß ich den ganzen Nachmittag rittlings auf dem neuen Scheunendach, um eine Firsthaube anzubringen, eine Reihe überlappender Schindeln, die die Fuge zwischen den beiden Dachschrägen abdecken. Dort oben nicht glücklich zu sein wäre schwierig gewesen. Die Herbstwanderung der Monarchfalter hat eingesetzt, hinreißender orangeschwarzer Geschöpfe, und während ich arbeitete, flogen viele von ihnen an mir vorbei. Der Sumach am Waldrand, der sich allmählich rot färbt, leuchtete, vom Dach aus betrachtet, noch stärker, und ich konnte auch tief in den Wald hineinschauen. Das neue Dach ist fast einen Meter höher als das alte, und wenn ich mich aufrichtete, konnte ich nach Norden hin weit über die Reihen bewaldeter Höhenrücken jenseits des Flusses blikken. Nach einigen Regentagen erstrahlt der Himmel wieder in dem tiefen Blau, das mich daran erinnert, daß Missouri Teil des Westens ist.

Das mehrfach geflickte alte Blechdach der Scheune war stellenweise mit Draht an den falsch angebrachten zu kleinen Dachbalken befestigt gewesen und hatte wenig Schutz gegen Wind, Regen und Schnee geboten. Oft hatte der Sturm einzelne Platten weggeweht, die ich dann einsammelte und wieder an die verrottenden Balken nagelte. Bei jedem starken Regen mußten die Eimer umgestellt werden, damit das Wasser, das durch die Löcher im Dach drang, nicht durch den Speicherboden tropfte und in meiner Werkstatt darunter Schaden anrichtete. Ich benutze den Speicher als Lagerraum, mußte bisher aber alles darin mit Plastikplanen abdecken, damit es trocken blieb.

Im Sommer hatte ich endlich genug Geld zusammen, um das Material für ein neues Dach zu kaufen. Bauen wollten es mein Sohn Brian und seine Freundin Liddy; die beiden kamen dazu eigens aus Boston, wo sie das letzte Jahr ihres Architekturstudiums absolvieren. Sie hatten den ganzen Sommer über auf einer Baustelle gearbeitet und waren entsprechend fit und braungebrannt. Beide sind eher klein, aber muskulös, geschickt und kräftig. Am ersten Tag fuhren wir zusammen zur Holzhandlung. Ich stellte Liddy meinen Freunden dort vor, und als einer von ihnen ihr die Hand gab, strich er mit den Fingern über ihre Handfläche. »Na, Schwielen hat sie wenigstens«, brummte er. Er hatte nicht an die Zimmerin geglaubt, von der ich ihm erzählt hatte.

Liddy und Brian rissen das alte Dach ab und erhöhten die Scheunenwände um einen knappen Meter, so daß man jetzt im Speicher aufrecht stehen kann. Sie zimmerten den neuen Dachstuhl und deckten ihn mit Schindeln ein. In die neu gewonnenen Wandflächen setzten sie die alten Fenster ein, die ich über Jahre auf ländlichen Flohmärkten erstanden und mit leuchtender Traktorfarbe gestrichen hatte: International-Harvester-Rot, John-Deere-Grün, Ford-Blau und Allis-Chalmers-Orange. Jetzt ist der Speicherraum so fröhlich, hell und luftig, daß ich am liebsten dort oben wohnen würde. Die zwei verlängerten den Firstbalken an beiden Enden und fügten noch ein paar Holzreste an, die Brian so zurechtschnitzte, daß das Dach nun Kopf und Schwanz hat und die Scheune wie ein freundliches großes Tier auf meinem Hügel kauert. Zuletzt verzierte er den Vordergiebel mit einem anmutigen Bogen aus vorsichtig gekrümmten und miteinander verklebten dünnen Holzstreifen. Das sprach sich schnell herum, und nun kommen meine Nachbarn einer nach dem anderen vorbei, um den Bogen zu inspizieren. Sie betrachten ihn eine Weile, dann sagen einige »Wow!«, andere nicken nur beifällig. So eine Scheune habe ich jetzt.

Liddy und Brian arbeiten gut zusammen. Wenige Worte genügen ihnen, um zu wissen, was der andere denkt und will. Ich fuhr für sie zur Holzhandlung und half ihnen ab und zu, merkte aber schnell, daß, wenn ich ihnen anbot, entweder zu helfen oder aber eine Pastete zu backen, die Pastete dringender gebraucht wurde. Sechs Pasteten waren nötig, bis das Dach fertig war. Ich hatte gar nicht gewußt, daß Pasteten im Bauwesen eine so wichtige Rolle spielen.

Einmal, als es draußen fast vierzig Grad hatte, lockte ich die beiden mit der Aussicht auf ein Bad im Fluß vom Dach herunter. Wir nahmen Autoschläuche mit und ließen uns ein paar Kilometer weit treiben, planschten herum und machten die Bekanntschaft mehrerer Kiesbänke und der Fische, die um sie herumschwammen. Abends saßen wir nach dem Essen beim Kaffee und redeten und redeten.

Als ich mit Brian schwanger war, freute ich mich zwar, und ich war neugierig und interessiert, betrachtete das Baby in meinem Bauch aber irgendwie sachlich-distanziert. Ich war jung und hatte keinerlei Vorstellung davon, was mich erwartete. Die Geburt fand, wie damals üblich, unter Narkose statt, und in der Narkose hatte ich einen Traum: Um Hunde mit der Post zu versenden, mußte man nur ihre Ohren in Versandrollen packen, dann konnte man jeden Hund an jeden beliebigen Ort auf der Welt schicken. Es war eine Offenbarung. Als ich langsam wieder zu mir kam, mühte ich mich, den Schwestern und dem Arzt davon zu berichten, und ärgerte mich, weil sie mir nicht zuhörten und statt dessen darauf bestanden, daß ich mir den Jungen ansah. Ich schimpfte, wurde laut und faselte von Hundeohren und Versandrollen, bis man mir das Kind einfach in den Arm drückte. Ich betrachtete es, ein süßes, blondes, blauäugiges Baby, und ein überwältigendes Gefühl erfüllte mich. Das Muttersein hatte mich gepackt, ich war nicht darauf vorbereitet und voller Staunen.

Ein Teil von mir hatte schon die ganze Zeit neben mir gestanden, beobachtend und kommentierend, und dieser Teil war trotz der noch nachwirkenden Narkose jetzt bestens in Form. »Was geschieht mit dir?« fragte ich. »Gib acht. Das hier ist wichtig.«

Mein Baby. *Meines.* Ich stellte mich unglaublich stur, als die Schwester meinte, der noch namenlose Junge müsse jetzt auf die Säuglingsstation. Ich wollte ihn bei mir behalten.

Die Liebe, die in dem Moment, als ich das Kind sah, geboren wurde, war von einer Heftigkeit, die mich erschreckte und verwirrte. Sie war wild, primitiv, bedingungslos, blind. Erst mehrere Jahre später begann ich sie zu verstehen, als wir auf einer Campingfahrt mit der Familie nachts von einer alten Bärin geweckt wurden, die mit ihrem Jungen auf unseren Lagerplatz spaziert war. Das Kleine hatte sich auf die andere Seite unseres Zeltes verirrt, und die Bärin suchte wütend und verzweifelt nach ihm. Wäre es nicht von allein zu ihr zurückgewatschelt, hätte sie uns gefährlich werden können.

Da ich keine Bärin bin, ließ ich es zu, daß die Schwester Brian am Abend seiner Geburt mitnahm, aber ich übergab ihn ihr unter Tränen. Um eine passable Mutter zu werden, mußte ich lernen, die alte Bärin im Zaum zu halten. Bärinnenliebe ist eine dunkle, haarige Sache. Sie will festhalten und beschützen, sie ist ganz Gefühl und Bewahrung. Doch Mitte des zwanzigsten Jahrhunderts ein männliches Kind in Amerika so großzuziehen, daß es zu einem selbständigen, starken Menschen heranwächst, der in der Lage und auch so frei ist, seinen Verstand und seine Fähigkeiten zu gebrauchen, erfordert andere Arten von Liebe. Die Bärin daran zu hindern, daß sie zur Nervensäge wird, ist womöglich das Schwierigste am Muttersein überhaupt. Immer wieder einmal hob sie schnuppernd die Nase: als ihr Kind laufen lernte und hohe Kanten erkundete, wenn es unglücklich war, als es ins Internat kam, als es den Führerschein machte. Die Bärin war es auch, die mich vor fünfzehn Jahren drängte, eine Ortsgruppe der Friedensbewegung zu gründen und Wehrdienstberaterin auf dem Campus der Brown University zu werden, an der ich arbeitete. Damals sah es so aus, als würde noch Krieg herrschen, wenn Brian achtzehn wurde. Ich wollte keiner Regierung erlauben, meinen Sohn in den Krieg zu schikken, und wenn ich dafür die gesamte Friedensbewegung organisieren mußte.

Ich lernte mit der alten Bärin zu leben. Brian zum Glück auch; wir beide verstehen uns gut.

Bis Liddy und Brian wieder wegmußten, hatten sie das meiste geschafft, aber einiges von dem Material, das Brian bestellt hatte, war nicht rechtzeitig eingetroffen, darunter die Schindeln für die Firsthaube. Liddy zeigte mir den Gebrauch einiger Werkzeuge, die ich noch nie benutzt hatte, und zeichnete mir auf, wie ich die noch fehlenden Fensterrahmen zuschneiden mußte. Brian brachte mir bei, wie man die Schindeln für die Firsthaube zurechtschnitt und verlegte, und erinnerte mich mehrmals daran, wie wichtig es sei, das Dach regendicht zu machen.

Als sie sich wieder auf den Weg machten, waren wir drei uns darin einig, daß wir eine schöne Zeit miteinander verbracht hatten, daß ich jetzt eine wunderschöne Scheune hatte, daß die Pasteten lecker gewesen waren und wir einander liebhatten. Wir umarmten und küßten uns, und die Bärinnentränen in meinen Augen waren ganz überflüssig.

Brian legte mir ein letztes Mal den Arm um die Schultern.

»Die Firsthaube«, sagte er und lächelte sanft auf mich herab. »Denk dran: ohne Firsthaube keine Gewährleistung.« Ich lachte, nickte und versprach, mich darum zu kümmern.

Und heute, mit den Monarchfaltern dort oben im strahlenden Sonnenschein, habe ich es getan.

Ich führe genau Buch über meine Bienenstöcke, nach Trachtgebieten geordnet. So weiß ich, wie sie sich entwickeln, was sich verbessern läßt und auch, wie produktiv die Bienen in den einzelnen Trachtgebieten sind. Manchmal geht die Honigmenge zurück, weil ein Farmer in der Nähe ein Stück Land mit nektarspendenden Blumen in eine Viehweide umgewandelt hat. Dann bringe ich die Stöcke über den Winter hierher und stelle sie im Frühjahr in einem, wie ich hoffe, besseren Gebiet auf.

Eines der Trachtgebiete flußaufwärts lieferte regelmäßig nur geringe Erträge. Ich hätte die Bienen längst von dort wegholen sollen, fand aber immer wieder einen Vorwand, es nicht zu tun, weil der alte Farmer, auf dessen Land sie standen, sie so gern hatte. Er lebte seit vielen Jahren allein, und manche sagten, er sei ein bißchen brummig. Ich fand das nicht, aber einsam war er, und wenn ich ihm im Herbst seine vier Liter Honig brachte, unterhielt er sich gern mit mir. Wir redeten über Bienen – er hatte selbst einmal Bienen gezüchtet – und über Rinder, denn als ehemaliger Milchfarmer wußte er im Gegensatz zu mir eine Menge über sie, und ich hörte ihm gern zu. Er hatte einen ertragreichen

Obstgarten, den er niemals spritzte, um den Bienen, die ihn bestäubten, nicht zu schaden, und es interessierte mich immer, wie sein Obst gedieh. Einmal erzählte er mir von seinem Sohn, der vor fünfundzwanzig Jahren gestorben war. Er weinte dabei, und ich wußte nicht, was ich sagen sollte. Er liebte seine Farm, eine der schönsten am Fluß. Sie war alles, was ihm geblieben war, aber die Arbeit wurde ihm allmählich zuviel, und er versuchte schon seit mehreren Jahren, sie zu verkaufen.

Als ich im August den Honig aus den Bienenstöcken holte, stand ein Schild mit der Aufschrift VERKAUFT am Straßenrand, und die Zufahrt zum Farmhaus war mit einer schweren Kette versehen. Zum Glück lag sie auf dem Boden, so daß ich darüberfahren konnte, die Straße entlang und in den Wald, wo die Kästen stehen. Als ich das nächste Mal kam, um den Honig zu bringen, war die Kette zwischen zwei neuen Pfosten straff gespannt und mit einem Vorhängeschloß gesichert. Auf einem frisch gemalten Schild stand ZUTRITT VERBOTEN. Ich nahm mir vor herauszufinden, wer der neue Besitzer war, und ihn anzurufen.

Doch noch ehe ich dazu kam, rief er mich an. Er schien verärgert. Er sei seine Grundstücksgrenzen abgeschritten, sagte er, und habe dabei einige Bienenstöcke mit meinem Namen und meiner Telefonnummer entdeckt – was sie dort zu suchen hätten. Ich erzählte ihm von der Vereinbarung, die ich mit dem alten Mann gehabt hatte, und sagte, daß ich für die Nutzung des Geländes eine Miete von vier Litern Honig pro Jahr zahlen würde. Der Honig interessierte den Mann jedoch nicht, und er forderte mich auf, meine Bienen unverzüglich zu entfernen. Das hätte ich ohnehin schon länger vorgehabt, erwiderte ich, und ich würde es im Spätherbst tun, wenn es etwas kühler sei und die Kästen leichter zu transportieren seien. Er schien besänftigt und bat mich, ihn vorher anzurufen, damit er die Zufahrt öffnen könne; ich möge dann kurz bei ihm hereinschauen, denn er brauche einen Rat, was er gegen die vielen Wildbienen tun könne.

»Wildbienen in Bäumen?« fragte ich. Manchmal schwärmen meine Bienen und nisten sich in hohlen Bäumen ein.

»Nein, Wildbienen in diesen … wie heißen die noch mal … diesen Kokons, die überall in den Büschen hängen.«

Er sprach so schnell, daß er kein Ozarker sein konnte, und wenn er Hornissen meinte, dann wußte er so wenig über sie, daß er auch kein Landbewohner sein konnte. Ich fragte ihn, ob er fußballgroße, runde, graue, papierähnliche Nester meine.

»Ja, genau«, antwortete er, und es klang zum erstenmal erfreut. »Die Kokons.«

»Kokons sind das eigentlich nicht«, erklärte ich ihm. »Es sind Nester, und da wohnen auch keine Bienen drin, sondern Wespen, Langkopfwespen.«

»Bienen, Hornissen, was auch immer – ich will sie hier nicht haben. Und auch keine Nester.«

Es ist ein ideales Jahr für Langkopfwespen, und es gibt ungewöhnlich viele von ihnen, ein Umstand, der jeden Obstgärtner glücklich machen müßte. Das versuchte ich dem Mann zu erklären, aber er hörte gar nicht hin und wollte nur wissen, wie er sie loswerden konnte. Ich riet ihm, nichts zu unternehmen, bis es kühler wurde, denn die Nester konnten noch bewohnt sein. Ich versprach, bei ihm vorbeizuschauen, wenn ich die Bienen holte, und das Gespräch endete einigermaßen freundlich.

Die Mundwerkzeuge von erwachsenen Langkopfwespen sind so gebaut, daß die Tiere nur Flüssigkeiten zu sich nehmen können. Sie ernähren sich hauptsächlich von Kohlenhydraten – meist Blütennektar –, die Larven benötigen jedoch auch eine Proteinquelle, und dazu töten sie Unmengen von Raupen. Im Sommer, auf dem Höhepunkt ihrer Brutpflegeaktivitäten, sehe ich sie auf der Suche nach Beute oft dicht über dem Boden fliegen oder Baumstämme umkreisen. Wenn sie eine Raupe finden, stechen sie sie nicht etwa, sondern zerlegen sie bei lebendigem Leibe. Erst knetet die Wespe die Raupe zwischen ihren Mandibeln oder Oberkiefern, um Muskeln und andere Gewebe weich zu machen, dann beißt sie sie auf. Die flüssigen Teile verzehrt sie selbst, die festen formt sie zu Kügelchen und trägt sie in ihr Nest. Hier übernehmen Ammen die Fleischstückchen, zerkleinern sie weiter und füttern damit die Brut. Da in einem der großen Nester zehntausend Wespen leben, kann der Nahrungsbedarf einer einzigen Kolonie die gefräßigen Raupen in einem Obstgarten ordentlich in Schach halten. Einem Obstgärtner müßte da das Herz lachen.

Die bei uns weitverbreitete Langkopfwespe trägt den schönen wissenschaftlichen Namen *Dolichovespula maculata*: *dolicho* bedeutet lang, *vespula* ist die kleine Wespe, und *maculata* heißt gefleckt. Die kräftigen Insekten sind knapp zwei Zentimeter lang und schwarz mit weißlich-gelber Zeichnung an Kopf, Brust und Hinterleib. Ein begattetes Weibchen, die Königin, überwintert unter Blättern oder Steinen am Boden und gründet im Frühjahr eine neue Kolonie. Aus zerkauten Holzstückchen stellt sie ein papierartiges Material her und baut damit zunächst nur ein kleines hängendes Nest aus wenigen dicht gedrängten Zellen, in die sie dann die ersten Eier legt. Die Zellen sind von einer schützenden Hülle aus demselben Material umgeben. Aus den ersten Eiern entwickeln sich unfruchtbare Weibchen, die Arbeiterinnen. Sie bauen das Nest weiter aus und töten Raupen für die nächste Generation. Im Spätsommer schlüpfen aus unbefruchteten Eiern stachellose Männchen, die eine neue Generation von Weibchen befruchten. Sie alle sterben im Herbst, mit Ausnahme der befruchteten Weibchen, die zum besseren Schutz vor der Winterkälte das Nest verlassen.

Arbeiterinnen der Langkopfwespen sind extrem auf den Schutz ihres Nestes bedacht und daher aggressiver als die meisten anderen Wespen. Im Gegensatz zu den Honigbienen verlieren sie ihren Stachel nach Gebrauch nicht, können also mehrmals stechen. Vor ein paar Jahren haben Langkopfwespen jeden gestochen und vertrieben, der sich hinter meiner Hütte unter die großen Eichen setzen wollte. Ich habe ihr Nest nie gefunden, und auch ich wurde etliche Male gestochen. Das Gift löste im Gegensatz zu dem der Honigbienen eine Reaktion bei mir aus, und die Stiche taten weh.

Ich fragte den neuen Mann in meinem Trachtgebiet, ob er gestochen worden sei; vielleicht rührte seine Abneigung gegen Hornissen und Bienen ja daher. Nein, er sei nicht gestochen worden, er wolle die Biester und ihre Nester einfach nicht in der Nähe haben.

Bienenvölker zu verlegen ist ein Zweipersonenjob; allein kann man zwei aufeinandergestapelte Bienenkästen unmöglich auf einen Pickup hieven, dafür sind sie zu groß und zu schwer. Zu Thanksgiving kommt der Sohn von Freunden vom College nach Hause, und er hat sich bereit erklärt, die Bienen mit mir zusammen aus dem Trachtgebiet zu holen. Ich bin froh, wenn ich sie hier habe; nächstes Frühjahr werde ich sie dann woandershin bringen, zu einem Farmer, dem sie willkommen sind.

Ich bin gespannt auf den Mann, mit dem ich telefoniert habe. Ich werde ihm zeigen, wie man eine Fackel herstellt, mit der er die leeren Wespennester verbrennen kann. Und ich werde ihm sagen, daß in einer Ecke der Kneipe in der Stadt ein besonders großes Nest hängt. Ob ihn das interessiert, weiß ich nicht.

Andy Beagle war heute schon bei Tagesanbruch draußen, um den Kaninchen nachzustellen. Er ist mittlerweile zwölf Jahre alt und manchmal steif in den Gelenken, aber an einem nebligen Morgen, wenn noch all die Düfte an den Grashalmen haften, hält so einen alten Knaben nichts besser in Form als die Kaninchenjagd nach dem Frühstück.

Er mag es, wenn ich ihn Andy Beagle nenne. »Andy Beagle, Andy Beagle, Andy *Beagle* ist sein Name, und er ist ein *braver* Hund«, sage ich manchmal zu ihm, und dann wedelt er mit dem Schwanz.

Ich erwähne es ihm gegenüber nicht, aber wahrscheinlich ist er ein Foxhoundmischling. Paul und ich fanden ihn in unserem ersten Sommer hier eines Tages auf der Straße, zusammen mit seiner Schwester – beide etwa rattengroß – und seiner Mutter, einer reinrassigen, aber verwahrlosten, abgemagerten Beaglehündin. Die drei waren halb verhungert und so räudig, daß sie fast kahl waren. Daß jemand sie ausgesetzt hatte, glaube ich nicht, denn die Leute hier nehmen Hunde ernst. Vielleicht hatte die Mutter sich verirrt, als ihr Besitzer sie eines Abends mit anderen Hunden hatte loslaufen lassen, und die Jungen waren erst später zur Welt gekommen. Sie sah aus, als sei sie schon sehr lange allein unterwegs. Wir fragten herum, doch niemand wußte etwas von ihr oder den Welpen. Wir hatten damals schon zwei Hunde, ein Irish-Setter-Paar, trotzdem nahmen wir die drei mit nach Hause und fütterten sie. Die kleine Hündin war nicht mehr zu retten und starb noch in derselben Nacht, ihr Bruder aber, schwach, wie er war, schaute mit glänzenden Augen von seiner ersten Mahlzeit auf und warf leicht den Kopf hoch, eine typische Beaglegeste, die besagt, daß alles in Ordnung ist, wie ich später erfuhr. Da wußte ich, daß er am Leben bleiben würde. Auch die Mutter wurde wieder gesund und kräftig. Ich behandelte sie mit demselben Räudemittel wie ihren Sohn, und ihr Fell wuchs wieder nach. Sie war dankbar für das Futter, das ich ihr gab, aber sie war alt und mißtrauisch, und sie hatte viel durchgemacht. Nach dem Fressen zog sie sich immer unter den Pickup zurück, und sie konnte sich nie entschließen, am Gang der Dinge hier teilzunehmen. Ein Bekannter von mir züchtete Beagles; er kam eines Tages zu uns und meinte, sie sei ein guter Hund und er würde sie gern für die Zucht verwenden, und so überließ ich sie ihm.

Der Welpe jedoch hatte sich voller Selbstvertrauen häuslich bei uns eingerichtet, und er gewann mein Herz, weil er als einziger Hund, den ich je gekannt habe, mit seinem Menschen knuddelt. Er schiebt mir den Kopf unters Kinn und drückt sich fest an mich. Ich weiß nicht, ob andere Beagles das auch machen, aber Andy hat es sein Leben lang getan. Ich gebe allen meinen Haustieren Schriftstellernamen, und er bekam den Spitznamen von E. B. White. Er wurde langbeiniger als bei Beagles üblich, und seine Statur und sein schwarzweiß-braunes Fell deuten auf einen Foxterrier als Vater hin.

Im Lauf der Jahre und ohne daß irgend jemand ihn dazu ermuntert hätte, wurde Andy zum Jagdhund. Mit der Nase am Boden verfolgt er eine Spur, bellt, solange die Witterung da ist, und verstummt, wenn er sie verliert. Er legt sich mächtig ins Zeug, und alle Jubeljahre einmal erwischt er ein Kaninchen. Manchmal frage ich mich, ob die alten Hasen hier ihn nicht bewußt zu einem Morgenlauf animieren, einfach der Fitneß wegen.

Erfolgreicher in der Kaninchenjagd ist Tazzie, die Neue, die einige Jahre, nachdem die Setter an Altersschwäche gestorben waren, zu mir kam. Meine Nichte hatte Tazzies Mutter, eine Belgische Schäferhündin, von einem Mann übernommen, der sie wegen eines Umzugs loswerden wollte. Er behauptete, sie sei sterilisiert, aber wie sich herausstellte, war sie trächtig und warf sieben Welpen unbekannter väterlicher Herkunft. Mein Bruder Bil war gerade aus Tasmanien zurückgekehrt, wo er für eine Zeitschrift über Tasmanische Teufel geschrieben hatte, und als er den Wurf sah, nahm er meinen Hund hoch und behauptete steif und fest, er sei genau wie ein Tasmanischer Teufel gezeichnet. So kam das Tier zu seinem Namen. Als ich Tazzie abholte, versprach ich, den Namen beizubehalten, obwohl es kein Schriftstellername war, allerdings unter der Bedingung, daß er nicht die Abkürzung des Tasmanischen Teufels sei, sondern diejenige Tasmaniens, eines Namens von majestätischem Klang, dessen Tazzie sich in reiferen Jahren vielleicht einmal würdig erweisen wird. Etwas Teuflisches war an ihr beim besten Willen nicht zu entdecken, vielmehr ließ sie schon als Welpe alle Schäferhund-Eigenschaften erkennen: Treue, Anhänglichkeit, Gehorsam.

Bereits als kleines schwarzes Wollknäuel versuchte Tazzie, Andy überallhin zu folgen, aber nach Schäferhundeart jagt sie eher mit Hilfe des Gesichts- als des Geruchssinns, und das Laufen mit der Nase am Boden wollte ihr nicht recht einleuchten. Als sie älter wurde, begriff sie, daß ein Kaninchen in der Nähe war, wenn Andy zu bellen anfing und nicht wieder aufhörte; sie mußte nur an einem zentralen Punkt ruhig sitzenbleiben, dann konnte ihr ein Kaninchen direkt vor die Nase laufen, und wenn sie schnell genug war, fing sie es vielleicht – manchmal. Die Kaninchenpopulation hier ist durch Tazzie nicht stärker gefährdet als durch Andy, aber die beiden Hunde können stundenlang jagen, jeder auf seine Art.

Heute habe ich entdeckt, daß Black Edith, der neue Kater, raffinierter und ein noch größerer Opportunist ist als Tazzie und sich möglicherweise zum erfolgreichsten Jäger der drei entwickeln wird. Ich habe Black Edith letztes Frühjahr von einem Farmer bekommen, der die beiden schwarzen Kätzchen des Wurfes umdrehte und mir das vermeintliche Weibchen in die Hand drückte. Ein Kater, den ich einmal besaß, hatte Sacheverell geheißen, nach einem Bruder der Dichterin Edith Sitwell, und so war es nur recht und billig, das Kätzchen Edith zu nennen. Nicht lange jedoch, und Edith wuchsen Hoden. Alle Kater, die ich je hatte, sind nach Erreichen der Geschlechtsreife irgendwann abgewandert; Edith aber wollte ich nicht verlieren, weil er einen so schönen Charakter hat. Wenn er über Nacht draußen war und seinen Katergeschäften nachgegangen ist, begrüßt er mich am Morgen mit einem wohlklingenden P-r-r-r-r-k und streicht, während ich Kaffee mache, in einem Überschwang von Zuneigung um meine Knöchel. Setze ich mich dann mit meiner Tasse hin, springt er mir auf den Schoß, schnurrt und genießt das morgendliche Kaffeeritual auf seine Weise ebensosehr wie ich. Und furchtlos ist er auch. Die Hunde würden ihn gern jagen, aber wenn sie es versuchen, rollt er sich auf den Rücken und schlägt nach ihrer Nase. Tazzie betrachtet Black Edith als einen lebenden Knochen. Oft ertappe ich sie dabei, wie sie ihn zwischen den Vorderpfoten hält und an ihm herumkaut, aber er scheint das als eine angenehme Aufmerksamkeitsbezeigung aufzufassen, und wenn ihre Zähne ihm zu heftig zusetzen, jault er und wischt ihr mit ausgefahrenen Krallen über die Nase, bis sie ihn losläßt.

Ich wollte Edith behalten, und so brachte ich ihn in die Tierklinik, um ihn kastrieren zu lassen. Als die Frau des Tierarztes seine Karteikarte ausstellte, schlug sie vor, ich solle ihn auf den Namen Eddie umtaufen. Nein, er heiße nun mal Edith, beharrte ich, und dabei solle es auch bleiben. Da er mittlerweile allerdings zu einem eindrucksvollen Kater herangewachsen ist, erscheint es mir jetzt angemessener, ihn Black Edith zu nennen.

Heute morgen saß ich in dem braunen Ledersessel und hörte die Radionachrichten, als irgendwo in der Ferne Andy bellte, der hinter einem Kaninchen her war. Durch die drei großen Fenster sah ich Tazzie an einem strategisch günstigen, etwas erhöhten Punkt ruhig in der Wiese sitzen. Ganz auf die Nachrichten konzentriert, wurde ich erst aufmerksam, als draußen ein schwarzer

Schatten in Richtung Scheune huschte. Es war Black Edith, und er trug etwas im Maul, das fast so groß war wie er selbst: das Kaninchen. Er hielt einen Moment inne, musterte einen der beiden dreieinhalb Meter hohen Pfosten, auf denen die Plattform außen am Speicher der Scheune ruht, und sprang dort hinauf, wobei er den Pfosten nur an einer Stelle berührte. Er wankte einen Moment, sprang dann aber erneut, seitwärts diesmal, weit durch die Luft in eine noch leere Fensteröffnung des neuen Speichers. Und es war gut, daß er sich beeilt hatte, denn Tazzie hatte ihn erspäht und kam angerannt. Sie stürzte die Treppe zur Plattform hinauf, war aber natürlich nicht behende genug, um durch die Fensteröffnung zu springen. Frustriert winselnd kratzte sie an der Speichertür. Bis auch Andy die Witterung von Kaninchen und Kater aufgenommen hatte und angelaufen kam, dauerte es eine Weile. Er schnupperte an dem Pfosten, von dem Black Edith abgesprungen war, schaute hinauf, erfaßte die Situation und gesellte sich zu Tazzie. Die beiden hörten es im Speicher rumoren und starrten auf die Tür, empört, daß eine läppische Katze ihnen ihr Kaninchen weggeschnappt hatte.

Inzwischen war ich vor die Hütte getreten. Vom Speicher kamen Geräusche, die vermuten ließen, daß Black Edith das Kaninchen nicht getötet hatte, sondern es durch den Raum jagte und dabei alles mögliche umstieß. Ich sperrte die Hunde in die Hütte und öffnete die Speichertür. Black Edith begrüßte mich mit einem entnervten Miiiauuuu, vielleicht in der Hoffnung, mich als Verbündete zu gewinnen. Ich griff ihn mir, brachte ihn ebenfalls in die Hütte und ging wieder zurück, um nach dem Kaninchen zu sehen. Bald fand ich es, hinter einigen Kartons in einer Ecke, in panischer Angst erstarrt. Ich nahm es hoch. Sein Herz raste, aber es hatte nur eine oberflächliche Verletzung und würde in freier Wildbahn überleben. Ich ging mit ihm ein paar hundert Meter von der Scheune weg, außer Sicht der Hunde, die mich durch die Hüttenfenster aufmerksam beobachteten. Im Gehen streichelte ich es, und allmählich beruhigte sich sein Herzschlag wieder. Es war noch jung und unerfahren, und vielleicht hatte es an diesem Morgen etwas Nützliches gelernt. Im Wald setzte ich es an einem Gestrüpp aus Dornensträuchern und herabgefallenen Zweigen ab. Es sah mich ziemlich lange an, dann hoppelte es tiefer in den Wald hinein.

Heute ist mein Hochzeitstag. Ich bin traurig, wenn ich an Paul denke und an die Erwartungen, die wir hatten, als wir heirateten. Aber ebendiese enttäuschten Erwartungen haben mich zur Imkerin in den Ozarks gemacht. Das finde ich schön, und ohne Paul wäre es nie so gekommen.

Mein Großvater war Imker in Kalamazoo, Michigan, wo ich aufgewachsen bin. Da dort allerdings jedermanns Großvater Imker war, hatte das nicht viel zu sagen. Außerdem hatte ich Angst vor meinem Großvater. Er machte jedem angst, der in seine Nähe kam, und ich ging ihm aus dem Weg, so gut ich konnte. Von ihm kann ich die Liebe zur Bienenzucht also nicht haben.

Er war ein strenger Mann, der immer drei dicke Kleiderschichten übereinander trug, zuunterst, so wurde berichtet, eine wollene Hemdhose. Die drei Schichten hielten im Sommer die Hitze ab, behauptete er, und im Winter die Kälte.

Grandpa überwinterte seine Bienen gern im Keller, und im Herbst erhielt mein Vater strikte Anweisung, die Kästen dort hinunterzuschaffen, allein, ungeachtet der Gefahr eines Leistenbruchs. Grandpa konnte ihm nicht helfen, denn er litt unter furchtbaren Schmerzen, an denen jedoch, wie ihm der Arzt klarzumachen versuchte, nur die einschnürende Hemdhose schuld war.

Als Paul und ich anfingen, Bienen zu züchten und uns über Bienenhaltung zu informieren, erfuhr ich, daß das Überwintern von Bienen in geschlossenen Räumen längst nicht mehr üblich war. So viel zum großväterlichen Vorbild.

Meine Großmutter war eine scheue, traurig wirkende Frau, erschöpft vom Zusammenleben mit einem solchen Mann und verzweifelt bemüht, mit dem kärglichen Haushaltsgeld auszukommen, das er ihr zuteilte. Doch sie beklagte sich nie – eine wahre Heilige. Sie überlebte ihn um viele Jahre und gewann nach seinem Tod ein gewisses Maß an Vitalität zurück. Gegen Ende ihres Lebens versammelte sie ihre Enkel um sich.

»Ich möchte, daß ihr euch immer an euren Großvater erinnert«, sagte sie.

Wir nickten feierlich. Sie winkte uns näher heran. »Er war ein geiziger, gemeiner, dreckiger alter Mann«, fuhr sie mit fester Stimme fort, »vergeßt das nie!« Dann schweifte ihr Blick in die Ferne, und um ihren Mund spielte ein erfreutes Lächeln.

Meine Großmutter Annie war dagegen eine ganz andere Grandma, aber auch sie hatte nichts mit Bienen zu tun. Sie hatte mit Erfolg und mit Männern zu tun.

Sie war eine untadelige Frau, eine majestätische Erscheinung, trotz eines leichten Hinkens. Bei einem Radrennen in ihrer Jugend war sie gestürzt und hatte sich das Knie verletzt. Sie sei ein Teufelskerl von einer Radlerin gewesen, sagten alle. Damals, in den achtziger Jahren des neunzehnten Jahrhunderts, hatte sie sich bei einem Bankier zu einem Zinssatz von drei Prozent Geld geliehen, um aufs College gehen zu können. Nach ihrem Abschluß wurde sie Lehrerin, zahlte das Darlehen zurück, fuhr Radrennen, bei denen sie sich an männlichen Konkurrenten vorbeihangelte, und wurde Tennismeisterin des Staates. Sie war ehrgeizig und liebte den Sport über alles. Ich sehe sie noch vor mir, wie sie am Radio kauerte und murrend das Baseballspiel der Chicago Cubs kommentierte, die eine ständige Quelle der Enttäuschung für sie waren. »Männer!« sagte sie sie dann nur.

Über die heutige Gleichberechtigungsdebatte hätte sie nur die Nase gerümpft, denn sie war überzeugt, daß sie selbst und ihr ganzes Geschlecht den Männern überlegen seien und daß Gleichberechtigung für die Frau einen Rückschritt bedeute. Sie hätte sogar für die Gleichberechtigungsgegner Partei ergriffen, und sei es nur wegen des Themas der Abschaffung getrennter Toiletten für Männer und Frauen. Ich kann mich noch an Sonntagsfahrten mit ihr erinnern, bei denen wir an Tankstellen mit nur einer einzigen Toilette hielten. Sie ging hinein, kam aber postwendend wieder herausstolziert, hochaufgerichtet und mit flammendem Blick. »Männerpisse!!!« verkündete sie laut, und selbst das dringendste Bedürfnis konnte sie nicht bewegen, die Unisextoilette zu benutzen.

Grandma Annie war kurz und nicht weiter nennenswert verheiratet gewesen; ihre beiden Töchter waren das Produkt unbefleckter Empfängnis. Es gab nur zwei Männer, die vor ihren Augen Gnade fanden. »Ja«, seufzte sie oft, »wir sind Verfolgte: Douglas McArthur, Jesus und ich.«

Ich habe nie herausgefunden, weshalb sie eine Verfolgte war, aber Verfolgung, so ihre dunklen Worte, war schuld am Ausbleiben des Erfolgs in ihrem Leben. Ihr war er versagt geblieben, ihren Enkelkindern aber durfte er auf keinen Fall versagt bleiben. Keiner von uns zeigte jedoch Anzeichen sportlichen Talents, keinen hätten die Cubs je als Spielernachwuchs ins Auge gefaßt, und so war nicht recht zu erkennen, was sie für uns anstrebte. Wir dachten viel darüber nach. Statt zu sagen, jemand sei erfolgreich, nannte sie denjenigen manchmal einen großen Menschen. Mein Bruder Bil, der einen Meter dreiundachtzig groß wurde, war ihr besonderer Liebling, und ich glaubte deshalb, schiere Körpergröße könnte sie zufriedenstellen. Einmal nahm ich mit unserem Hund, einer strohdummen Deutschen Dogge mit Senkrücken – Grandma Annie haßte sie –, an einer Haustierausstellung teil, und der Hund errang ungeachtet seiner Mängel ein schönes blaues Seidenband mit goldenen Lettern für das Tier mit dem längsten Schwanz. Ich zeigte das Band Grandma Annie, und von da an redete sie nie mehr schlecht von dem Hund. Wäre eines ihrer Enkelkinder sehr groß geworden, so mein Eindruck, und es wäre ihm ein Schwanz von angemessener Länge gewachsen, hätte sie das wahrscheinlich mit Stolz erfüllt.

Als ich älter wurde, merkte ich jedoch, daß Erfolg mehr war als Körpergröße. Wir Enkelkinder sollten Klassensprecher werden, Stipendien erringen, und jedes sollte einen Nobelpreis gewinnen. Vermutlich schwebten ihr weltweite Anerkennung, Wertschätzung und Bewunderung vor und Diplome, die man an die Wand hängen konnte.

An meinem dritten Geburtstag beschloß Grandma Annie, daß ich Konzertpianistin werden sollte. Mein Vater kaufte ein Klavier, und meine Mutter fand eine Lehrerin für mich, eine Nonne namens Schwester Esther, die an einer Klosterschule Musik unterrichtete. Unsere Familie war nicht katholisch, und ich hatte noch nie eine Nonne gesehen. Ihr langer schwarzer Habit, das Kreuz an der Kette und der Rosenkranz waren noch zu verkraften, aber ich konnte den Blick nicht von der steif gestärkten Haube wenden, die ihren Hals bedeckte und ihr Gesicht umrahmte. Wenn sie den Kopf drehte, sah man die Kerben, die der Rand der Haube in Stirn und Wangen hinterließ. Die Nonne tat mir leid, und ich gab mir Mühe, meine Sache gut zu machen.

Schwester Esther war eine strenge, verspannte Person. Sie zeigte mir ein nacktes weißes Porzellanpüppchen in einer Krippe mit einem Stapel Stroh daneben. Das Püppchen sei das Jesuskind, sagte sie, und es friere. Wenn ich fleißig übte und die Stunde ein Erfolg sei, dürfe ich einen Strohhalm in die Krippe legen, damit dem Jesuskind wärmer werde. Sei die Stunde aber kein Erfolg, könne ich keinen Strohhalm in die Krippe legen, das Jesuskind werde sich erkälten, und das werde *ganz allein meine Schuld* sein!

Ich war entsetzt.

Wie viele Kinder war ich mit dem absoluten Gehör zur Welt gekommen. Unterstützt durch diesen biologischen Zufall und von dem Wunsch beseelt, nett zu einer seltsam gekleideten Frau mit Kerben im Gesicht zu sein, die wußte, was Erfolg war, vor allem aber von der schrecklichen Angst getrieben, das Jesuskind könnte sich durch meine Schuld erkälten, lernte ich die Tonleitern sehr schnell. Drei Unterrichtsstunden vergingen, und nach jeder konnte ich dem Jesuskind einen Strohhalm geben.

Ich sei ein Wunderkind, berichtete Schwester Esther meiner Mutter. Ich war ihr erstes Wunderkind, und das freute sie. Sie lächelte sogar ein wenig. Grandma Annie meinte, es sei nur natürlich, daß ihre Enkeltochter ein Wunderkind sei.

Ich bekam große Angst. Ich war überzeugt, mit den Tonleitern an meine Grenzen gestoßen zu sein, und so war es auch. Musikalisch gesehen hatte ich mit dreieinhalb Jahren den Zenit erreicht. Die Klavierstunden gingen weiter, Schwester Esther wurde noch seltsamer und nervöser, und was sie mir über Harmonie klarzumachen suchte, verstand ich nicht. Das Jesuskind bekam nie wieder einen Strohhalm. Meine Finger verhedderten sich bei den Etüden, Schwester Esthers Finger bearbeiteten den Rosenkranz. Beim Vorspielen blamierte ich sie, weil ich das einstudierte Stück vergaß. Das Jesuskind leide, sagte sie. Ich war unglücklich.

Die Jahre vergingen, und mein Klavierspiel bewegte sich noch immer auf dem Niveau einer frühreifen Dreijährigen, als Schwester Esther einen Nervenzusammenbruch erlitt. Kurz zuvor aber gestand sie mit verkniffener Miene ein, daß sie sich möglicherweise in mir getäuscht habe und ich in Wirklichkeit musikalisch ziemlich zurückgeblieben sei.

Grandma Annie erholte sich schnell von dem Schlag. »Nun denn, vielleicht kann das Kind ja tanzen«, sagte sie. »Es hat so einen langen Hals.« Ich verstand nicht, was die Länge meines Halses mit dem Tanzen zu tun haben sollte. Ich kam mir vor wie eine Giraffe und versuchte, meine Zöpfe um meinen Hals zu ziehen, damit niemand merkte, wie lang er war.

Mutter fand eine abgetakelte Tänzerin im Ruhestand, die bei sich zu Hause Ballettunterricht gab und mich als Schülerin annahm. Ich war ein linkisches, schlaksiges Kind, und die Lehrerin unterzog mich umgehend einem Test. Sie ließ mich ein paar einfache Übungen machen, setzte sich in einen bequemen Sessel mit geblümtem Schonbezug und suchte sich mit einem Schluck aus dem Flachmann, den sie hin und wieder aus dem Ausschnitt ihres Trikots hervorzog, über meinen Anblick hinwegzutrösten. Die Schlucke wurden im Lauf der Monate immer mehr, und schließlich eröffnete sie meiner Mutter, daß ich ein hoffnungsloser Fall sei. Sie entfernte das Ballettschild von ihrer Tür und ging zu den Anonymen Alkoholikern.

Ich bedauerte sehr, daß ich nun schon acht Jahre alt war, den Erwachsenen so viel Kummer bereitet, meinen Teil zur Verfolgung des Jesuskindes beigetragen hatte und nicht erfolgreich war (wenn ich auch froh darüber war, daß ich wenigstens Douglas MacArthur keinen Schaden zugefügt hatte). Tief drinnen wußte ich, daß ich nie aufgrund von irgend etwas in der Schule Gelerntem erfolgreich sein würde: Alle erfolgreichen Leute waren tot. Wir hörten von George Washington. Er war weise und gelassen, patriotisch und wahrhaftig gewesen. Er war erfolgreich gewesen. Er war tot. Wir hörten von Alexander dem Großen. Er hatte einen Knoten, den niemand lösen konnte (so einen, wie man ihn manchmal in den Schnürsenkeln hat, stellte ich mir vor), mit seinem Schwert durchschnitten. Kinder durften die Knoten in ihren Schnürsenkeln nicht durchschneiden, aber Alexander hatte damit bewiesen, daß er ein innovativer Denker war. Er war erfolgreich gewesen. Er war tot.

Wir hörten von Robert I. Er wollte unbedingt König von Schottland werden, scheiterte mit seinen Bestrebungen aber mehrfach, einmal so kläglich, daß er gefangengenommen und in ein finsteres Verlies geworfen wurde. Dort brachte er seine Zeit damit zu, eine Spinne zu beobachten, die in einer Ecke ihr Netz aufspannte. Immer wieder versuchte sie, es an dem Punkt zu befestigen, der ihr vorschwebte, und immer wieder scheiterte sie, bis sie es endlich unter ungeheurer Anstrengung schaffte. Das gab Robert I. solchen Auftrieb, daß er seine Versuche, König zu werden, noch im Kerker wiederaufnahm und auch nach seiner Freilassung fortsetzte. Die Lehrer erzählten uns die Geschichte jedes Schuljahr von neuem, und am Ende (es muß im Lehrplan gestanden haben) sahen sie uns an und sagten: »Denkt also daran, Kinder, wenn ihr nicht gleich Erfolg habt: ÜBEN, ÜBEN, ÜBEN!«

Außer Hörweite der Lehrer lachten einige meiner pietätlosen Mitschüler über Robert I. und skandierten: »RÜBEN, RÜBEN, RÜBEN!« Ich sagte nie, Rüben, Rüben, Rüben. Da ich vor Vollendung meines neunten Lebensjahres bereits zweimal versagt hatte, interessierte mich Robert I., und ich dachte viel über ihn nach. Doch ich kam zu dem Schluß, daß ich niemals so sein würde wie er. Ich hatte Angst vor Spinnen, und wenn ich mit einer Spinne in einem Verlies eingesperrt gewesen wäre, hätte mich das nicht beflügelt, sondern in Tränen ausbrechen lassen. Aber Robert I. war unbestreitbar erfolgreich gewesen. Er war tot.

Ich entwickelte ganz ohne fremde Hilfe eine Theorie der Menschenalter: Die erfolgreichen Menschen – diejenigen, die gleichsam in einem goldenen Zeitalter gelebt hatten – waren alle tot. Die lebenden Erwachsenen, die ich kannte, waren mir zwar überlegen, aber sie waren nicht erfolgreich. Sie konnten Golf spielen und wußten, welcher Bus wohin fuhr, doch an Robert I. reichten sie nicht heran. Ich kannte keinen einzigen Erwachsenen, der in einem Verlies gesessen hatte.

Pinky Higgins von den Chicago Cubs war ein Erwachsener, aber Grandma Annie ärgerte sich oft über ihn, also war er nicht erfolgreich. Was die amerikanischen Präsidenten anbelangte, so hatte sie über Roosevelt einige recht unschöne Dinge gesagt, und ich wußte daher, daß die Geschicke unserer Nation in den Händen eines bronzezeitlichen Riesen lagen.

Am Ende wurde ich, so wie es sich gehört, erwachsen. Das war sehr viel besser, auch wenn ich nicht erfolgreich wurde. Statt dessen heiratete ich, brachte einen Sohn zur Welt und wurde Bibliothekarin an der Brown University in Rhode Island. Bibliothekarin zu sein hat durchaus etwas für sich. Man gewöhnt sich das Tragen von orthopädischen Schuhen an und ein kaum merkliches Stirnrunzeln, wenn man das Gummi um einen Packen Katalogkarten schnalzen läßt. Manchmal ist es sogar aufregend. Ich weiß noch, wie eines Tages der Hilfsbibliothekar, ein zerzauster, unbeholfener Bursche, den Campusflitzer aus dem Magazin scheuchte, durch die Eingangshalle jagte und in der Drehtür festsetzte – aber nur, weil er sich selbst den Arm in der Tür eingeklemmt hatte. Die Campuspolizei kam, nahm den Flitzer in Gewahrsam und befreite den Hilfsbibliothekar. In den Kaffeepausen war die Sache noch wochenlang Gesprächsthema.

Paul unterrichtete an einer anderen Universität und leitete das dortige Medizintechnik-Graduiertenprogramm. Er betrieb wichtige Forschung, nahm an Sitzungen teil und war ein beliebter Dozent. Und er hatte eine feste Stelle, dieses Siegel akademischer Stabilität und Behaglichkeit. Aber er fühlte sich nicht behaglich; oft fühlte er sich sogar ausgesprochen unbehaglich.

Als dieses Gefühl unerträglich wurde, kündigten wir und verkauften unser Haus. Brian, ohne den das Haus so viel größer gewirkt hatte, war im Internat, und wir verließen Rhode Island und zogen fast ein ganzes Jahr im Land umher, bis wir in die Ozarks kamen. Ich mochte die Farm hier vom ersten Augenblick an, Paul sagte, er auch, und so kauften wir sie. Mit irgend etwas mußten wir unseren Lebensunterhalt verdienen, und Paul meinte, da wir nichts von Rindern verstünden, könnten wir genausogut Imker werden. Damals schien das vollkommen vernünftig.

Wie sich herausstellte, hatte ich mehr Glück als er, denn ich fand hier, was ich mir wünschte. Heute, an unserem Hochzeitstag, denke ich an ihn und hoffe, er hat es auch gefunden.

Meine Hühnerhaltung ist – so sehe ich es gern – einer der wenigen Bereiche, in denen die Farmarbeit unkompliziert abläuft. Seit einigen Wochen allerdings versuche ich die Hühner dahin zu bringen, daß sie im Stall schlafen, und dazu muß ich wie ein Huhn denken, was alles andere als einfach ist.

Die dreißig Hühner – mehr oder weniger (weniger vor allem dann, wenn die Kojoten welche verspeisen) – sind weiße Leghorns, eine Rasse für die industrielle Eiproduktion, reine Eierlegemaschinen, denen der Bruttrieb weitgehend abhanden gekommen ist. Ich verkaufe die Eier an den Gemischtwarenladen, um die Futterkosten wieder hereinzuholen, habe selbst immer frische Gratiseier und noch genug übrig, um Ermons Familie jenseits der Talsenke zu beliefern, im Tausch gegen Reparaturarbeiten an meinem Kleinlaster.

Leghorns sind magere kleine Hühner, zum Schlachten ungeeignet, wenn ihre Legeleistung nachläßt. Von meinen sterben manche an Altersschwäche, andere werden von Kojoten, Füchsen, Habichten, Waschbären, Opossums und Eulen geholt. Hier auf dem Hügel lebt es sich als Huhn gefährlich. Um die Verluste auszugleichen, ziehe ich mir jedes Frühjahr ein Dutzend neue Junghennen heran, und diejenigen von ihnen, die den Erdnattern entgehen, erreichen nach etwa zwanzig Wochen die Legereife. Ich kaufe weibliche Eintagsküken und ziehe sie in der Hütte auf, wo es warm und sicher ist und ich sie im Auge behalten kann. Vergangenes Frühjahr stellte sich nach einer Woche heraus, daß der Chicken-sexer, der das Geschlecht der Tiere feststellt, einen Fehler gemacht hatte.

Die Geschlechtsbestimmung bei Hühnern muß eine hochqualifizierte Tätigkeit sein. Ich stelle mir vor, wie die Chicken-sexer in der Brüterei sitzen, Tag für Tag und Stunde um Stunde frisch geschlüpfte Küken umdrehen und die Hühnchen von den Hähnchen trennen. Wenn man bedenkt, wie winzig der kleine Unterschied ist, müssen die Sexer wirklich gut sein, denn sie irren sich selten. Aber selbst dem Aufmerksamsten entgeht einmal etwas, und im Frühjahr begann einem meiner Küken ein winziger, leuchtend roter Kamm zu wachsen, der es als Junghahn auswies.

Da die Leghornhennen wenig Neigung zur Kükenaufzucht zeigen, kümmert es mich nicht, ob die Eier befruchtet sind oder nicht, und eigentlich brauche ich keinen Hahn. Aber ich mag es, wenn einer hier herumstolziert, mit den Flügeln schlägt und seine überschießende Männlichkeit hinauskräht, und ich bilde mir ein, es ist für die Hennen gesünder, wenn sie einen Hahn um sich haben. Ich freute mich über den neuen Hahn, denn mein amtierender alter Hahn brauchte dringend eine Lektion, die ihm nur ein junger erteilen konnte.

Der alte Hahn, ein prachtvoller New Hampshire, ist doppelt so groß wie die Leghornhennen. Sein Gefieder schimmert in Rot-, Braun- und Orangetönen, und sein

Schwanz ist zwar nicht ganz so schön, wie er denkt, schwingt sich aber tief kupferfarben und grün in protzigem Bogen vom Körper weg. Sein Vorgänger, ein sanftmütiger Leghorn, wurde eines Sommertags, als die Trockenheit der Tier- und Pflanzenwelt und ihren Nahrungsquellen schwer zusetzte, von einer langen, mageren Kojotin geholt. Sie hatte den Zeitpunkt sorgfältig gewählt. Sie wartete ab, bis die Hunde zu einem Streifzug am Fluß aufgebrochen waren, und schlug dann zu. Ich sah den Hahn noch in ihrem Maul baumeln und rannte hin, aber es war schon zu spät. Sie warf mir nur über die Schulter einen verachtungsvollen Blick zu, fiel in einen leichten Trab und verschwand in der Bachsenke, in der nachts manchmal die Kojoten singen. Eine Zeitlang blieb meine Hühnerschar hahnlos, dann lernte ich auf der nächsten Hügelkette ein Paar kennen, das zwei Hähne und eine völlig erschöpfte einzelne Henne hatte, alles New Hampshires, und wir machten einen Tausch: eine meiner Legehennen gegen den überzähligen Hahn.

Er ist schön, aber garstig, vielleicht weil er nur die Nummer zwei in dem Trio war, vielleicht auch einfach, weil die Rasse aggressiv ist. Als ich ihn nach Hause brachte, stieg er aus dem Sack und machte sich sofort daran, unter den Leghorns für Ordnung zu sorgen. Er hat gern alle seine Hennen in Sichtweite, und wenn sie sich zu weit vom Stall entfernen, rennt er ihnen nach und pickt nach ihnen, pausenlos zeternd und lärmend und voller Eigendünkel. Er attackiert alles: komisch aussehende Stöcke, Mäuse, Katzen, Hunde, Männer, Frauen und Kinder, vor allem aber Männer, deren Männlichkeit er erkennt und die er möglicherweise vage verdächtigt, auf seine Hennen scharf zu sein. Vielleicht würde er es sogar mit einem Kojoten aufnehmen – neben seiner Schönheit der Grund, warum ich ihn schon so lange ertrage. Doch seine Persönlichkeit läßt stark zu wünschen übrig. Er ist ein Feigling und ein Raufbold. Wenn er gestellt wird, weicht er zurück und entdeckt plötzlich einen köstlichen Stein oder eine Stelle, an der gekratzt werden muß, aber sobald man ihm den Rücken kehrt, rennt er einem nach, und in seinen bösen gelben Augen funkelt die blanke Wut. Seine Sporen sind Waffen, und wenn Mensch oder Tier vor ihm flüchten, springt er sie von hinten an, die Füße voraus, ein Angriff mit der vollen Wucht seiner viereinhalb Kilo. Beim Menschen stürzt er sich auf die Waden, und meine Narben dort zeigen, daß das undankbare Tier sogar die Person attackiert, die ihn nährt.

Als ich im Frühjahr den Junghahn unter den Hennen sah, wußte ich sofort, daß der alternde New Hampshire bei allem Stolz und aller Angriffslust dem jungen Leghorn, der ihn unweigerlich herausfordern würde, nicht gewachsen war. Und im Hochsommer, als der Neue zum erstenmal zu krähen versuchte, wußte der alte Hahn es auch. Für mich klang das Krähen wie eine quietschende Türangel, aber der Rote hielt mitten in seinem geschäftigen Tun inne und stand mit schräggelegtem Kopf wie erstarrt da. Von nun an ließ er den Jungen nicht mehr aus den Augen, nutzte seine noch vorhandene Überlegenheit an Gewicht und Erfahrung und scheuchte ihn Abend für Abend aus dem Stall.

Der Leghorn zog sich daraufhin zum Schlafen in die Bäume zurück. Die Junghennen folgten ihm nach und nach, und auch die alten Legehennen gesellten sich eine nach der anderen zu ihm. Im Spätsommer hatte der Rote, stolzer Alleinherrscher über den sicheren Stall, nur noch sechs getreue Hennen um sich. Die anderen schliefen so hoch oben, daß ich sie nicht einfangen konnte, aber ich machte mir keine Sorgen um ihre Sicherheit, denn die Zweige, auf denen sie kampierten, waren zu dünn für Waschbären, und das schützende Blätterdach verbarg sie vor den Eulen. Als aber im Herbst die Blätter fielen, weckten mich mehrere Nächte hintereinander die Angstschreie eines Huhns. Bis die Hunde und ich draußen waren, zeigten nur noch ein paar Federn, wo der Uhu, der immer sein tiefes Huu-huuhuu-huu-huu von der Kiefer herabruft, zugeschlagen hatte.

Vor zwei Wochen machte ich mich daran, die Hühner zum Schlafen wieder in den Stall zu locken. Fangen kann man sie nicht, und so versuchte ich mich in die Denkweise eines Huhnes hineinzuversetzen und richtete es so ein, daß sie sich selbst fingen. Der Stall hat zwei Türen, eine normale in Menschen- und eine kleine in Hühnergröße. Alle Hühner, diejenigen, die im Freien kampierten, ebenso wie die Stallhühner, wußten, daß ich die Körner jeden Morgen direkt hinter der großen Tür auf den Stallboden streue; sie versammelten sich dann in meiner Nähe und schauten mir dabei zu. Wenn aber die Hühner von draußen hineingingen, würden die von drinnen herauskommen, und es würde nicht möglich sein, alle drinnen zu füttern und die Tür zu schließen. Ich baute deshalb vor der kleinen Tür einen Tunnel aus Hühnerdraht und Holzpflöcken, ließ ihn an einem Ende offen und streute die Körner in diesen behelfsmäßigen Pferch. Die Hühner beäugten das Drahtgeflecht mißtrauisch, doch nach einigen Tagen bezwang die Gier die Vorsicht, und sie gingen zum Fressen hinein. Am ersten Morgen hatte ich beide Türen geschlossen gehalten und die Tiere später als sonst gefüttert. Die Hühner draußen standen hungrig und ängstlich beisammen, und als ich die Körner in den Tunnel warf, rannten sechs von ihnen, darunter der Leghornhahn, schnurstracks hinein. Ich zog ein Stück Hühnerdraht vor das offene Ende, ging in den Stall, um die Hühner drinnen zu füttern, und öffnete die kleine Tür. Stallhühner und Freilufthühner bewegten sich nun den ganzen Tag zwischen Stall und Tunnel hin und her, und die beiden Hähne beäugten einander argwöhnisch aus sicherer Distanz. Am Abend gingen die Freilufthühner widerstrebend in den Stall, und ich schloß die kleine Tür. Die Hühner außerhalb der Einzäunung blieben hungrig und schliefen wieder in den Bäumen, was ihnen jedoch ohne ihren Hahn nicht recht geheuer zu sein schien. Am nächsten Morgen begaben sich die meisten von ihnen zum Fressen in den Tunnel, und da es regnete, liefen sie, sobald ich die kleine Tür geöffnet hatte, in den Stall. Ich schloß die Tür wieder und hatte nun fast alle Hühner beisammen. Was sich drinnen abspielte, blieb mir verborgen, aber der Tumult und das Gekrähe deuteten darauf hin, daß die beiden Hähne die Rangordnung ausfochten. Am Abend schliefen nur noch zwei Hennen in den Bäumen, und in der Nacht trug der Uhu eine von ihnen fort. Die andere hatte es nach zwei Tagen ohne Nahrung und Gesellschaft am nächsten Morgen eilig, in den Drahttunnel zu gelangen, und bei Einbruch der Dunkelheit schloß ich das ganze Hühnervolk in den Stall ein. Ich gab den Tieren drinnen Futter und Wasser und hielt beide Türen eine Woche lang geschlossen.

Hühnergehirne behalten nicht viel, und als ich die Tiere vor ein paar Tagen wieder herausließ, hatten sie jede Erinnerung daran verloren, daß sie einmal woanders als im Stall geschlafen hatten, und kehrten jeden Abend brav dorthin zurück. Und auch die Rangordnung unter den Hähnen steht nun fest. Der sanftmütige, höfliche Leghorn strahlt Selbstbewußtsein aus und hat das Sagen, der Rote, geduckt und kleinlaut, traut sich nicht einmal mehr, mich zu attackieren, wenn ich an ihm vorbeigehe. Den Uhu höre ich jede Nacht in der Kiefer vor meinem Schlafzimmerfenster rufen. Er wird sich anderweitig verpflegen müssen.

Meine Farm liegt nördlich der Stadt. Nach den ersten paar Kilometern geht die schwarze Asphaltdecke der Straße in ein acht Kilometer langes Schotterstück über, auf dem die Pickups, die meine Nachbarn und ich fahren, so durchgerüttelt werden, daß sie schier auseinanderfallen. Mein Briefkasten steht an der Kreuzung dieser Straße mit einem etwa zwei Kilometer langen Kiesweg, der sich von hier zu meiner Hütte schlängelt, um die Felsen am Fluß herum, der unten schnell und klar dahinfließt. Flechten, Farne und Moose wachsen dort, und Wind und Regen haben an den Felswänden Höhlungen und Vorsprünge entstehen lassen, an die sich struppige, verkrümmte Bäume klammern. Die dünne Erdschicht oben ist üppiger bewachsen und steht im Frühjahr in voller Blüte. Erst kommen die Felsenbirnen, dann Judasbäume und Hartriegel. Im Sommer beschatten Eichen den Weg, in der Mitte wächst Gras, am Rand Sonnenhut. Im Winter heult der Wind aus der Schlucht herauf und weht den Schnee auf dem Weg zu so hohen Wächten, daß ich manchmal eine Woche oder noch länger von der Außenwelt abgeschnitten bin.

Gestern kam ich von einer Honigverkaufsfahrt

zurück und war wie immer froh, als ich am Briefkasten in meinen Weg einbiegen konnte. Der Wagen, den ich für diese Fahrten benutze, ist ein weißer Kleinlaster, der für eine Zuladung von zweieinhalb Tonnen ausgelegt und noch neu genug ist, um im Fall einer Panne in Hackensack repariert zu werden, ohne daß ich, wie bei »Augen zu und durch«, erst stundenlang auf dem Schrottplatz nach Ersatzteilen suchen muß.

Der Kleinlaster ist geräumig und zuverlässig, und ich habe ihn gern. Er ist Teil meines Lebens. Einmal las ich abends in einem Buch über das Wesen der Seele. Ich schlief darüber ein und träumte von meiner eigenen: Sie war ein weiblicher weißer Laster, beschwingt und ungeduldig, rasant dahinbrausend, fast zu schnell, aber berauschend, ohne Bodenhaftung, knapp über der Straße. Ich finde es schön, so eine Seele zu haben.

Wie viele meiner Nachbarn bin ich arm. Ich lebe von einem Einkommen, das deutlich unter der Armutsgrenze liegt – obwohl es nicht nach Armut aussieht, wenn Judasbäume und Hartriegel gleichzeitig blühen –, und wenn ich unterwegs bin, muß ich die Kosten niedrig halten. Ich esse möglichst selten in Restaurants und übernachte im Wagen: Ich parke an einer Fernfahrerraststätte, rolle meinen Schlafsack auf dem Vordersitz aus und schlafe darin, so warm und bequem wie möglich. Am Morgen putze ich mir in der Toilette der Raststätte die Zähne und trinke im Restaurant meinen Morgenkaffee. Es kommt selten vor, daß mich dann jemand anspricht oder auch nur bemerkt. Ich biete einen so alltäglichen Anblick, daß ich gar nicht wahrgenommen werde. Wäre ich jung und hübsch, wäre das vielleicht anders. Aber ich bin zu alt, um hübsch zu sein, und außerdem zerknittert, also bin ich unsichtbar. Das finde ich herrlich, denn so kann ich in Ruhe dasitzen, meinen Kaffee trinken und schauen, ohne gesehen zu werden.

Einmal saß ich in einer Raststätte in New Mexico um halb sechs Uhr morgens behaglich in einer Nische. Die Trucker lümmelten breitbeinig auf den Barhockern an der hufeisenförmigen Theke und frühstückten. Ihre Augen hingen an einem dreiseitigen Monitor, auf dem sich bewegte und unbewegte Bilder abwechselten. Auf einen in der Sonne blitzenden Supertruck, an dem jedes Auspuffrohr und jede Chromleiste nur so blinkten, folgte eine aus ihrem bißchen Kleid quellende vollbusige Frau, die in lasziver Pose einen Laster betankte. Dann kam die Aufnahme eines Lasterkühlergrills aus niedriger Kameraposition, gefolgt von einer Szene, in der eine füllige Blondine im schnuckeligen Polizisten-Outfit offenherziger, als die Polizei erlaubt, einen nichtsnutzigen Trucker verhaftete.

Ich beobachtete die Trucker, wie sie ihre ledrigen gewendeten Spiegeleier kauten und dabei die Bilder betrachteten, glasigen Blickes, so begierig auf Chrom wie auf nackte Haut. Ich trank meinen Kaffee aus und fuhr, von niemandem beachtet, weiter.

Gestern kam ich von einer Fahrt nach Dallas zurück, und wie fast alle meine Verkaufsfahrten war es eine gute Fahrt. In dem Geflecht der Schnellstraßen kommt man schnell voran, und ich war den Abnehmern dankbar für die Bestellungen in Texasgröße, die sie bei mir aufgegeben hatten.

Auf der Fahrt nach Dallas hatte ich in Oklahoma in einem Restaurant zu Mittag gegessen, dessen große Fenster auf den Parkplatz hinausgingen. Der Mann an der Kasse sah die Aufschrift auf meinem Wagen, die mein Gewerbe und dessen Standort kundtut, grinste mich breit an, als ich eintrat, und sagte: »Sie sind also das süßeste Ding in ganz Missouri?«

Wenn ich durch mein Leben in den Ozarks eines gelernt habe, dann ist es ein lockerer Umgangston, und ich antwortete schnell: »Sie sagen es«, setzte mich an einen der Tische und bestellte einen Teller Suppe. Beim Bezahlen erkundigte sich mein neuer Freund nach dem Honiggeschäft, und als er hörte, daß ich den Wagen voller Honig hatte, kaufte er mir eine Kiste für den Geschenkeshop des Restaurants ab und wollte in meine Kundenkartei aufgenommen werden. »Joe Ben Ponder der Name. Joe *Ben*«, sagte er mit seinem weichen, breiten Südoklahoma-Akzent.

Das war ein vielversprechender Anfang für eine Verkaufsfahrt, und ich hatte eine erfolgreiche Fahrt bitter nötig. Ich war gerade in Boston und New York gewesen, wo ich wenig verkauft hatte, auch wenn es in anderer Hinsicht eine gute Fahrt gewesen war. In Boston hatte ich bei Liddy und Brian gewohnt, und an einem Abend waren wir in der Kapelle von Harvard gewesen, wo Gustav Leonhardt auf der Orgel Barockmusik spielte. Es war schön, und ich genoß es ebenso wie die Begegnungen mit Freunden und Verwandten, die ich sehr gern habe und viel zu selten sehe. Nur Geld verdiente ich keines. In New York gibt es an jeder Ecke Läden mit Baguette, herrlichem Käse, importiertem Lachs, exquisiten Delikatessen und Honig, der zum Teil von meinen Bienen stammt. Die Kunden sind dünn gesät, und in vielen Läden, die ich jahrelang beliefert habe, ist der Geschäftsführer entlassen und durch einen neuen ersetzt worden, ein Rezept, von dem man sich erhofft, daß der Dollar wieder fließt. Macy's und Zabar's lagen miteinander im Krieg, und ihre Einkaufsleiter hatten keine Zeit für mich. Auch anderswo wurde ich kaum etwas los, denn die neuen Geschäftsführer interessierte es nicht, daß mein Honig seit zehn Jahren in ihrem Laden verkauft wurde. Ich fuhr bis Westchester und ins südliche Connecticut hinauf, um in den Vororten neue Kunden zu gewinnen.

In meinen abgetragenen Jeans und den Stahlkappenstiefeln, von denen einer ein Loch hat, weil einmal Batteriesäure daraufgetropft ist, ging ich in den schicken Straßen mit meinem Honig hausieren, Straßen voller Frauen, die Sachen kauften, mit denen sie sich behängen oder die sie in ihre Wohnungen stellen konnten.

Vor zwanzig oder fünfundzwanzig Jahren habe auch ich ein solches Leben geführt. Damals fuhren die Frauen Kombis, heute fahren sie schnittige Flitzer, aber die Anspannung in ihren Gesichtern ist die gleiche geblieben. Damals war ich froh, diesem Leben zu entkommen, und am Ende dieses Tages war ich froh, in meinem weißen Kleinlaster zu entkommen und mich wieder Richtung Westen aufzumachen, über die Autobahnen mit ihren grünen Schildern und Raststätten, nach Missouri, in die unberührte Natur auf meinem Hügel, nach Hause.

Die Außenverkleidung der Scheune und ihrer Anbauten ist immer wieder geflickt oder auch nicht geflickt worden, mit alten Brettern, mit Dachpappe und Holzschindeln. Die Sperrholzwände des neuen Speicherraums mußte ich noch verkleiden, bevor der Winter kam, und da dieser Teil der Scheune jetzt so schön war, wurde es Zeit, die ganze Scheune und die Schuppen mit ein und demselben Material zu verkleiden. Die verwitterten Holzschindeln am Schleuderraum-Anbau gefielen mir, und ich wollte auch für die ganze übrige Scheune Schindeln verwenden. Als ich aber in der Holzhandlung erfuhr, wie teuer sie waren, beschloß ich, mir selbst welche zu machen.

Mein Rohmaterial bezog ich von der Palettenfabrik im Osten der Stadt. Industriepaletten werden aus einen Meter zwanzig langen Eichenbrettern hergestellt, die exakt auf eine bestimmte Breite zugeschnitten werden. Aus dem Verschnitt machte ich meine Schindeln. Man bekommt in der Fabrik zwanzig Zentner Holzverschnitt für zwei Dollar, ein erschwinglicher Preis. Ich fuhr mit meinem Kleinlaster hin, und ein hilfsbereiter Arbeiter lud das Gebinde mit einem Gabelstapler auf. Als es sich auf die Ladefläche senkte, ächzte der Wagen ein bißchen und ging in die Knie. Ich fuhr ganz langsam und vorsichtig nach Hause und fragte mich, wie ich das Gebinde abladen sollte, ohne die Bänder durchschneiden und die Bretter einzeln herunternehmen zu müssen. Doch dann überließ ich es dem Laster, sich selbst zu entladen. Ich hakte eine Kette um einen der Pfosten der Plattform vor dem Speicher, befestigte ihr anderes Ende an den Stahlbändern, die das Gebinde zusammenhielten, und fuhr einfach unter der Ladung weg. Der Wagen stöhnte erleichtert auf, als sich die Ladefläche wieder auf normale Höhe hob.

An Regentagen setzte ich nun die restlichen Fenster in den Speicher ein und dichtete die Ritzen ab, an Sonnentagen schindelte ich. Einige der Bretter waren entweder zu dick oder zu dünn, und ich legte sie beiseite, um sie als Anmachholz zu verwenden, aber aus den meisten konnte ich drei vierzig Zentimeter lange Schindeln machen. Ich schnitt mir mit der Tischsäge einen Stapel zurecht und nagelte sie dann außen an die Speicherwände. Damit die Reihen gerade wurden, zog ich Kreidelinien und richtete sie daran aus. Dank Liddys und Brians geschnitztem Firstbalken hatte die Scheune ja schon Kopf und Schwanz, und mit den rauhen Holzschindeln sieht sie nun aus wie ein struppiges Tier. Sie gefällt mir sehr.

Die Ausstattung meiner dreihundert Bienenstöcke habe ich zwar selbst hergestellt, aber richtige Zimmermannsarbeit hatte immer jenseits meiner Möglichkeiten gelegen. Doch das, was Liddy und Brian mir beigebracht hatten, und die Routine, die ich mit der Arbeit an der Scheune gewonnen hatte, stiegen mir nun prompt zu Kopfe, und als ich mit der Scheune fertig war, baute ich mit Unterstützung eines befreundeten Zimmermanns ein neues Pumpenhaus.

Das alte Pumpenhaus an der Rückseite der Hütte beherbergte meinen Brunnen und eine Pumpe. Es war ein häßliches, windschiefes Ding mit Winkeln und Proportionen, die hinten und vorne nicht stimmten. Zudem war es über die letzten fünf oder sechs Jahre sachte in den Boden hinein verrottet. Letzten Winter habe ich eine Plane über die Reste des Daches gebreitet, aber mir war klar, daß es einen weiteren Winter nicht überstehen würde. Die ganzen Jahre hat es da gestanden, von kränklichem Aussehen, ein einziger Vorwurf, wann immer ich vor die Hintertür trat.

Die Lage des Brunnens bringt es mit sich, daß das Pumpenhaus an so auffälliger Stelle stehen muß, und ich fragte Liddy und Brian, was ich zu seiner Verschönerung tun könne. Ich dachte an ein asymmetrisches Dach, aber Brian riet mir davon ab, weil die anderen Farmgebäude durchweg ausgewogene, symmetrische Proportionen hätten.

»Wenn du was Asymmetrisches dazubaust, dann sieht das aus wie Quasimodo«, meinte er.

Ich überlegte mir genau, was ich wollte, und der Zimmermann und ich bauten ein properes kleines Haus. Am Satteldach angelangt, wurde uns klar, daß wir an einer Seite, teilweise überlappend, ein höheres zweites, abnehmbares Dach anbringen mußten, damit genug Platz war, wenn die Pumpe einmal repariert und dazu herausgenommen werden mußte. Es wurde also doch Quasimodo, aber wie Quasimodo hat auch das Pumpenhaus etwas durchaus Liebenswertes. Es ist kleiner und besser proportioniert als das alte, mit verwitterten alten Brettern verkleidet, die Kanten sind in International-Harvester-Rot abgesetzt, so daß sie einen Kontrast zu den alten blaßroten Scheunenbrettern bilden, Dach und Buckeldach mit Wellblech gedeckt. Es ist ein heiteres, befriedigendes kleines Gebäude, ein guter Kamerad für die große struppige Scheune gegenüber.

Beschwingt von der Erfahrung, daß ich imstande war, etwas zu bauen, was seinen Zweck erfüllte und so aussah, wie ich es mir vorgestellt hatte, besserte ich gleich noch den Hühnerstall aus und baute im Schleuderraum und in der Scheune ein paar Sachen ein, die ich schon immer hatte haben wollen. Und als es draußen kühler wurde, machte ich in der Hütte weiter und legte letzte Hand an mein Büro, das aus Pfosten, sehr wenig Sperrholz und einer halben Decke besteht. Das berauschte mich so, daß ich mir auch gleich das Schlafzimmer vornahm. Wie das Büro war es seit Pauls Auszug unfertig geblieben, und in den letzten beiden Wochen habe ich es auseinandergenommen und sehr fest und solide neu gebaut. Gestern bin ich fertig geworden und habe die ganzen Gerätschaften in die Scheune zurückgebracht: Sägeböcke, Kreissäge, Maßband und Blechdosen voller Schrauben und Nägel.

Dann machte ich im Schlafzimmer sauber und stellte die Möbel um. Als ich gestern abend zu Bett ging und wie immer noch lesen wollte, merkte ich nach einer Weile, daß ich gar nicht in das Buch auf meinen Knien schaute. Statt dessen bewunderte ich über den Brillenrand hinweg das neue Zimmer und verlor mich in Träumereien, töricht lächelnd und dankbar für das Geschenk, das Liddy und Brian mir mit ihren Zimmermannslektionen gemacht hatten.

Winter

Heute bin ich reich an Vögeln, speziell Hüttensängern und Zedernseidenschwänzen. Die Hüttensänger – leuchtendblaue Rotkehlhüttensänger mit rostfarbener Brust und weißem Bauch – nisten hier im Sommer immer seltener, fallen im Winter aber in ganzen Schwärmen ein. Seit über vier Wochen sind sie hier, fressen Sumachbeeren und die Früchte der Tupelobäume rings um die Hütte und zwitschern einander dabei befriedigt zu. Die Seidenschwänze, normalerweise Irrgäste, waren noch nie in solchen Mengen und so lange hier; ich sehe und höre sie nun schon seit mehreren Wochen.

Nach drei Tagen Regen und Schneeregen, in denen die Vögel sich mit der Futtersuche schwertaten, stieg die Sonne heute an einem klaren Himmel auf, und schon bald hörte ich das Tsii-tsii der Zedernseidenschwänze in den Bäumen. Ich hatte die Schlechtwettertage damit verbracht, Honiggläser zu etikettieren, eine notwendige, aber eintönige Arbeit, und jetzt freute auch ich mich über den Sonnenschein. Ich zog eine Jacke über, hängte mir mein Fernglas um und ging hinaus, um die Seidenschwänze zu beobachten. Es müssen Hunderte gewesen sein, die ich in den kahlen Wipfeln sah. Überall waren sie zu hören. Die Hüttensänger saßen teils auf den Stromleitungen, teils auf ihren eigenen Bäumen, nur hier und da entdeckte ich einen von ihnen unter den Seidenschwänzen. Goldzeisige im dunklen Winterkleid schossen zwischen den Bäumen herab, wie im Sommer bei jedem ihrer Sturzflüge singend. An der Futterstelle drängten sich Kardinale, Meisen und Kleiber. Auf der Erde, die im Schatten der Scheune und der Nebengebäude noch von Rauhreif überzogen war, scharrten Juncos – niedliche grau-weiße, schmucke kleine Vögel – so vertieft nach Samen von Unkraut und Gräsern, daß ich zwischen ihnen hindurchlaufen konnte, ohne daß sie aufflogen.

Ich ging auf die Wiese. Überall sangen Hüttensänger und riefen sich ihr fragendes Tschirwii? zu. Auch Zedernseidenschwänze hörte ich von der Scheune her, und durch das Fernglas sah ich, daß sie sich zum Fressen in den Persimonenbäumen niederließen. Wenn die Persimonen im Juni blühen, stürzen sich die Bienen in solch summenden Scharen auf den Nektar, daß ich bei einem Gang durch den Wald eine Persimonengruppe lange, bevor ich sie sehe, schon hören kann. Die Frucht, zu deren Entwicklung die Bienen beitragen, ist kleiner als ihre fernöstliche Verwandte, die Kakipflaume, die es in Feinkostläden gibt, aber sie ist schmackhaft und hat einen hohen Zuckergehalt. Sie reift spät, erst nach dem ersten Frost, davor ist sie herb-sauer. Einmal habe ich zu früh in eine gebissen. Mein Mund zog sich sofort zusammen, und das leicht taube Gefühl hielt bis in den nächsten Tag an. Reife Persimonen aber sind süß und wohlschmeckend. Eigentlich hatte ich die Früchte von den Bäumen hinter der Scheune schütteln wollen, um für ein befreundetes Ehepaar einen Kuchen zu machen. Die Frau ist eine ausgezeichnete Köchin, aber sie hatte mir einmal gesagt, daß Kuchen ihre Fähigkeiten überstiegen, obwohl sie sie gern esse. Ich selbst bin alles andere als eine gute Köchin, aber für andere backe ich gern Kuchen, weil sie so hübsch aussehen. Ich war bei meinen Freunden zum Abendessen eingeladen und wollte ihnen als Überraschung einen Persimonen-Hickorynuß-Kuchen mitbringen. Doch die Zedernseidenschwänze brauchen die Persimonen nötiger als meine Freunde einen Kuchen, und ich bin froh, daß ich nicht dazu gekommen war, die Früchte von den Bäumen zu schütteln.

Um besser zu sehen, stieg ich auf den Speicher der Scheune. In dem neuen Raum befand ich mich genau auf Wipfelhöhe der jungen Bäume, und durch die Fenster konnte ich die Vögel aus der Nähe beobachten, ohne sie zu stören. Sie fraßen jedoch so gierig, daß ich sie wohl ohnehin nicht gestört hätte.

Zedernseidenschwänze sind schnittige, elegante Vögel mit Federhaube und bräunlichem Rücken. An der Schwanzspitze haben sie ein breites gelbes Band, die Flügel sind rot gebändert, und vom Schnabel läuft ein schwarzes Band über die Augen bis zum Hinterkopf, so daß die muntere Gesellschaft in den Persimonenbäumen aussieht, als befände sie sich auf einem Maskenball. In einem meiner Vogelbücher werden sie phantasievoll »Rätselvögel« genannt. Das hat damit zu tun, daß sie Wanderer sind. Außerhalb der Brutzeit sind es sehr soziale Tiere, die in so großen Gruppen zusammenkommen, daß die Nahrungsmöglichkeiten an einem Ort schnell erschöpft und sie deshalb ständig auf

Achse sind. Sie tauchen eines Tages in Scharen auf, vertilgen alles – Insekten, wenn sie welche finden, Früchte jeglicher Art, auch die von Hartriegel, Sumach und Tupelobaum, wie die Hüttensänger –, dann ziehen sie weiter und werden nicht mehr gesehen. Daß sie sich seit fast vier Wochen hier aufhalten, ist höchst ungewöhnlich, aber es war ein gutes Jahr, und auch jetzt noch ist der Tisch für Zedernseidenschwänze reich gedeckt.

Thomas Nuttall, der exzentrische Botaniker und Zoologe des neunzehnten Jahrhunderts, dem mehr Pflanzen- und Tierarten ihren Namen verdanken als jedem anderen Naturforscher, behauptete, Zedernseidenschwänze gingen überaus höflich miteinander um. Er habe oft beobachtetet, wie sie einen Wurm von Schnabel zu Schnabel weiterreichten, bis er schließlich vertilgt sei. Das würde ich zu gern einmal sehen. Die Vögel, die ich heute vom Speicher aus beobachtet habe, waren nach den Schlechtwettertagen völlig ausgehungert. Sie nahmen einander die Persimonen zwar nicht weg, so daß man ihr Verhalten in gewissem Sinne durchaus als »höflich« bezeichnen kann, aber sie reichten auch kein Futter weiter. Jeder suchte sich eine Persimone aus, pickte die Schale auf, um an das süße, weiche Fruchtfleisch zu gelangen, schlang es in großen Brocken hinunter und hüpfte dann zur nächsten freien Persimone, um sich weiter den Bauch vollzuschlagen. Sie fraßen so konzentriert, daß sie ganz vergaßen, einander etwas zuzurufen. Ich schaute ihnen lange zu, bis ihr Hunger gestillt war und sie auf einen anderen Baum flogen. Durch das Fernglas sah ich, wie sie dort ihr Gefieder putzten und sich sonnten, und ich hörte sie zischelnd miteinander kommunizieren, tsii-tsii-tsii, ein zufriedener Laut.

Hier das Rezept für den Kuchen, den ich eigentlich backen wollte:

Für den Boden und den Rand der Kuchenform:
1½ Tassen fein zerkrümelte Graham-Kräcker oder andere dunkle Plätzchen
¼ Tasse Zucker
½ Tasse zerlassene Butter

Alles miteinander vermischen; den Krümelteig fest in die Form drücken und dreißig Minuten kalt stellen.

Für die Füllung:
½ Tasse braunen Zucker
1 Beutel Gelatine
½ Teelöffel Salz
3 Eier, getrennt
⅔ Tasse Milch
1 Tasse durchpassiertes Fruchtfleisch von wilden Persimonen
¼ Tasse Zucker
¼ Tasse gehackte Hickorynüsse
Schlagsahne

Den braunen Zucker, die Gelatine und das Salz in einem Topf mischen. Das Eigelb leicht schlagen und zur Milch geben. Die Eiermilch in die Mischung mit dem braunen Zucker einrühren und alles unter ständigem Rühren erhitzen, bis sich der Zucker aufgelöst hat. Nicht kochen. Vom Herd nehmen und das Persimonenfruchtfleisch einrühren. Etwa eine Stunde abkühlen lassen, bis sich weiche Hügel bilden, wenn man die Masse vom Löffel

tropfen läßt. Eiweiß schlagen, dabei den Zucker nach und nach zugeben. Wenn im Eischnee weiße Spitzen erscheinen, ist die Masse steif genug. Die Hickorynüsse in die abgekühlte Persimonenmasse einrühren und den Eischnee unterheben. Alles in die mit dem Krümelteig ausgelegte Form geben und kühl stellen, bis die Masse fest wird.
Mit Schlagsahne servieren.

Für die Lagerung von Brennholz eignet sich am besten ein vor Regen und Schnee geschützter luftiger Schuppen. Ich wünschte, ich hätte so einen Schuppen, aber ich habe keinen, ich staple mein Brennholz im Freien unter dem Dachvorsprung der Scheune. Im Spätherbst und Winter hacke ich jeden Morgen das Holz für den nächsten Tag, trage es in die Hütte und schichte es neben dem Ofen auf, wo es trocknen kann.

Wenn das Holz sich erwärmt, werden die Waldschaben munter, die manchmal unter der Rinde leben, und kommen hervorgekrabbelt. Sie sind kleiner als die Amerikanischen Großschaben, die auf der Suche nach Essensresten auch in den saubersten Häusern nachts in die Küche einfallen, aber größer als die bekannten Deutschen Schaben, die meist in Küchen und Badezimmern leben. Deutsche Schaben werden im Nordosten der USA *Croton bugs* genannt, weil man sie beim Bau des Croton-Aquädukts in New York Mitte des neunzehnten Jahrhunderts erstmals bemerkt hat. Die *Croton bugs* ihrerseits hatten den Menschen zu diesem Zeitpunkt mit Sicherheit längst bemerkt, denn die Schaben wissen seit langem, daß wir ihnen einen guten Lebensraum bieten. Es ist eine sehr enge Beziehung, und bestimmt gibt es auf der ganzen Welt keinen entomologisch so ahnungslosen Menschen, daß er eine Schabe nicht erkennt, wenn er sie sieht.

Meine Waldschaben – es gibt hier mehrere Arten – sind dunkelbraun und glänzend und stellen für den Menschen selten ein Problem dar. Sie leben normalerweise im Freien und fressen Holz. Das können sie deshalb, weil in ihrem Darm die gleichen Protozoen hausen, die es auch Termiten ermöglichen, Holz zu verdauen. Deshalb nimmt man an, daß Termiten und Schaben in ferner Vergangenheit einen gemeinsamen Vorfahren hatten.

Schaben sind möglicherweise die erfolgreichste komplexe Lebensform, die es je auf der Erde gegeben hat. Geologische Daten sind zwar ungenau, können aber zum Vergleich dienen. Menschen gibt es seit etwa zwei Millionen Jahren. Die Honigbienen haben sich mit den Blütenpflanzen irgendwann in der Kreidezeit entwikkelt, also vor ungefähr hundert Millionen Jahren. Schaben aber – und zwar mindestens achthundert verschiedene Arten – sind, wie Fossilienfunde belegen, schon im Oberkarbon vor zweihundertfünfzig Millionen Jahren herumgeflitzt. Sie waren im Durchschnitt etwas größer als die eintausendzweihundert heute bekannten Schabenarten, aber keine der Fossilformen ist größer als heutige tropische Formen. Die Unterschiede zwischen diesen fossilen Schaben und denen von heute sind gering und betreffen hauptsächlich die Flügeläderung.

Die Erde war damals ein ganz anderer Ort: wärmer, feuchter und von Tieren und Pflanzen bevölkert, die uns heute seltsam anmuten würden. Die Wellen der

Meere bespülten andere Küsten. Das Wasser zog sich vom mittleren Teil des amerikanischen Kontinents zurück, und in den Sümpfen und Marschen entlang der Küste wuchsen riesige Schachtelhalme, Farne, Moose und primitive Koniferen. Blumen gab es noch nicht. Gigantische Libellen flogen durch die Luft. Auch Vögel gab es noch nicht. Die ersten Amphibien und Reptilien wanderten über das Land, Schaben huschten hin und her und ernährten sich wie heute von pflanzlichen und tierischen Stoffen.

Klima, Landmassen, Pflanzen und Tiere haben im Laufe der Erdzeitalter Veränderungen durchgemacht, die Schaben nicht. Sie hatten schon damals eine außerordentlich gut funktionierende, für das Überleben auf der Erde perfekte Form gefunden – den Erfolg stellt die natürliche Auslese nicht in Frage.

Sie waren und sind weder zu groß noch zu klein. Mit ihrem flachen Körper können sie sich auch noch im schmalsten schützenden Spalt verstecken. Sie konnten und können sich den unterschiedlichsten Lebensräumen und Temperaturen anpassen und fressen so gut wie alles. Ihr ganzes Leben lang sind sie zäh, couragiert, vorsichtig und wachsam. Junge Schaben flitzen, nachdem sie aus dem ledrigen Eipaket geschlüpft sind, sofort los. Wie ihre Vettern, die Heuschrecken und Grillen, machen sie keine vollständige Metamorphose durch. Sie kennen keine Lebensabschnitte als Larve oder als Puppe. Bei ihnen vollzieht sich die Metamorphose schrittweise. Frisch geschlüpfte Schaben sehen fast genauso aus wie die erwachsenen Tiere, sie sind nur winzig klein und haben noch keine Flügel. Bis zum Erreichen der Geschlechtsreife streifen sie ihre äußere

Hülle mehrmals ab, bleiben aber in jedem Stadium flink und beweglich. Ausgewachsene Schaben können zwar fliegen, typischerweise aber laufen sie.

Sie haben sich nie spezialisiert, sondern waren immer extrem flexibel und in der Lage, sich an alle Veränderungen anzupassen, die die Welt bereithält. Ich war nicht weiter überrascht, als ich von einem Forscher las, der herausgefunden hatte, daß Schaben selbst mit abgeschnittenem Kopf noch lernfähig sind. Wenn ich in der Anfangszeit meiner Imkerei einen Bienenstock öffnete und Schaben darin vorfand, empfand ich mich als Verbündete der Bienen und schnitt sie mit meinem Stockmeißel entzwei. Und jedesmal rannte das hintere Ende weg, das offensichtlich auch ohne den Kopf bestens funktionierte.

In Bienenstöcken halten sich immer Amerikanische Großschaben auf. Wie die Häuser der Menschen sind die Stöcke warme, gemütliche, gut mit Nahrung bestückte Orte, und die Schaben leben gern dort, wenn man sie läßt. Ein gesundes, kräftiges, aktives Bienenvolk wird sie jedoch ebensowenig dulden wie eine pingelige Hausfrau. Ich habe oft beobachtet, wie Bienen Schaben aus ihrem Stock vertrieben, und auch, wie sie Eipakete von Schaben hinaustrugen und in einiger Entfernung ablegten, weil sie in ihnen Objekte erkannten, die in einem gut organisierten Bienenvolk nichts zu suchen haben. Zwischen Schaben und Bienen schwelt ein ständiger Konflikt. Die Bienen sind wachsam und angriffslustig, aber die Schaben sind immer zur Stelle, und wenn Stärke oder Kampfgeist der Bienen nur im mindesten nachlassen, ergreifen sie die Macht. Wahre Opportunisten.

Seit ein paar Jahren töte ich keine Schaben mehr, wenn ich sie in einem Bienenstock vorfinde. Ich weiß inzwischen, daß ein gutes Bienenvolk besser allein mit ihnen fertig wird. Und wenn es kein gutes Volk ist, muß ich, statt seine Schaben zu töten, herausfinden, was mit ihm nicht stimmt.

Im Grunde stören mich auch die Waldschaben nicht, die mit meinem Brennholz ins Haus kommen. Ihr Verdauungsapparat und meiner sind so verschieden, daß wir nicht dieselbe ökologische Nische bewohnen. Sie tun mir nichts, wir sind keine Konkurrenten, also kann ich Nachsicht mit ihnen üben. Ich muß sie nicht vertreiben, wie eine Biene es tun würde, oder sie zerquetschen, wie eine Hausfrau es tun würde. Vielmehr bücke ich mich zu ihnen hinunter und sehe sie mir genau an. Immerhin ist es eine höchst lehrreiche Sache, daß ich, Teil eines ganz neuen, noch im Versuchsstadium befindlichen Lebensform-Experiments, einen harmlosen Besucher in meiner Hütte habe, an dessen Körperbau die Evolution seit dem Oberkarbon fast spurlos vorübergegangen ist. Zweihundertfünfzig Millionen Jahre sind wirklich eine sehr lange Zeit.

Gestern abend waren einige Leute bei mir, denen ein Plan zur Aufstauung des Flusses Sorgen macht. Als erster kam mein nächster Nachbar. Er stürmte aufgeregt herein und bat mich, eine Taschenlampe zu holen und mit zu seinem Pickup zu kommen, er müsse mir etwas zeigen. Ich folgte ihm, und er nahm die Taschenlampe und leuchtete damit einen frisch getöteten Rotluchs an, der auf der Ladefläche lag. Es war ein kleines Tier, wahrscheinlich ein Weibchen. Ein Backenbart betonte ihr breites Gesicht, und die spitzen Ohren endeten in kurzen Pinseln. Ihr dichtes lohfarbenes Winterkleid war schwarz gefleckt, und der kurze Schwanz hatte schwarze Streifen. Die Leichenstarre hatte bereits eingesetzt, und aus der Nase sickerte ein rotes Rinnsal.

»In der Kreisstadt kriegt man jetzt fünfunddreißig Dollar für das Fell. Das sind Lebensmittel für die nächste Woche«, erklärte mein Nachbar stolz. Bei uns am Fluß hat niemand viel Geld, und ich wußte, daß es ein Glücksfall für ihn war, auf diese Weise an das Geld für die Lebensmittel einer ganzen Woche zu kommen. »Jetzt sind Sie mir bestimmt dankbar – das war garantiert der Räuber, der Ihre Hühner geholt hat«, fügte er hinzu, denn ich hatte noch nichts gesagt.

Doch ich war nicht dankbar. Ich war erschüttert und traurig, aber das hätte er nicht verstanden.

Ich hatte keinen Schuß gehört und sah auch das Gewehr nicht, das sonst immer in seinem Pickup in der Halterung hängt, und so fragte ich ihn, wie er das Tier getötet habe.

»Es stand mitten im Scheinwerferlicht, als ich da vorn um die Kurve kam. Ich hab's mit der Stoßstange gerammt und außer Gefecht gesetzt, dann bin ich ausgestiegen und hab ihm mit dem Montiereisen den Rest gegeben.«

Das klingt barbarischer, als es vermutlich war. In Schlachthöfen betäubt man Tiere auch, bevor man sie tötet. Wichtig war, daß mein Nachbar das betäubte Rotluchsweibchen schnell tötete, und das hatte er zweifellos getan, denn er ist ein erfahrener Jäger.

Nach und nach kamen die anderen und sahen sich das Tier an. Einer von ihnen, ein Trapper, meinte, die fünfunddreißig Dollar, die im Moment pro Fell gezahlt würden, seien ein guter Preis. Vor einigen Jahren seien es weniger als zwei Dollar gewesen. Durch ein Importverbot für Wildkatzenfelle und den nach wie vor stabilen Markt für Pelzmäntel und Pelzdekor sei eine Nachfrage nach dem Pelz entstanden, der seiner geringen Qualität wegen früher verschmäht wurde.

Mein Nachbar und der Trapper sind beide Ozarker der dritten Generation. Nach der Highschool hätten sie wie so viele andere weggehen und in der Großstadt leichtes Geld verdienen können, aber sie sind geblieben, weil sie das Land lieben. Das eint uns in unserem

Widerstand gegen die Schaffung eines Freizeitsees, aber unsere Sensibilitäten sind unterschiedlich gelagert, je nach Persönlichkeit und Herkunft. Sie stammen aus Familien, die gezwungenermaßen vom Land leben, sie verfügen über umfassende praktische Kenntnisse und sind besser als ich in der Lage, mit sehr wenig Geld hier zu existieren. Das Land, die Wälder und die Flüsse mit allem, was darauf und darin ist, sind für Leute mit den entsprechenden Kenntnissen und Fähigkeiten Ressourcen, die sie nutzen können. Sie können Holz schlagen und verkaufen, sie können Gelände roden und es in Weideland umwandeln, sie können den Kies aus dem Fluß verkaufen. Die Ozarker sammeln Walnüsse und verkaufen sie an die Verarbeiter, die im Oktober mit ihren Schälmaschinen in die Stadt kommen. Und sie stellen Fallen, um Tierfelle zu verkaufen. Diese Ozarker hinterfragen nicht den glücklichen Umstand, daß sie an der Spitze der Nahrungskette stehen. Was im Fluß schwimmt und durch die Wälder streift, töten sie, um es zu essen. Für sie ist es selbstverständlich, daß Leben durch Leben erhalten wird, und darin zeigen sie mehr Verantwortung als ich; ich kaufe mein Fleisch hygienisch verpackt im Supermarkt.

Vor einigen Jahren machte mir das zu schaffen, und ich zog ein Dutzend Hühner auf, schlachtete sie und nahm sie aus, stellte dabei aber fest, daß es nicht leichter ist, Huhn Nummer zwölf zu töten als Huhn Nummer eins. Ich mochte nicht länger die Verantwortung für das Töten übernehmen und kaufte mir mein Fleisch wieder im Supermarkt. Mißmutig kam ich zu dem Schluß, daß Redlichkeit und Konsequenz nicht gerade meine Stärken sind, denn eine Karotte aus der Erde zu ziehen macht mir überhaupt nichts aus, obwohl damit genauso Leben vernichtet wird, wie wenn man ein Stück Wild schießt.

Auch ich liebe dieses Land, und ich war dankbar dafür, daß wir uns zusammentun konnten, um zu verhindern, daß es durch einen künstlichen See zerstört wird. Aber meine Ästhetik ist eine andere, sie ist dadurch geprägt, daß ich an Orten gelebt habe, die ihre Schönheit, ihre Pflanzen und Tiere eingebüßt haben, und deshalb hat das, was bleibt, einen anderen Wert für mich als für meine Freunde und Nachbarn in den Ozarks. Andere Teilnehmer des Treffens gestern abend hatten auch einmal in der Stadt gelebt und teilten meine Voreingenommenheit. In unserer Arroganz sagen wir einander manchmal, daß wir eben weiter blicken. Doch auf sehr lange Sicht betrachtet bin ich mir da nicht so sicher, und wie bei den meisten hohen Zielen, meinem gescheiterten Hühnerfleischprojekt etwa, sind unsere Meinungen, denke ich, nur Ausdruck eines persönlichen Empfindens dessen, was passend und angemessen ist.

Meine Reaktion auf den Anblick des toten Rotluchsweibchens war jedenfalls eine persönliche. Ich hatte das Tier gekannt, und es hatte vermutlich auch mich gekannt, besser als umgekehrt, denn bestimmt war es ein genauerer Beobachter gewesen als ich.

Vor vier oder fünf Jahren erzählte mir einmal ein Mann aus der Stadt, er habe bei Pigeon Hawk Bluff, dem hohen Steilabfall am Fluß genau westlich meiner Farm, einen Puma gesehen. Er habe seinen Wagen an der Straße geparkt und sei auf die Felsnase dort gegangen, um auf den Fluß hinabzuschauen, der achtzig Meter tiefer dahinfließt. Auf einem Felsvorsprung habe er einen toten Truthahn liegen sehen, und er sei hinuntergestiegen, um ihn sich genauer anzuschauen. Als er den Arm nach dem Vogel ausgestreckt habe, sei er von einem Puma angegriffen worden, der aus einer kleinen Höhle gekommen und von oben nicht zu sehen gewesen sei. Er zeigte mir die Narben an seinem Unterarm, die angeblich von den Krallen des Pumas stammten. Narben hatte er tatsächlich, aber ob ein Puma oder ein anderes Tier sie ihm beigebracht hatte, weiß ich nicht. Ich vermute, die Geschichte war Ozark-Jägerlatein, denn der Erzähler, der gern viele Stunden mit seinen Kumpels in der Kneipe sitzt, ist ein massiger, schwerfälliger Mann; daß er behende eine Felswand hinunter- und wieder hinaufklettert, kann man sich nicht recht vorstellen. Ich traue ihm auch nicht zu, einen Puma zu erkennen, ein Tier, über das mehr in der Kneipe geredet wird, als daß man es hier in der Gegend je zu Gesicht bekäme.

Pumas sind große, schlanke, bräunliche Wildkatzen mit langem Schwanz und kleinen, runden Ohren. Die Gegend hier war Teil ihres Verbreitungsgebiets, doch als der Mensch kam, um Holz zu schlagen und Weißwedelhirsche zu jagen, ihre Hauptbeutetiere, wurde ihr Lebensraum zerstört, und sie zogen sich nach Westen und Süden zurück. Heute sieht man sie noch regelmäßig in Arkansas, aber hin und wieder wird auch von Pumas in diesem Teil der Ozarks berichtet. Da die Zahl der Weißwedelhirsche seit einigen Jahren dank der Überwachung durch die Naturschutzbehörde wieder zunimmt, erwarten Wildbiologen, daß die Pumas in felsige, abgelegene Areale zurückkehren werden.

Nachdem der Mann mir die Geschichte erzählt hatte, hielt ich in der Gegend von Pigeon Hawk Bluff die Augen offen, auf die verschwindend geringe Möglichkeit hin, daß er tatsächlich einen Puma gesehen hatte, aber ich habe in den ganzen Jahren keinen zu Gesicht bekommen. Dafür habe ich eines Abends in der Nähe der Felsnase ein Rotluchsweibchen gesehen. Dieser Teil der Ozarks wird nach wie vor zum Verbreitungsgebiet der Rotluchse gerechnet, aber die Tiere sind durch dieselbe Lebensraumzerstörung bedroht, die die Pumas in unberührtere Regionen vertrieben hat, und man sieht sie selten.

Rotluchse reißen ebenfalls Hirsche, ernähren sich aber vorwiegend von kleineren Tieren: Mäusen, Eichhörnchen, Opossums, Truthähnen, Wachteln und vielleicht dem einen oder anderen meiner Hühner. Sie jagen nachts und suchen tagsüber eine Höhle oder einen anderen geeigneten Unterschlupf auf. Für die Aufzucht ihrer Jungen wählen die Weibchen oft Felsspalten oder Erdhöhlen als Versteck. Ich habe den Bau des Rotluchsweibchens nicht gesehen, aber vielleicht war es die Höhle unterhalb des Aussichtspunktes an der Straße. Die Felsen dort sind von Höhlen aller Größen durchsetzt, die meisten davon unzugänglich, außer für absolut trittsichere Kletterer. Ich habe das Rotluchsweibchen noch mehrmals gesehen, als es in der Abenddämmerung lautlos am Rand der Felswand entlangstreifte. Manchmal habe ich abends den durchdringenden Schrei eines Rotluchses aus dieser Richtung gehört, und einmal, als ich spätnachts nach Hause kam, sah ich das Weibchen im Licht meiner Scheinwerfer geblendet auf der Straße stehen. Ich schaltete das Licht aus, und es tappte in die Dunkelheit davon.

Die unbewohnte Gegend am Fluß mit ihren Dikkichten und felsigen Abhängen wäre als Aufenthaltsbereich für einen Luchs bestens geeignet. Die Weibchen nehmen es mit dem Achtkilometerradius ihres Reviers genauer als die Männchen, die manchmal in das größere Streifgebiet eines Nachbarn eindringen, aber alle Rotluchse markieren ihr Revier und haben in den etwa zehn Jahren ihres Lebens wenig Kontakt mit erwachsenen Artgenossen.

Ich bin mir nicht sicher, ob das Rotluchsweibchen, das ich in den vergangenen Jahren gesehen und gehört habe, immer dasselbe war, aber ich denke schon, und gestern abend habe ich es wahrscheinlich tot auf der Ladefläche des Pickups meines Nachbarn gesehen.

In ein paar Tagen ist Weihnachten. Ich bin seit mehreren Tagen eingeschneit, aber das ist nicht weiter schlimm. Gegen Ende Dezember fahre ich immer in die Stadt und decke mich mit einem Extravorrat Hühner-, Katzen-, Hunde- und Vogelfutter und mit Lebensmitteln für mich selbst ein, denn im Januar macht Eis oder Schnee die Straße zu meinem Briefkasten gewöhnlich für mindestens eine Woche unpassierbar. Dieses Jahr ist es jetzt schon soweit, aber ich habe vorgesorgt und muß nicht hinaus.

Es ist eine Kreisstraße, und vielleicht kommt der städtische Schneepflug, wenn er die Schulbusstrecken freigemacht hat, auch noch hierher. Aber die Gemeinde ist arm, das Räumfahrzeug alt und unzuverlässig und wird nur noch von Bindedraht und Einfallsreichtum zusammengehalten, deshalb kommt es vielleicht doch erst, wenn der Schnee schmilzt.

Vor ein paar Jahren wurde die Straße nach heftigen Schneefällen geräumt. Es war bitterkalt, und als ich das Räumfahrzeug hörte, ging ich die Zufahrt hinunter und lud den Fahrer auf eine Tasse Kaffee ein. Er nahm die Einladung an, fuhr mit dem Schneepflug bis vor meine Hütte und stellte den Motor ab. Im selben Moment breitete sich ein kummervoller Ausdruck über sein Gesicht. Er hatte nicht daran gedacht, daß seine Batterie fast leer war, und nun würde er den Motor nicht wieder in Gang bringen. Aber ich habe ein Batterieladegerät und reichlich Verlängerungskabel, und während der Kaffee durchlief, schloß der Mann die Batterie an das Ladegerät an. Wir saßen am Ofen und unterhielten uns über die Straßen und das Wetter, und bis wir die Kanne geleert hatten, war die Batterie so weit wieder aufgeladen, daß der Motor ansprang. Das Leben auf dem Land verlangt Zusammenarbeit.

Vor fünfzehn Jahren, als ich noch an der Brown University Bibliothekarin war, mußte ich jeden Tag eine Dreiviertelstunde zur Arbeit fahren. Davor arbeitete ich an einem staatlichen College in New Jersey und hatte einen Weg von jeweils einer Stunde. Ich begann den Winter zu hassen – das Fahren auf glatten Straßen, die Staus auf den Autobahnen. Der Winter war ein Feind, gegen den ich kämpfen mußte. Doch das ist Vergangenheit. Meine Honigverkäufe plane ich so, daß ich nicht bei Schnee und Eis fahren muß, und in der übrigen Zeit repariere ich Gerätschaften, etikettiere Honiggläser, treffe Vorbereitungen für den Beginn der Bienensaison im Frühjahr und erledige alle möglichen anderen Arbeiten in Scheune und Hütte. Der Winter ist nicht mehr mein Feind. Er ist eine Zeit, in der man weniger unterwegs ist, eine Zeit der Ruhe und des Friedens.

Für den Postboten war auf den Nebenstraßen mehrere Tage lang kein Durchkommen, aber er hat angerufen, daß er es heute versuchen will, ich soll später zum Briefkasten gehen und nachsehen. Das ist zu jeder Zeit des Jahres ein schöner Spaziergang. Tazzie und Andy mögen ihn auch, und bei freundlicherem Wetter stürmen sie fröhlich voraus. Wenn die Schneewehen hüfthoch sind, wie im Moment dort, wo der Weg an den Felsen bei Pigeon Hawk Bluff entlangführt, versuche ich sie dazu zu bringen, daß sie einen Pfad spuren, aber sie sehen mich nur aus klugen Augen an und geben vor, viel zu loyal und gehorsam zu sein, um etwas anderes zu tun, als mir auf den Fersen zu folgen. Zimperliesen, schelte ich sie, und sie wedeln fröhlich mit dem Schwanz. Sind sie nun meine Hunde, oder bin ich ihr Mensch?

Gestern abend hat Brian aus Boston angerufen und gefragt, was ich an Weihnachten mache. Nicht viel, gestand ich; was er vorhabe? Er wolle auf jeden Fall einen Christbaum, und ich müsse auch einen haben. Ich protestierte dagegen, einen Baum zu fällen, ihn in die Hütte zu stellen und mit Glitzerkram zu behängen. Nein, das sei natürlich nicht das Richtige, meinte er, aber von den vielen Bäumen ringsum könne doch einer ein Christbaum sein, oder?

Er hat recht, wie immer. Ich erklärte also die Kiefer vor den drei großen Fenstern zum Christbaum und hängte Talg als Geschenk für die Blauhäher, Kleiber und Rotbauchspechte daran. Die Spechte haben ihn schon entdeckt.

An der Futterstelle tun sich die üblichen Wintervögel gütlich: Juncos, Blutkardinale, Meisen, Baumammern, Purpurfinken und Goldzeisige. Auch den Rotbauchspechten schmeckt das Vogelfutter, und wenn sie so nahe kommen, kann ich den schwachen, bleistiftdünnen roten Streifen an ihrem Bauch sehen, dem sie ihren Namen verdanken. Heute morgen habe ich auf der Stromleitung acht Rotkehlhüttensänger gezählt. Sie kommen zwar nicht an die Futterstelle, weil sie keine Körnerfresser sind, aber sie versammeln sich gern in der Nähe anderer Vögel und fressen die Früchte von Sumach und Hartriegel, die sie am Rand der Wiese finden, nachdem sie die Tupelobäume abgegrast haben.

Drinnen aalen sich Tazzie, Andy und Black Edith am warmen Ofen. Der öffentliche Rundfunksender übertrifft sich in der Weihnachtswoche selbst. Gestern abend habe ich die h-Moll-Messe von Bach gehört, für heute ist Weihnachtsmusik der Renaissance angekündigt. Es ist gemütlich hier, heiter und friedlich.

Eben hat die Sekretärin des hiesigen Leiters des Park Service angerufen, um einen Termin abzusagen, den ich für heute nachmittag mit ihm vereinbart hatte, wegen der Staudammpläne, die meine Nachbarn und mich so beunruhigen: Von politischen und kommerziellen Interessen getrieben, wollen gewisse Leute hier den Fluß direkt unterhalb meiner Farm auf staatlichem Gelände aufstauen. Mehrere tausend Menschen haben eine Petition unterzeichnet, in der sie den Fluß und sich selbst dem Corps of Engineers, der Pioniertruppe der US-Army, zum Opfer darbieten – eine ökologische, ökonomische und private Katastrophe. Und eine Absurdität obendrein, aber die Politik schafft es ja immer wieder, das Absurde Realität werden zu lassen; ich muß also aufpassen. Ich glaube nicht, daß Staudämme gebaut werden, nur weil zweitausend Leute ihren Kongreßabgeordneten darum bitten, aber ich weiß auch nicht, *wie* Staudammbauten zustande kommen, und habe es deshalb übernommen, mich kundig zu machen. Diesem Zweck sollte der Termin heute dienen.

Allerdings hätten wir ihn beide nicht einhalten können; der Winter am Fluß hat ihn storniert und führt das Plänemachen ad absurdum. Ohnehin ist es keine gute Jahreszeit für politischen Aktivismus; es ist eine Zeit der Häuslichkeit und der inneren Einkehr. Ich gehe jetzt hinaus, hacke Feuerholz für ein paar Tage und schichte es zum Trocknen neben dem Ofen auf. Dann breche ich ein paar Stücke von einem toten Ast der Eiche ab, die an der Zufahrt wächst, als Anmachholz für das Feuer morgen früh. Weiter voraus sollte man in einem Winter am Fluß klugerweise nicht planen.

Gestern war ein strahlend klarer Tag, wie wir sie im Winter in den Ozarks oft haben. Die Temperatur stieg so weit an, daß die Eiszapfen am Hühnerstall zu schmelzen begannen. Der blaue Himmel und die gleißende Sonne lockten mich aus der Hütte, wo ich über mehrere Tage pflichtbewußt Honiggläser etikettiert hatte. Ich schlug den Hunden einen Spaziergang vor, und wir gingen über die Wiese, um nach den Bienenstöcken am Waldrand zu sehen.

Die Hunde liefen voraus und hielten nur kurz inne, um aufgeregt an einer Stelle direkt gegenüber der Hütte zu schnuppern, an der in der vergangenen Woche wilde Truthähne gescharrt und gepickt haben. Wir drei hatten sie durch die Fenster beobachtet, einige von uns etwas geräuschvoller.

Der verschneite Fahrweg, der durch die Wiese führt, war mit Spuren übersät: Weißwedelhirsche, Truthähne, Kaninchen, Buschratten und Mäuse hatten in den vergangenen Tagen auf Futtersuche gehen müssen, und ihre Fährten liefen kreuz und quer über den Weg. In den letzten beiden Tagen habe ich ungewöhnlich viele Bussarde gesehen, Rotschwanz- und Rauhfußbussarde, die auf der Wiese Ratten und Mäuse jagten. An einer Stelle stieß ich auf eine blutbefleckte, gezackte Vertiefung im Schnee. Flaumfetzchen deuteten darauf hin, daß eine Eule in der vergangenen Nacht hier Beute gemacht hatte.

Bei den Bienenstöcken schien alles ruhig. Es war noch viel zu kalt, als daß die Bienen hätten ausfliegen können. Hoffentlich hatten sie genug Honig für den Winter. Wenn ja, dann waren sie am Leben, saßen dicht zusammengedrängt in ihren Stöcken und stoffwechselten, vom Honig befeuert, wild drauflos, um die Temperatur in der Wintertraube bei einundzwanzig Grad zu halten. Jetzt, da die Tage wieder länger werden und die Königin anfängt, Eier zu legen, werden sie die Temperatur im Brutraum auf zweiunddreißig Grad erhöhen. Der Kreislauf beginnt von neuem.

Einen Bienenstock bei diesen Temperaturen zu öffnen und zu kontrollieren wäre grausam, denn die ganze erzeugte Wärme würde entweichen, und die Abdichtungen, die die Bienen so sorgfältig angebracht haben, würden aufbrechen. Doch ich kann auch von außen sehen, ob das Bienenvolk in einem Stock gesund ist. Die Bienen kräftiger, leistungsfähiger Völker sorgen für Hygiene, sie unternehmen Reinigungsflüge ins Freie, so daß der Schnee mit ihrem Kot gesprenkelt ist, und schaffen die Kadaver erfrorener oder an Altersschwäche gestorbener Schwestern hinaus.

Während ich nach diesen Zeichen Ausschau hielt, sah ich ein Opossum zwischen zwei Bienenstöcken kauern. Opossums und auch Stinktiere können im Winter zu einer wahren Plage werden. Die Bienen sind dann zu träge, um sich zu verteidigen, und das Opossum steckt die Vorderpfote in den Stock, stört die Wintertraube auf, schnappt sich eine Biene nach der anderen und saugt sie aus. Einmal sah ich ein Opossum inmitten eines Kreises von Bienenkadavern satt und zufrieden vor einem Bienenstock sitzen; es sah aus wie ein menschlicher Schlemmer, der sich bei einem Muschelpicknick am Strand übergessen hat.

Das Opossum gestern aber hatte noch gar nicht angefangen zu fressen. Es war jung, nicht größer als ein Katzenjunges, es wirkte unerfahren und hatte Angst vor mir. Es riß das Maul auf und versuchte, so wild dreinzuschauen wie ein erwachsenes Tier, aber auch seine Zähne waren noch klein.

In Nordamerika gibt es nur eine einzige Opossumart, *Didelphis virginiana*, und das Opossum vor mir hatte wie seine Artgenossen ein schmutzig-gräuliches Fell, einen nackten Greifschwanz und trügerisch weich wirkende rosa Pfoten. Seine schwärzlichen Augen waren ebenfalls rosa umrahmt. Opossums, die einzigen Beuteltiere der nördlichen Hemisphäre, gehören zu den ältesten lebenden Säugetieren, und dieses wirkte mit seinem zurückgelegten Kopf und dem offenen Maul geradezu urzeitlich. Opossums fressen Früchte, Nüsse, Insekten, Aas und gelegentlich ein Huhn, wenn sie eines erwischen. In den Ozarks gelten sie als Schädlinge, sie werden als Sport gejagt und ihres Felles wegen in Fallen gefangen.

Vor einigen Wochen saß ein ausgewachsenes Opossum in meinem Hühnerstall. Ich war spät von einem Abend bei Freunden zurückgekommen, und die Hunde begrüßten mich begeistert, als sei ich wochenlang weggewesen, und sprangen um mich herum, während ich zum Hühnerstall hinüberging, um die Eier einzusammeln und die Tür zu schließen. Als ich das Licht im

Stall anmachte, sahen wir das Opossum unter dem Kotbrett in der Ecke sitzen, kampfbereit, das Maul mit den prachtvollen Zähnen weit aufgerissen. Die Hunde unternehmen ihre Jagdausflüge oft allein und scheinen zu wissen, wie rabiat ein Opossum werden kann, denn sie verstummten augenblicklich, besannen sich darauf, daß sie etwas Wichtiges zu erledigen hatten, und machten sich davon. An der Hüttentür warteten sie dann vorsichtig auf mich. Ich warf ein Stück Holz nach dem Opossum, um es aus dem Stall zu vertreiben.

An diese Begegnung dachte ich, während ich vor den Bienenstöcken stand, und rechnete deshalb nicht damit, daß die Hunde viel Aufhebens um das junge Opossum machen würden. Es sah sie, bevor sie es entdeckten. Sein Körper spannte sich an, es öffnete das Maul noch weiter und geiferte vor Anstrengung. Ein leises, ersticktes Knurren warnte die Hunde davor, sich ihm zu nähern, erregte aber überhaupt erst ihre Aufmerksamkeit. Tazzie schien zu dem Schluß zu kommen, daß das Opossum eine Katze und damit ohne Bedeutung sei, denn sie sprang hinter das Tier, warf es mit der Schnauze um und schnupperte an seinem Hinterteil, wie sie es bei Katzen tut, ein Verhalten, das ebenso liebevoll wie eigenartig anmutet. Dem Opossum war vermutlich noch nie eine solche Demütigung widerfahren, und es schien verwirrt.

Andy ist ein alter, erfahrener Jäger. Er wußte, daß er keine Katze vor sich hatte, und merkte auch schnell, daß dieses Wesen nicht so wild war wie einige seiner Artgenossen, mit denen er sich angelegt hatte. Er nutzte die momentane Verwirrung, stürmte in einem Tempo, das mich überraschte, zu dem Opossum hin und packte es am Rücken. Ich rief ihn zurück, aber wenn er ein Tier erst einmal zwischen den Zähnen hat, tötet er es schnell und effizient, und wie es schien, hatte er dem Opossum bereits das Rückgrat gebrochen. Beide Hunde setzten sich gehorsam neben mich, und wir betrachteten das Opossum, das nun still im Schnee lag.

Wir gingen zur Hütte zurück, die Hunde bei Fuß. Schuldgefühle plagten mich, weil ich einfach dagestanden und zugelassen hatte, daß sie ein junges Nachttier quälten, das so großen Hunger litt, daß es am hellichten Tag auf Futtersuche gegangen war.

Ich schloß die Hunde in der Hütte ein und ging zu den Bienenstöcken zurück. Als ich dort anlangte, war das Opossum weg. An den Spuren im Schnee sah ich, daß es sich in den Wald geflüchtet hatte. Es hatte sich schlaff gemacht und totgestellt – das Äußerste an passivem Widerstand.

Ich ging über den Fahrweg, auf dem die Tierfährten größtenteils von meinen eigenen Spuren und denen der Hunde verwischt worden waren, zur Hütte zurück und dachte über das Geschehene nach.

Ich mag es nicht, wenn Opossums sich ihr Abendessen in meinem Hühnerstall oder an meinen Bienenstöcken holen, aber so leben Tiere nun einmal, und ich würde sie deswegen, entgegen den Ozark-Gepflogenheiten, nicht töten. Ich war froh, daß das junge Opossum noch lebte. Sein Leben hatte meines an einem strahlenden Tag berührt, und ich war dankbar für die Begegnung. Hätte es dieser Begegnung wegen sein Leben verloren, wäre ich traurig gewesen und hätte mir Vorwürfe gemacht. Ich hoffe, es hat noch etwas zu fressen gefunden und ist satt geworden.

Fast jede Nacht singen jetzt die Kojoten in der Bachsenke. Es ist ein Chor aus Kläffen, Jaulen und Bellen, der immer lauter wird, je mehr Tiere dazukommen, und schließlich in einer Serie klagender Heulrufe gipfelt. Ich höre sie das ganze Jahr über hin und wieder von dort oder auch vom Fluß herauf, aber im Moment ist Paarungszeit, und sie singen öfter als sonst.

Als ich hierher zog, waren sie seltener zu hören. Die beiden Setter, die Paul und ich damals hatten, legten dann lauschend den Kopf schräg und sahen uns an, als erwarteten sie eine Erklärung für diese Laute, die ihren eigenen so ähnlich waren.

Tazzie und Andy dagegen sind Kojoten gewohnt, denn hier wie anderswo hat ihr Bestand zugenommen. Sie gehören zu den wenigen Wildtieren, die sich weiter ausbreiten, obwohl der Mensch sie auszurotten versucht. Sie sind klug und gewieft und fressen fast alles. Hier in Missouri ernähren sie sich hauptsächlich von Kaninchen, Ratten, Mäusen und kleinen Vögeln, aber wenn es sein muß, fressen sie auch Insekten, Pflanzen, Früchte und Samen. Ihre Beute tragen sie in ihren Bau, und was davon übrigbleibt, wird vergraben, um bei Bedarf wieder ausgebuddelt zu werden. Mit Freuden fressen sie auch Aas, wo immer sie es finden; sie putzen Beutereste anderer Tiere weg und räumen hinter ungeübten menschlichen Jägern auf, die ein Tier nur angeschossen haben. Obwohl Untersuchungen des Mageninhalts getöteter Kojoten belegen, daß er nur zu zehn bis zwanzig Prozent von Tieren stammt, die sie aus menschlicher Sicht besser nicht fressen sollten – Kälbern, Schafen oder Hühnern –, betrachten Rancher und Farmer sie als Feinde. Abschußprämien werden auf sie ausgesetzt, Fallen gestellt, Gift wird ausgelegt, und trotzdem breiten sie sich weiter aus. Hier am Fluß bin ich der einzige Mensch, der ihren Gesang gern hört.

Ein Nachbar hat mir erzählt, daß Kreuzungen aus Hund und Kojote in gewissen Kreisen als hervorragende Jäger gelten. Ein Bekannter von ihm hatte einmal ein läufiges Kojotenweibchen gefangen und das wütende, schnappende Tier festgehalten, während sein bester Jagdhund es deckte. Er sperrte das Weibchen ein, bis es die Jungen warf, aber es biß sie unmittelbar nach der Geburt tot. Kein Wunder nach einer solchen Paarung und Gefangenschaft. Ich weiß nicht, ob die Geschichte wahr ist, aber sie könnte es sein. *Canis familiaris*, unser Haushund, und *Canis latrans*, der bellende Hund, der Kojote, sind einander biologisch nahe genug, um sich kreuzen zu können. Manchmal tun sie es auch und zeugen fruchtbare Nachkommen.

Ich habe den Verdacht, daß Andy Beagle mehr darüber weiß, als er sollte. In jüngeren Jahren war er Ende Januar immer eine Woche lang außer Rand und Band und ging nachts auf Brautschau, um morgens übel zugerichtet wieder angehinkt zu kommen. Einige Stunden lag er dann am Ofen, winselte um mein Mitleid und leckte seine Wunden. Am Nachmittag wurde er wieder unruhig und schaute jaulend aus dem Fenster. Er setzte sich mitten ins Wohnzimmer, heulte mit hochgereckter Schnauze seine Brunst hinaus, und bis zum Abend war er wieder soweit, daß er davonhumpelte, nur um am nächsten Morgen mit aufgebrochenen alten und blutenden neuen Wunden zurückzukommen.

Ich fragte jedesmal herum, ob einer meiner Nachbarn eine läufige Hündin habe, aber keiner hatte je eine, und mehrere meinten, Andy stelle den Kojotenweibchen nach. Möglich wäre es; dann trägt er die Narben seiner Chuzpe: ein langes dreigeteiltes Schlappohr, ähnlich einem geschlitzten Philodendronblatt, Andenken an eine Nacht, als er über und über voller Blut zurückkam, das ihm aus dem zerfetzten Ohr strömte. Es war das letztemal, daß er im Januar in Wallung geriet. Er ist älter geworden und verbringt diesen Monat jetzt so nahe wie nur irgend möglich am Ofen.

Vielleicht hat Andy bei seinem letzten Liebeswerben etwas gelernt. Einmal konnte ich ihn bei einer Begegnung mit zwei Kojoten beobachten, und er verhielt sich dabei klug und umsichtig, wenn nicht gar heldenhaft – ein Hinweis darauf, daß ihm Kojoten und ihre Fähigkeiten wohlbekannt waren. Kojoten sind nicht so gesellig wie ihre Vettern, die Wölfe, aber sie jagen oft zu zweit, und im Sommer, wenn ihre Jungen unternehmungslustiger geworden sind, sieht man sie manchmal auch bei Tage. Wir trafen an einem Sommertag auf sie, als ich Scheite auf den Holzstoß hinter der Scheune schichtete. Andy war mitgekommen und hatte die Fährte eines kleinen Tieres aufgenommen, das hier Zuflucht gesucht hatte. Mit der Nase am Boden, ganz konzentriert auf das, was die Witterung ihm sagte, folgte er der Spur über die Wiese. Ich richtete mich hinter dem Holzstoß auf und schaute ihm nach, als aus dem Wald am Rand der Wiese lautlos zwei Kojoten hervorkamen. Die Bäuche am Boden, pirschten sie sich an, doch Andy folgte weiter seiner Fährte und bemerkte sie erst, als sie ihn einzukreisen begannen. Er schaute auf und jaulte ängstlich. Die Kojoten kamen näher. Er drehte den Kopf zur Seite, um zu zeigen, daß er nicht auf Angriff bedacht war, und hätte den Rückzug angetreten, wenn die Kojoten ihm genug Platz dazu gelassen hätten. Sie zogen ihren Kreis immer enger. Andy legte sich hin, drehte sich auf den Rücken und bot ihnen zum Zeichen der Unterwerfung seinen Bauch dar. Die Kojoten verstanden diese Geste zweifellos – wie die Hunde erklären sie bei Auseinandersetzungen um die Rangordnung auf diese Weise ihre Unterlegenheit –, aber sie waren auf der Jagd, und nach solch sozialen Feinheiten stand ihnen im Moment nicht der Sinn. Knurrend, schnappend und zähnefletschend kamen sie immer näher. Ich stieß einen Schrei aus, sie sahen erschrokken auf, und im selben Moment schnellte Andy hoch und flitzte mit eingezogenem Schwanz zur Hütte. Ich verjagte die Kojoten, und sie sprangen in Richtung der Senke davon, hielten aber immer wieder inne und warfen mir über die Schulter freche Blicke zu. Diese Runde hatte ich gewonnen, sagte ihr Verhalten, aber Angst hatten sie nicht vor mir.

Seit Tazzie zum Haushalt gehört, unternehmen sie und Andy alle ihre Streifzüge gemeinsam, und zu zweit wären sie den Kojoten vielleicht auch gewachsen.

Genau weiß ich es nicht, aber ich habe einmal gesehen, wie sie einen einzelnen Kojoten jagten. Auf jeden Fall wissen sie mehr über Kojoten als ich. Wenn sie nachts welche singen hören, bellen sie nicht wie bei Hunden, aber sie scheinen auch nicht verwirrt wie früher die Setter. Sie lauschen aufmerksam, legen die Information, die ihnen der Gesang vermittelt, zu den Akten und schlafen weiter: Kojoten – nichts Besonderes.

Für mich aber sind Kojoten noch immer etwas Besonderes, vielleicht weil ich sie nicht so gut kenne. Ich finde es schön, so wie gestern abend im Bett zu liegen, wenn das Mondlicht durchs Fenster strömt, und ihrem Gesang zu lauschen. Kojote. Der Name kommt von *coyotl*, dem aztekischen Wort für die Tiere. Ko-jo-te, ein aus ferner Vergangenheit überliefertes Wort, eine unbeholfene Annäherung an ihren Gesang, den Gesang der Wildnis im Mondschein.

Jeden Winter nehme ich mir also vor, einen ganzen Jahresbedarf an Honiggläsern zu etikettieren, und jeden Winter wird nichts daraus. Ich finde immer irgendeinen Vorwand, um mich mit anderen Dingen zu befassen.

Meinen Honig verkaufe ich größtenteils in Vierhundertfünfzig-Gramm-Gläsern. Eine Kiste faßt vierundzwanzig dieser Gläser, und jedes braucht ein Etikett. Ich stelle meine Etikettiermaschine auf einen Tisch neben dem Ofen. Sie macht einen Höllenlärm, so daß ich bei der Arbeit nicht Radio hören kann. Das ist zwar nicht weiter schlimm, denn der öffentliche Rundfunksender liegt neuerdings mit einem schweren Fall von Dvořák darnieder, aber die Maschine hat auch nicht viel Interessantes zu sagen, nur ihr Schwipp-schwipp-schwipp, wenn die Etiketten zwischen den Rollen durchlaufen. Am warmen Ofen zu sitzen und Etikett um Etikett sauber und präzise aufzukleben macht mich stumpfsinnig und schläfrig.

Aber für die Verkaufsfahrten im Februar habe ich genug Gläser etikettiert, und jetzt verarbeite ich den Honig, um sie damit zu füllen.

Den im Spätsommer geschleuderten Honig lagere

ich in Zwanzigliterereimern, von denen ich immer vier übereinander in der Scheune staple. Dieser Honig ist nicht erhitzt worden und daher auskristallisiert. Ich wünschte, ich könnte ihn so verkaufen, denn der dicke kandierte Honig schmeckt am besten und läßt sich schön auf warmem Toast verstreichen, ohne wie verflüssigter Honig bis zu den Ellbogen hinunterzulaufen. Aber nach Aussagen meiner Abnehmer in den Geschäften meinen ihre Kunden, mit dem Honig stimme etwas nicht, wenn er auskristallisiert ist, und deshalb muß ich ihn erwärmen und verflüssigen, ehe ich ihn verkaufen kann.

Ich stelle zehn dieser Zwanzigliterereimer in einen Wärmeschrank, wo der Honig so weit verflüssigt wird, daß man ihn in eine darüberliegende Einheit pumpen kann. Dort wird er unter Thermostatkontrolle erhitzt, bis sich die Honigkristalle auflösen, ohne daß jedoch der Geschmack leidet. Aus diesem Gerät fließt er in einen Vorratsbehälter, in dem ich ihn vor dem Abfüllen stehen lasse, bis die Luftblasen aufgestiegen sind. Die Verarbeitung von zehn Zwanzigliterereimern dauert einen Tag.

Die Bienen machen den Honig aus Blütennektar. Auf der Futtersuche fliegen sie von ihrem Stock aus über drei Kilometer weit. Sie finden dabei viele verschiedene Blumen, doch ihre besten Nektarquellen in den Ozarks sind Brombeeren, Steinklee, Persimonen, Justizien, Ackerwinde und wilde Obstbäume: Pflaume, Kirsche und Pfirsich.

Der Nektar der Blüten besteht zu über achtzig Prozent aus Wasser, der Rest sind vor allem Polysaccharide. Damit daraus Honig wird, müssen die Bienen das

Wasser verdunsten und die längeren Zuckermoleküle in einfachere umwandeln. Wenn sie den Nektar sammeln, saugen sie ihn mit ihrer langen Zunge auf und verwahren ihn in ihrem sogenannten Honigmagen. Sobald er voll ist, fliegen sie zum Stock zurück und übergeben den Nektar an junge Stockbienen, die ihn Tropfen für Tropfen auf die Honigwaben im ganzen Stock verteilen. Während die Bienen den Nektar sammeln, in ihrem Honigmagen einlagern und an die Stockbienen weitergeben, reichern sie ihn mit Enzymen an, die die Polysaccharide in einfachere Zucker umwandeln, hauptsächlich Traubenzucker, Fruchtzucker und Saccharose.

Das Wasser im Nektar verdunstet nach und nach aus den über die Waben verteilten Tropfen, aber die Bienen beschleunigen diesen Prozeß, indem sie fächeln: Sie schlagen sehr schnell mit den Flügeln und erzeugen dadurch einen Durchzug zwischen Flug- und Lüftungslöchern.

In warmen Sommernächten gehe ich gern zu den Bienenstöcken am Waldrand hinüber. Nachts sind alle sechzigtausend Bienen eines Stockes zu Hause. Fast alle fächeln, und ich höre das Summen ihrer Flügel schon von weitem. Die Luftströme, die all diese Flügel erzeugen, sind so stark, daß ich einen Luftzug um die Knöchel spüre, wenn ich im Dunkeln vor dem Stock stehe.

Sobald das Wasser größtenteils aus dem Nektar verdunstet ist, verschließen die Bienen jede mit reifem Honig gefüllte Zelle mit schneeweißem Wachs, das sie in Plättchen aus ihrem Körper »ausschwitzen«. Reifer Honig hat einen sehr niedrigen Feuchtigkeitsgehalt, sechzehn Prozent etwa, weniger als Luft. Das macht den Honig hygroskopisch, das heißt, er kann Feuchtigkeit aus der Luft aufnehmen. Ich muß ihn deshalb nach dem Schleudern in luftdicht verschlossenen Behältern lagern; aus demselben Grund bleibt Honiggebäck feucht und trocknet nicht aus wie Gebäck, das mit Zukker hergestellt wird.

Wenn ich im Spätsommer den Honig ernte, nehme ich nur Honig aus vollständig mit Bienenwachs verschlossenen Waben, Honig, von dem ich weiß, daß er reif und aromatisch ist. Honig aus nicht verdekkelten Waben ist noch nicht reif, er bleibt dünnflüssig und schmeckt nicht gut. Ich gebe ihn den Bienen zurück. Letztes Jahr habe ich zweihundertneunundneunzig Zentner Honig geerntet, aber mindestens siebenundzwanzig Zentner davon waren unreif, und ich habe sie den Bienen zurückgebracht. Ich nehme es in dieser Beziehung genauer als manche größeren Imker, aber da ich preislich nicht mit ihnen konkurrieren kann, versuche ich statt dessen sehr guten Honig zu produzieren.

Noch eine Woche, dann habe ich vierundfünfzig Zentner Honig verarbeitet und abgefüllt. Dann lade ich einen Teil davon in den Laster und mache mich wieder auf den Weg, gehe mit dem Honig hausieren und übernachte an Fernfahrerraststätten.

Paul ist geschickt und kompetent, und er führt Arbeiten gern gut und sauber aus. Während unseres gemeinsamen Lebens hat er eine umfangreiche Werkzeugsammlung angelegt, und als er ging, hat er sie mir dagelassen.

Mit den Werkzeugen, die ich benutzen gelernt hatte, richtete ich mir in der Scheune eine Werkstatt ein, und von Zeit zu Zeit sah ich die übrigen Werkzeuge durch und alles, was sonst noch dazugehörte. Paul hatte Kaffeedosen mit Kleinteilen gefüllt und in seiner gestochenen Konstrukteursschrift etikettiert: »Schrauben, 10 mm«, »Federn verschiedener Größen«, »Krampen und Schellen« und dergleichen mehr. Ich stellte sie von hier nach da, nahm dann die Werkzeuge zur Hand, deren Verwendung mir unbekannt war, und legte sie entmutigt wieder hin. Immer wieder fragte ich mich, weshalb ich eigentlich allein hier draußen zu leben versuchte, wenn ich nicht einmal wußte, wozu man ein Ding namens Ratsche braucht.

Nach langer Zeit legte ich alle Werkzeuge, deren Sinn und Zweck mir verborgen blieb, in die oberen beiden Fächer des Werkzeugschranks, etikettierte sie kühn mit »Geheimnisvolles Werkzeug« und fühlte mich gleich besser. Hin und wieder gibt eines der Werkzeuge sein Geheimnis preis, erweist sich als zweckmäßig und nützlich und findet seinen Platz auf meiner Werkbank. Den Inhalt der unbeschrifteten Kleinteiledosen hatte ich schon durchgesehen und in meine eigenen Kaffeedosen umgefüllt: »Runde Sachen«, »Sachen, die andere Sachen auf ungewöhnliche Weise aneinander befestigen« und andere Kategorien, mit denen ich, wenn auch niemand sonst, etwas anfangen konnte.

Ermon, besagter Nachbar jenseits der Talmulde, half mir die alten Chevy-Ersatzteile in der Scheune sortieren und zeigte mir, welche ich für Reparaturen aufheben sollte und welche ich wegwerfen konnte. Er ist ein düsterer, launischer Mensch, der nur dann Autos repariert, wenn er Lust dazu hat. Unser hervorragender Mechaniker langweilt sich schnell und lehnt Routinearbeiten ab. Er sei übellaunig, heißt es von ihm, doch mir gegenüber ist er stets freundlich und geduldig. Auch gilt er als unzuverlässig, aber ich weiß es besser. Wieder und wieder hat er mich gerettet, wenn der Chevy zur falschen Zeit am falschen Ort unerklärlicherweise seinen Geist aufgab. Wenn wirklich Not am Mann ist, kann man immer auf Ermon zählen.

Als er mir die Chevy-Teile sortieren half, redeten wir auch über den Traktor, der im Schuppen stand. Trotz seines fortgeschrittenen Alters war er durchaus noch fahrtüchtig, aber er hatte seine Mucken. Paul hat damals damit die Wiese gepflügt und geeggt, auf der er Steinklee für die Bienen aussäen wollte. Die dünne, karge Erdschicht und die Dürre vereitelten seine Pläne, und von da an hängte er mehrmals im Jahr ein Mähwerk an den Traktor, um die Wiese frei und das Gras um die Scheune herum kurz zu halten.

Auf einer Wiese, die nicht regelmäßig gemäht wird, machen sich bald Kräuter, Brombeer- und Rosenhecken breit. Vor Jahren wurde die aus Ostasien stammende Vielblütige Rose *(Rosa multiflora)* als wahre Wunderpflanze gepriesen. Ihre Früchte werden von den Vögeln gefressen, und sie bildet in kurzer Zeit ein verschlungenes, dorniges Dickicht, das in Gartenkatalogen als lebender Zaun bezeichnet wurde, den nicht einmal Rinder überwinden könnten. Anfang der vierziger Jahre des zwanzigsten Jahrhunderts züchtete die Naturschutzbehörde des Staates Missouri Vielblütige Rosen und ermunterte die Farmer, sie anzupflanzen. Die Früchte schmeckten den Vögeln zwar, aber sie durchwanderten ihren Verdauungsapparat weitgehend unbeschadet, so daß die Vögel die Pflanze mit ihrem Kot vermehrten. Statt sich auf Umzäunungen zu beschränken, breitete sie sich rapide über die Weideflächen aus, wo sie unerwünscht war. Ausgraben konnte man sie nicht, weil aus den abgerissenen Wurzeln hydraartig neue Pflanzen sprießen. In jüngster Zeit wurden starke Herbizide entwickelt, die sie zwar abtöten, möglicherweise aber das Grundwasser kontaminieren. Wenn man sie abmäht, breiten sie sich wenigstens nicht weiter aus.

Ich konnte den Traktor nicht ausreichend in Schuß halten, um die Mäharbeiten selbst auszuführen, und Ermon wollte ihn unbedingt haben, konnte ihn sich jedoch nicht leisten. Also machten wir ein Geschäft: Ich überließ ihm den Traktor, dafür hielt er ihn am Laufen und kam einmal im Jahr zum Mähen herüber.

Über mehrere Jahre funktionierte das bestens. Der

Traktor leistete Ermon gute Dienste, und Ermon besorgte das Mähen für mich. Doch dann wurde ihm der immer gleiche Ablauf langweilig, und ich mußte ihm jedesmal in den Ohren liegen, damit er kam. Letztes Jahr lag ich ihm vergeblich in den Ohren.

Unter ästhetischen Gesichtspunkten ist mir eine Wiese mit Margeriten, Sonnenhut, Wegwarten, wilder Möhre, Leimkraut, einzelnen Steinkleeblüten und Luzerne allemal lieber. Um die Scheune herum und unterhalb davon sind Knäuelgras und Klee ins Kraut geschossen, doch ich habe mich an den Anblick gewöhnt. Die Vielblütige Rose aber machte mir Sorgen. Sie war in Missouri gerade auf die offizielle Schadpflanzenliste gesetzt worden, und die meisten Farmer schütteten Herbizide darauf und wurden von der Naturschutzbehörde, die ihre Sünden wiedergutmachen wollte, dafür bezahlt. Ich überlegte, ob ich das nicht auch tun sollte.

Da fiel mir etwas Seltsames auf. Die Triebspitzen einiger Rosen waren verkümmert, sie sahen aus, als hätten sie Mehltau, waren aber unnatürlich rot gefärbt. Woran das lag, wußte ich nicht, bis ich von einem Landwirtschaftsfachmann erfuhr, daß in unserem Teil von Missouri eine neue Rosenkrankheit aufgetreten war. Ihretwegen starben die Austriebe der Rosen auf meiner Wiese ab. Staatliche Pflanzenschutzexperten führten Untersuchungen durch, konnten vorerst jedoch nur sagen, daß die Krankheit vermutlich von einem durch Gallmilben übertragenen Virus verursacht wurde. Wahrscheinlich befiel sie nur schwächere Pflanzen, aber was weiter passieren würde, wußte man nicht.

Daß das natürliche Gleichgewicht genau zu dem Zeitpunkt wiederhergestellt wurde, da ich solche Mühe hatte, Ermon zum Mähen zu bewegen, schien fast ein allzu glücklicher Zufall, mein privates kleines Wunder in dem Bemühen, die Wunderpflanze einzudämmen. Doch so bemerkenswert der Zeitpunkt auch war – die Sache selbst war es nicht. Die Vielblütige Rose war in den USA ursprünglich nicht heimisch, und wie andere eingeführte oder eingeschleppte gebietsfremde Arten – Haussperling, Kudzubohne und Schwammspinner beispielsweise – breitete sie sich massiv aus, weil sie keine Konkurrenten oder andere Regulative vorfand. Und nun hat gerade ihr Erfolg sie zu einem attraktiven, weil reichlich vorhandenen Lebensraum für das Virus gemacht.

Ich beobachtete die Rosen auf meiner Wiese weiter und stellte fest, daß fast alle befallen waren. Keine ging an der Krankheit ein, aber sie gediehen auch nicht richtig. Mal sehen, was in diesem Jahr passiert. Inzwischen habe ich es aufgegeben, Ermon in den Ohren zu liegen. Wenn er dazu bereit ist, wird er mähen; ich werde ihn nicht drängen und damit womöglich unsere Freundschaft aufs Spiel setzen. Er toleriert meine Macken, ich werde seine tolerieren.

Noch etwas Schönes habe ich erlebt, und ich verdanke es dem Umstand, daß ich in naturbelassener Umgebung lebe. Im Spätherbst kam ich einmal nach einem Abendessen mit Freunden spät nach Hause. Als ich an der Scheune vorfuhr, war die Nacht voller Augen. Augen, die im Dunkel schwebten, Mandelaugen allenthalben, die zu mir hersahen, golden glänzende Augen, Augen im Scheinwerferlicht, in dem nur sie zu sehen waren, nichts sonst. Augen rings um mich her. Augen. Ich löschte das Licht und stieg aus. Ich befand mich mitten in einem Rudel Weißwedelhirsche. Es war eine mondlose Nacht, aber im Sternenlicht traten ihre Umrisse deutlich hervor, und ich sah, wie sie, von den Scheinwerfern nicht mehr geblendet, wieder im dichten, noch grünen Knäuelgras um die Scheune herum zu äsen begannen.

Es ist ein strenger Winter dieses Jahr. Schnee, Eis und bittere Kälte machen es den Wildtieren schwer, genügend Nahrung zu finden. Die Weißwedelhirsche kommen jeden Abend wieder. Sie haben ihre Scheu verloren und äsen nahe bei der Hütte. Morgens sehe ich ihre Spuren und die kahlen Stellen, an denen sie den Schnee weggescharrt haben, um an das Gras zu gelangen.

Wie man die Ratsche benutzt, weiß ich bis heute nicht. Vor einigen Jahren hat Paul mir einen vorsichtigen Besuch abgestattet und es mir freundlich erklärt, aber seine Worte drangen nicht zu mir durch. Jetzt sage ich mir, daß ich fünfzig Jahre lang ein erfülltes Leben geführt habe, ohne eine Ratsche zu benutzen, also ist sie wohl, so wichtig sie für andere sein mag, für mich ohne Bedeutung.

Das klingt ein wenig technikfeindlich, aber ich lerne mit meinen Marotten zu leben, ebenso wie mit denen meiner Nachbarn.

Vielleicht wird die Wiese dieses Jahr gemäht, vielleicht auch nicht. Allzu Gepflegtes finde ich längst nicht mehr ansprechend, und was die Vielblütige Rose angeht, so konnte ich mit Wundern noch nie viel anfangen, ob es sich nun um Pflanzen handelt oder um irgend etwas anderes. Außerdem will ich sehen, wie sich Virus und Milbe, zwei normale, gar nicht wundersame kleine Wesen, in die Vorgänge auf meiner Wiese einfügen. Ich habe einen Logenplatz.

Ich habe einmal versucht, einen Krieg zu beenden, und einmal habe ich tatsächlich daran mitgewirkt, in der Bibliothek, in der ich damals arbeitete, eine Gewerkschaft zu gründen. Alles in allem aber hat die Welt meinen Versuchen, sie zu retten, listig und vergnügt widerstanden. Und jetzt, nachdem ich also den Winter damit zugebracht habe, meine sechsunddreißig Hektar dieser Welt vor den Fluten eines Stausees zu bewahren, frage ich mich wie immer, was ich eigentlich getan habe. Bei genauerer Überprüfung erwies sich das Staudammprojekt als so realitätsfern wie Feengold, aber die Leute hier waren überzeugt, daß es real sei, also war es das vielleicht auch.

Die Kontroverse begann im Spätsommer. Ich war damals mit der Honigernte beschäftigt und brach unmittelbar danach zu meinen herbstlichen Verkaufstouren auf, deswegen hörte ich anfangs nicht viel davon. Dann las ich in der Zeitung, daß ein »Seen-und-Staudämme-Verein« gegründet worden war, mit dem Ziel, den Fluß aufzustauen und einen Freizeitsee zu schaffen, von meiner Farm aus ein paar Kilometer flußabwärts, gerade noch auf dem Gebietsstreifen, der dem U.S. Park Service gehört und von ihm überwacht wird. Vorsitzende des Vereins waren zwei Männer, die in der Futtermittelabteilung des Kaufhauses arbeiteten. Die Nachricht belustigte mich; ich fand das Ganze verrückt und war überzeugt, die Einheimischen würden es mit einem Lachen abtun. Als ich jedoch vier Wochen später wieder von einer Verkaufsfahrt zurück war, brauchte ich drei Stunden, um in der Stadt zwei Straßen weiter zu kommen, weil mich ständig jemand ansprach und von mir wissen wollte, was ich von dem Dammprojekt hielte. Ich wußte nichts darüber, bekam aber jedesmal des langen und breiten, in leuchtenden Farben und hochemotional die Meinung meines Gegenübers zu hören. Auch in der Kneipe war von nichts anderem die Rede. Besagte Petition wurde herumgereicht, die den Kongreßabgeordneten der Konservativen aufforderte, eine Machbarkeitsstudie zum Bau des Dammes zu veranlassen; mehrere tausend Unterschriften waren zu jenem Zeitpunkt bereits zusammengekommen. Ich machte mich von neuem auf den Weg, um Honig zu verkaufen, und als ich zurückkam, hatte sich eine Gruppe von Dammgegnern konstituiert, die »Bürger für einen frei fließenden Fluß«. Ich horchte auf: Der Name plätscherte so schön dahin, aber vor allem hatten sie eine Karte des Freizeitsees erstellt, auf der Teile meiner Farm unter Wasser lagen. Ich nahm mir vor, nach Beendigung meiner Fahrten herauszufinden, was hier eigentlich vorging.

Von Anfang an waren sowohl die Staudammbefürworter als auch die Staudammgegner weit entfernt von den Niederungen der Realität. Niemand wußte, wie man einen Damm baut und warum, keine der beiden Seiten hatte verläßliche Zahlen oder Fakten vorzuweisen.

Aber das war schon in Ordnung, denn der Streit drehte sich ja um das, was in diesem Teil der Ozarks von Wert ist, und um Zukunftserwartungen – Dinge, die wenig mit Realität, Fakten, Zahlen oder gar einem Staudamm zu tun haben. Wer den Damm wollte, fand es gut und richtig, die Stadt zu einem Ort mit einem MacDonald's zu machen, wer gegen den Damm war, fand das gar nicht gut und richtig. Der Damm selbst war fast Nebensache, und als die Dammgegner schließlich siegten, war das nur noch ein kleines Nachhutgefecht. Menschen, die die Ozarks ausbeuten und verändern wollen, gibt es hier nach wie vor, und irgendwann werden sie neue Erschließungspläne vorlegen.

Seit 1909 hat es unterschiedlich ernsthafte Pläne gegeben, den Fluß aufzustauen. Die beiden Männer aus der Futtermittelabteilung, die sie wieder hervorgeholt und abgestaubt hatten, stammen aus Familien, die schon an einigen der früheren Projekte beteiligt gewesen waren. Nachdem die beiden angefangen hatten, die Werbetrommel zu rühren, fanden auch andere an einer Erschließung Interessierte Gründe für den Bau eines Staudamms, und die Bewegung war geboren. Der Damm, so hieß es, könne die Stadt mit billigem Strom versorgen. Er werde Hochwasserschäden verhindern. Die Bauarbeiten und auch die Geschäfte, die an einem Freizeitsee entstünden, würden in der Region Arbeitsplätze schaffen. Der Bodenwert werde steigen; Besitzer von Land in Flußnähe verdoppelten prompt ihre Preisforderungen für Grundstücke, die zum Verkauf standen. Im Fernsehen verdrehte der Präsident der örtlichen Handelskammer die Augen und sagte: »Ich sehe nur noch Dollarzeichen.«

Aber es gab einen weiteren, unwiderstehlichen Anreiz, die Petition zu unterschreiben: Wenn das U.S. Corps of Engineers beauftragt wurde, auf dem Land des U.S. Park Service einen Staudamm zu errichten, dann würde der Park Service seine wohlverdiente Strafe bekommen. Jemand, für den diese Behörde eine segensreiche Einrichtung ist, kann schwer verstehen, mit welchem Haß man ihr hier begegnet. Der Nationalpark wurde Mitte der sechziger Jahre eingerichtet, um den Fluß vor den damaligen Bestrebungen zum Bau eines Staudamms zu schützen. An seinen Ufern wurde Land aufgekauft und von Privat- in Staatseigentum überführt. Diesen Besitzwechsel hatte man nie verziehen. Als die Fernstraßen ausgebaut wurden und man aus Illinois und Nordmissouri leichter in die Ozarks gelangte, kamen immer mehr Menschen, um auf dem Fluß Boot zu fahren, darin zu angeln und an seinen Ufern zu wandern. Zur Regulierung dieser Nutzung und zum Schutz der Natur stellte der Park Service neue Regeln auf. Diejenigen, die sich an die Zeit erinnerten, als es noch keine Regeln und nur wenige Touristen gegeben hatte, waren empört und fühlten sich ihrer Rechte beraubt. Und sie verübelten es dem Park Service, daß er unberechtigterweise, wie sie fanden, die Vergabe von Lizenzen für Bootsverleihe beschränkte und damit ihre Verdienstmöglichkeiten beschnitt.

Die Staudammbefürworter wußten zwar, daß sie den Park Service nicht loswerden würden, aber sie wollten ihn bestrafen, indem sie das Wasser des Flusses hinter einem Damm zurückhielten, der vom Corps of Engineers gebaut wurde, vernünftigen Leuten also, Leuten von einem anderen Schlag als diese peniblen

Parkranger, die ständig die Umwelt im Munde führten. Das Corps würde ganz bestimmt keine albernen Regeln aufstellen, mit denen die Menschen hier daran gehindert wurden, das zu tun, was ihre Väter und Großväter schon immer am Fluß und mit dem Fluß getan hatten.

Die frei fließenden Bürger – oder zumindest die Ozarker unter ihnen – hegten genausowenig Sympathien für den Park Service wie die Staudammbefürworter, aber sie trauten auch dem Corps of Engineers nicht. Sie wollten, daß der Fluß in privater Hand blieb, ihrer eigenen nämlich, denn viele von ihnen besaßen an seinen Ufern Land. Die Vorstellung gefiel ihnen nicht, daß die Stadt ihr Gesicht verändern würde, wenn noch mehr Touristen und andere Menschen von außerhalb kamen, als es durch den Nationalpark ohnehin schon der Fall war. Viele von ihnen machten sich auch Sorgen wegen der Zerstörung der Lebensräume von Tieren und Pflanzen im Umkreis des Flusses, die ein Stausee mit sich bringen würde.

In den vergangenen sechs Wochen habe ich meine Nachmittage damit verbracht, Briefe zu schreiben, zu telefonieren und zuständige Beamte und Vertreter von Umweltorganisationen aufzusuchen, um herauszufinden, wie Dämme gebaut werden und welche Auswirkungen ein Staudamm auf die Gegend hier haben würde.

Ich erfuhr, daß der von Höhlen durchlöcherte Kalkstein ungeeignet für den Bau eines Staudamms ist, daß das Corps of Engineers Dämme zum Hochwasserschutz nur in städtischen und überwiegend landwirtschaftlichen Gebieten errichtet, daß die Kosten der Stromerzeugung von den regionalen Körperschaften getragen werden müssen, daß die wirtschaftliche Entwicklung in Regionen mit Staudämmen hinter den Erwartungen zurückbleibt und daß seltene und gefährdete Pflanzen in Missouris Natur- und Landschaftsschutzgebieten durch den Damm zum Aussterben verurteilt wären. Und ich fand heraus, daß der Staat für einen Staudamm nur dann aufkommt, wenn der Bau dem Hochwasserschutz dient – was hier nicht der Fall ist. Die Kosten für andere Dammbauten, also solche mit dem Ziel, einen Freizeitsee zu schaffen, müssen mindestens zur Hälfte aus lokalen Mitteln bestritten werden. In einem von wirtschaftlichem Glück noch unberührten Staat, der es sich nicht einmal leisten kann, seine Armen zu unterstützen oder die Schlaglöcher in seinen Straßen auszubessern, würde sich die Finanzierung eines Staudamms schwierig gestalten.

Des weiteren erfuhr ich, daß die Regierung, da der Park als Reaktion auf Bestrebungen zur Aufstauung des Flusses eingerichtet wurde, im ersten Satz der Gründungsurkunde festgeschrieben hat, daß der Fluß ein »frei fließendes Gewässer« zu bleiben habe. Wer auf die Errichtung eines Staudamms auf Gelände des U.S. Park Service oder oberhalb davon hinarbeitete, würde vom Innenministerium verklagt werden. Versuche, die Urkunde abzuändern, würden im Kongreß zum gegenwärtigen Zeitpunkt nicht auf Gegenliebe stoßen. Zudem hatte das Corps of Engineers des Bezirks als Antwort auf die gegenwärtige Debatte frühere Pläne zur Aufstauung des Flusses überprüft und war zu dem Schluß gekommen, daß in Anbetracht der derzeitigen politischen und wirtschaftlichen Lage ein Staudamm am Fluß »undenkbar« sei.

Einige Leute, mit denen ich redete, gaben jedoch zu bedenken, daß sich die wirtschaftlichen Gegebenheiten ändern könnten. Man sagte mir auch, das Corps of Engineers habe aufgrund knapper Mittel Personal entlassen müssen und könne deshalb ein Interesse daran haben, mit Hilfe eines Staudammprojekts, sofern es dafür genügend öffentliche Unterstützung gebe, Mitarbeiter in Lohn und Brot zu halten.

Ich traf mich also mit den frei fließenden Bürgern und berichtete ihnen, was ich erfahren hatte. Die Informationen machten ihnen Mut. Sie schrieben Briefe an ihre Abgeordneten auf Staats- und Bundesebene, sie begannen, ihr Anliegen in der Kneipe und auf der Straße zu propagieren, sie ließen eine eigene Petition drucken und sammelten Unterschriften.

Ich fragte einen Bekannten, einen Mann von energischem öffentlichem Auftreten, der nicht am Fluß wohnte, aber dort Land besaß, das bei einem Dammbau überflutet worden wäre, ob er bereit sei, bei einer öffentlichen Versammlung der frei fließenden Bürger als Hauptredner aufzutreten. Er stimmte zu, und die Versammlung fand statt. In der öffentlichen Meinung hatte bereits eine Abkehr von den Staudammplänen eingesetzt, und während der Versammlung schwand ihre Unterstützung vollends. Die Befürworter boten mehrere Rechtsanwälte auf, die aber dem Sprecher der Dammgegner nicht gewachsen waren, einem Mann, der mit seiner überzeugenden Persönlichkeit im öffentlichen wie im privaten Leben Karriere gemacht hat. Er legte die frei fließenden Argumente auf gewinnende Weise dar und trug den Sieg davon. Ich hatte ein bißchen Guerillatheater veranstaltet – Nostalgie einer alten Aktivistin.

Seit dieser Versammlung tritt peinliches Schweigen ein, wenn das Gespräch auf den Staudamm kommt. Es ist, als hätte es die ganze Sache nie gegeben. In der Kneipe wird darüber geredet, wie schlimm der derzeitige Kälteeinbruch für die Kälber ist, die auf der Weide geboren werden, und als ich heute Futter kaufte, wollte mir der glühendste der Staudamm-Befürworter Fotos von seinem neugeborenen Kind zeigen.

Frühling

Ich hatte die Wettervorhersage am Morgen verpaßt und fragte deshalb, als ich zur Post mußte, meinen Freund dort, ob er sie gehört habe.

»Soll heute und morgen schön werden«, sagte er und fügte hinzu: »Hab's allerdings in so einem ausländischen Miniradio gehört, da weiß ich nicht, ob man's glauben kann.«

Hier auf dem Land sind wir alle auch Postboten, und wir warteten auf einen kräftigen Regen, damit der Matsch sich setzte. Im Moment ist Matschzeit. Nach dem strengen Winter, in dem der Boden dreißig Zentimeter tief oder noch tiefer gefroren war, ist es jetzt plötzlich warm und sonnig, und die Erde taut rasch auf. Der Lehmboden überläßt seine Eiskristalle dem Wasser, und auf den Nebenstraßen, die keine feste Schotter- oder Kiesdecke haben, hat er sich stellenweise in etwas verwandelt, das wie Schokoladenpudding aussieht. Die Straßen haben den Boden unter den Füßen verloren, sagen wir hier.

Wir brauchen dringend einen kräftigen Regen, damit der Matsch sich setzt. Ich weiß noch, wie seltsam sich das für mich anhörte, als ich noch neu hier war. Wie es chemisch im einzelnen vor sich geht, ist mir bis heute ein Rätsel, Tatsache ist aber, daß anhaltender starker Regen die Straßen stabilisiert und den Schokoladenpudding zu einer harten Fläche werden läßt.

Zur Matschzeit müssen die Landbriefträger einen Teil ihrer Route auslassen, und manche Leute sind dann genauso von der Außenwelt abgeschnitten, wie wenn hoher Schnee liegt. Ich kann es kaum erwarten, mit der Frühjahrs-Bienenarbeit anzufangen, aber erst muß es regnen, denn viele der Trachtgebiete liegen jenseits der Matschstrecken, und ich käme gar nicht durch, nicht einmal mit meinem alten Chevy-Pickup »Augen zu und durch«, obwohl er hinten Geländereifen hat und Sandsäcke zur Verbesserung der Bodenhaftung und sich normalerweise nach Pickup-Art noch munter durch Schnee und Matsch wühlt, wo mein Kleinlaster längst steckengeblieben wäre.

Im Herbst habe ich einige Bienenstöcke verlegt, aber sonst hatte ich seit der Honigernte im Spätsommer nichts mehr mit Bienen zu tun. Während der Ernte hatte ich keine schwachen Völker gesehen, um die ich mich hätte kümmern müssen, und danach hat das Septemberkraut so lange und so üppig geblüht, daß die Bienen einen reichlichen Honigvorrat für den Winter anlegen konnten und nicht gefüttert werden mußten.

Außer den Imkern scheint kaum jemand hier das Septemberkraut – Gärtner nennen es auch Myrthenaster – zu kennen. Sein botanischer Name *Aster ericiodes* beschreibt es recht reffend. *Aster* heißt Stern, *ericoides* bezieht sich auf die Blätter und bedeutet erikaähnlich. Die buschige Pflanze wird etwa neunzig Zentimeter hoch und hat winzige Strahlenblüten und schmale kleine Blättchen. Sie wächst auf ungenutzten Flächen überall in den Ozarks und blüht verschwenderisch von August bis zum Frost im Oktober oder November. Da sie jedoch so weit verbreitet ist, begeistert sich außer Imkern und Bienen niemand für sie. Die Drüsen in den Asternblüten sondern einen stark duftenden Nektar ab, den die Bienen in solchen Mengen sammeln, daß selbst ihre Stöcke danach riechen. Der Honig ist dunkel und soll kräftig schmecken; ich selbst habe ihn nie probiert. Es kommt vor, daß die Asternblüte wegen der Witterungsverhältnisse zu kurz ausfällt, und dann muß ich die Bienen, obwohl ich sehr konservativ bin, was die Honigmenge anbelangt, die ich ihnen im August wegnehme, im Herbst füttern, um sie über den Winter zu bringen. Letztes Jahr aber waren die Stöcke im Oktober randvoll mit Asternhonig, jeweils rund fünfunddreißig Kilo, so daß ich nicht zu füttern brauchte.

Sobald es im Herbst kühler wird, dichten die Bienen jede Ritze in ihrem Stock mit Propolis ab, einer harzartigen Masse, die sie von Knospen und Rinde sammeln, um Wind und Kälte abzuhalten. Wenn es etwas gibt, was Bienen hassen, dann ist es Zugluft. Öffnet man einen Stock im Spätherbst oder Winter, brechen die Abdichtungen auf, und man fügt den Bienen möglicherweise Schaden zu; deshalb lasse ich sie bei Kälte so weit wie möglich in Ruhe.

Es ist lange her, seit ich zuletzt bei den Bienen war; ich vermisse sie und frage mich, wie es ihnen geht. Gestern nachmittag habe ich mich mit einer Tasse Kaffee an einen windgeschützten Platz hinter der Scheune gesetzt, und bald hatten mich die Bienen entdeckt. Eine ließ sich auf meinem Handrücken nieder und spazierte anmutig meine Finger entlang, um den Inhalt der Tasse zu inspizieren. Die Inspektion fiel jedoch nicht zu ihrer Zufriedenheit aus, und sie flog davon. Wieder aktiv, fliegen die Bienen aus und sind bereit zu neuen Taten, und ich bin es auch. Aber nicht heute und auch nicht morgen. Nicht während der Matschzeit.

Gestern ging ich die Post aus dem Kasten holen, in Gummistiefeln, an denen schon bald schwere Matschklumpen klebten. An meinem Briefkasten angelangt, sah ich, daß ganz in der Nähe ein Pritschenwagen steckengeblieben war. Dessen Besitzer Bob, der am anderen Ende der Stadt wohnt, war von oben bis unten mit Matsch bespritzt und stocksauer. Wer regelmäßig hier entlangfährt, kennt einen Umweg, aber Bob kannte ihn nicht und hatte durchzukommen versucht. Die Hinterräder waren kaum noch zu sehen, und der Matsch reichte bis über das Differential. Ein paar Nachbarn und der Postbote waren Bob zu Hilfe gekommen. Einer wollte den Wagen mit seinem Jeep herausziehen, aber der tiefe, weiche Matsch und das Gewicht des Wagens hatten den Versuch vereitelt.

Ein anderer Nachbar hatte eine Schaufel geholt, und als ich kam, hatte Bob gerade angefangen zu graben. Alle meinten, wenn er genug Matsch unter dem Differential wegschaufelte, könnten wir Steine darunter aufschichten, als Unterlage für den Wagenheber. Ich half Steine vom Rand der Wiese herantragen. Als ich gerade eine Ladung in den Matsch gekippt hatte, veränderte Bob seine Position, um an einer anderen Stelle weiterzuschaufeln, aber sein Stiefel wollte seinem Fuß nicht folgen. Der Matsch hielt ihn fest, und Bob balancierte mit unschlüssiger Miene auf einem Bein, den nackten rosa Fuß in der Luft.

»She-ittttFARR!« brüllte er.

»Shitfire« ist ein Ozark-Kraftausdruck, der, richtig ausgesprochen, eine ungeheuer erleichternde und befriedigende Wirkung ausübt.

Bob grinste und patschte mit seinem nackten Fuß in den kalten Matsch. Wir, die Steineträger, johlten.

Nach einiger Zeit hatten wir genug Steine als Fundament für den Wagenheber zusammen, und Bob fand seinen matschgefüllten Stiefel wieder. Er bockte den Wagen auf, machte das Differential frei, und der Nachbar konnte ihn mit seinem Jeep herausziehen.

Der Postbote gab mir meine Post, ich gab ihm einen Reklamezettel gleich wieder zurück, und er wischte sich damit die verschmierten Hände ab. Dann ging ich nach Hause.

Im letzten Winter gab es einen Tag, an dem ich den Frühling bitter nötig hatte, und da es nicht so aussah, als würde er zu mir kommen, ging ich zu ihm. Das Schöne an dem Leben hier ist unter anderem, daß das steile Gelände zwischen Fluß und Bach verschiedene Klimata und Jahreszeiten zuläßt. Unabhängig davon, was der Kalender sagt, zieht am Südhang der Bachsenke schon mit den ersten Sonnenstrahlen der Frühling ein, und so ging ich an diesem strahlenden Wintertag dorthin. Ich packte mich in Thermooverall, Thermostiefel, Schal, Wollmütze und zwei Paar Handschuhe ein und machte mich mit den Hunden auf den Weg, über die schneebedeckte Wiese Richtung Südosten, zu den hohen Felsen, an denen Bach und Fluß zusammenfließen.

Über mir suchte ein Rauhfußbussard die Wiese vergeblich nach Mäusen ab. Bis zum kalendarischen Frühlingsanfang würde er in Kanada sein, auf dem Weg zu seinen Brutplätzen im Norden, ebenso wie die Indianergoldhähnchen, die ich in den Zedern und Kiefern am Rand der Wiese entdeckte, winzige, muntere graugrüne Vögel mit einem leuchtend gelben Scheitelstreif. Sie suchten die Zweige begierig nach Insekteneiern ab und ließen sich von mir nicht stören, als ich dort stand und zuschaute. Doch bald drang die Kälte durch meine Stiefel, ich setzte mich wieder in Bewegung und spurte im harschen Schnee einen Pfad durch den Wald.

Der Boden ist karger und dünner auf dem nach Süden abfallenden, schmaler werdenden Streifen Land hier. Die Hartholzbäume gehen in Gebüsch und Gräser über, die an den felsigen Steilufern, etwa hundert Meter über der Einmündung des Baches in den Fluß, wiederum von den bescheidenen Pflanzen eines Kalktrockenrasens abgelöst werden. Man hat von hier oben einen herrlichen Blick, und der Weg hierher ist im Winter einer meiner Lieblingsspaziergänge. Da die Bäume kahl sind, sieht man die Struktur der Felsen an Fluß und Bach und die Hügel am anderen Ufer – alles, was dieses schöne Land ausmacht.

Schmelzwasser sickerte durchs kurze Gras und tropfte von der Felskante; Moose und Flechten feierten hier ihren überbordenden privaten Frühling. Alle Schattierungen von zartem, sanft leuchtendem Grün waren vertreten, und mehrere Moosarten waren mit Sporenkapseln übersät.

Ohne den Wind wurde mir warm, und ich zog den dicken Overall aus und kletterte den Abhang hinunter, um in der fruchtbaren Erde am Ufer des Baches nach den Vorboten des Frühlings Ausschau zu halten: *Erigenia bulbosa*, deren Gattungsname von *ery-geneia* – die Frühgeborene – herrührt, Homers Beinamen der Eos, der griechischen Göttin der Morgenröte. Ich stöberte im Moderlaub am Fuß der Felsen, und wirklich fand ich die Frühgeborene mit ihrer knolligen Wurzel und den kleinen weißen Blütendolden.

Den Steilhang wieder hinaufzusteigen war schwieriger als halb rutschend hinunterzuklettern, und ich mußte einmal innehalten, um Atem zu schöpfen und mein Sweatshirt auszuziehen. Oben fand ich zwischen Flechten und Moos eine sonnige Nische, ließ mich darin nieder und zog meine schweren Stiefel und die Socken aus. Am anderen Ufer beharrten die schattigen, verschneiten Wälder am Nordhang der Senke darauf, daß noch Winter sei.

Das war im Januar. Jetzt, im April, ist überall Frühling. Die Indianergoldhähnchen und die Rauhfußbussarde sind weitergezogen, die Wälder voll von durchziehenden Waldsängern, und an der Futterstelle vor den Fenstern haben sich wieder die Kolibris eingefunden. Überall blüht es, sogar an der Nordseite der Schlucht, durch die der Fluß fließt, bei Pigeon Hawk Bluff, wohin der Frühling immer zuletzt und am widerwilligsten kommt. Der Abhang ist mit den duftigen weißen Blüten der Schneefelsenbirne überzuckert. Die Ozarker nennen sie »Sorbusbeere«, ihr botanischer Name ist *Amelanchier arborea.* Unter den Bäumen sieht man die rosa und weißen Blüten von Rautenanemone und Leberblümchen.

Im Gras rings um die Hütte bearbeiten die Bienen emsig den goldenen Löwenzahn und lassen Engelsauge und Veilchen links liegen. Die Veilchen, lila, blau und weiß, wachsen in solcher Überfülle, daß die Luft von ihrem Duft geschwängert ist. Von den höhergelegenen Wäldern trägt jeder Windhauch den süßen Blütenduft der Amerikanischen Pflaume heran. Die Bienen mögen die Blüten, und ich auch. Sie riechen genau wie Life-Savers-Bonbons mit Kirschgeschmack.

Die Veilchen blühen entlang den Fahrwegen, auf denen ich zu meinen Bienen komme, und in einem der Trachtgebiete hat sich ein besonderes Veilchen breitgemacht, das Hornveilchen, das wie ein kleines Stiefmütterchen aussieht. Ich hatte die Bienenstöcke dort eingezäunt, damit die Kühe nicht in ihrer Nähe grasen, und die Hornveilchen haben das Gras verdrängt, so daß die Stöcke nun in einem Meer von blauen und violetten Blüten mit gelben und weißen Herzen stehen.

Eine Freundin von mir, eine Amateurbotanikerin, hat immer einen Skizzenblock dabei und zeichnet jede Blume, die sie bestimmt. Es gebe keine bessere Methode, eine Pflanze kennenzulernen, sagt sie, einfach weil man sie sich ganz genau ansehen müsse, wenn man sie zu Papier bringen wolle. Sie hat recht, und irgendwann einmal, wenn ich weniger Bienen und mehr Zeit habe, möchte ich das auch machen. Vorerst aber habe ich mit den Bienen so viel zu tun, daß ich nicht einmal dazugekommen bin, noch einmal an den Zusammenfluß von Bach und Fluß zu gehen, wo ich den Frühling zuerst gesehen habe. Die Jahreszeit ist dort inzwischen weit fortgeschritten, und ich weiß, was ich jetzt vorfinden würde, denn ich habe es in anderen Jahren gesehen: den Grauen Steinsamen, eine Blume, deren englischer Name mir am besten von allen gefällt – *hoary puccoon.* Puccoon ist ein indianisches Wort. Seine Bedeutung kenne ich nicht, aber ich mag den Klang. Die vergißmeinnichtähnlichen Blüten sind kräftig gelb oder orange gefärbt und sehen mindestens ebenso prächtig aus wie für den Garten gezüchtete Blumen. Der felsigen Aussichtsterrasse über dem Fluß verleihen sie eine Schönheit, die nicht in Worte zu fassen ist.

Als ich heute nachmittag von den Bienen zurückkam, erwartete mich Nancy. Es sei Donnerstag, sagte sie. Nancy arbeitet im Büro einer kleinen Fabrik in der Stadt, sie ist tüchtig und nimmt ihre Arbeit ernst, und es fällt ihr schwer, sie hinter sich zu lassen, wenn sie die Bürotür abschließt. Vor einigen Jahren beklagte sie sich einmal über die Querelen im Büro, und ich sagte ihr, daß sie donnerstags immer schlecht gelaunt sei. Von meiner eigenen Arbeit früher wußte ich, was der Donnerstag in einem Büro bedeutet. Der Freitag steht vor der Tür, und es häufen sich Dinge, die noch erledigt werden müssen, Kollegen haben sich krankgemeldet, und die Dummheit des Chefs steht in scharfem Kontrast zur eigenen kristallklaren Vernunft. Ich sagte Nancy, das Gute daran, an einer Eliteuniversität zu arbeiten, sei unter anderem gewesen, daß donnerstags immer irgendwo auf dem Campus ein Sherrystündchen stattgefunden habe, bei dem sich die Dinge wieder relativiert hätten.

Nancy hat nie in Universitätskreisen verkehrt, Sherrystündchen waren ihr fremd, und so machte ich sie damit bekannt und halte jetzt immer eine Flasche Sherry bereit. Das hat sich herumgesprochen, und manchmal kommen donnerstags am Spätnachmittag auch andere Besucher zu meinem Sherrystündchen. Doch heute war Nancy die einzige, die auf mich wartete, und wir beschlossen, erst noch zum Fluß hinunterzugehen. Sie wollte mir von einer ganz besonders dummen Sache erzählen, die der neue Lieferant sich geleistet hatte, von dem schrecklichen Durcheinander mit einer Rechnung, davon, was ihr Vorgesetzter zu ihr gesagt hatte, was sie zu ihrem Vorgesetzten gesagt hatte und wie ärgerlich es war, als der Computer zum drittenmal abstürzte.

Ich nickte und sagte: »Mhm.« Ich weiß noch genau, wie es ist, in einem Büro zu arbeiten, besonders im Frühling.

Auf dem Weg zum Fluß entdeckten wir Gruppen von Kapuzenherzblumen; ihre Blätter ähneln denen von Farnpflanzen, und die weißrosa Blüten sehen aus wie winzige zweizipflige Mützen. Nancy kniete sich hin, um sie genauer zu betrachten. Die Flußufer waren mit *Mertensia virginica* übersät, dem Virginischen Blauglöckchen. Die Pflanzen mit den himmelblauen Glockenblüten standen so dicht, daß wir nicht ans Ufer gekommen wären, ohne sie zu zertreten, und so blieben wir stehen und bewunderten sie nur.

Zurück in der Hütte, schenkten wir uns Sherry ein und nahmen Klappstühle mit auf die noch sonnenbeschienene Plattform am Speicher der Scheune.

Wir tranken auf den Frühling. Die tiefstehende Sonne tauchte die grünenden Wiesen in goldenes Licht, und der Wind trug den Blütenduft von Veilchen und Amerikanischer Pflaume heran. Von Rechnungen war nicht mehr die Rede. Wir tranken schweigend unseren Sherry und schauten zu, wie in den Wäldern im Westen die Knospen schwollen, bis die Sonne dahinter versank.

Heute kam mit der Post eine Benachrichtigung, daß nächsten Mittwoch meine erste Lieferung Bienenköniginnen eintrifft. Ich lasse sie jedes Jahr im April kommen, in Sendungen zu je fünfundzwanzig Stück, und dann herrscht auf der Post immer große Aufregung.

Sie werden per Luftpost von einem Züchter in Georgia geschickt, jede der Königinnen in einem kleinen Versandkäfig aus Holz und Fliegendraht, zusammen mit drei oder vier Begleitbienen, die sie füttern und putzen. Sie selbst kann das nicht, denn sie ist eine Spezialistin, eine Eierlegemaschine und nichts sonst. Jeder Käfig ist mit einem Brocken Futterteig verschlossen, der den Bienen als Nahrung dient. Wenn das Wetter zu schlecht ist, um die Königinnen in die Stöcke zu bringen, muß ich den Fliegendraht mit Wasser benetzen, damit sie auch etwas zu trinken haben.

Die Versandkästchen sind zusammengebunden, und man hört die Bienen darin aufgeregt summen. Der Mann auf der Post ruft mich jedesmal sofort an, wenn sie da sind, denn er glaubt, sie könnten irgendwie heraus, und hat ein wenig Angst vor ihnen.

Nachdem ich sie auf der Post abgeholt habe, bringe ich sie nach Hause und löse die einzelnen Käfige voneinander, um mich davon zu überzeugen, daß jede der langen, eleganten Königinnen am Leben ist. (Für Tiere, die tot ankommen, schickt der Züchter Ersatz.) Ich nehme immer die Königinnen der Italienerbiene, nichts Außergewöhnliches, aber auch sie kosten sieben Dollar das Stück, und ich kann es mir nicht leisten, welche zu verlieren. Hybridköniginnen, wie viele Hobbyimker sie verwenden, sind teurer, und eine künstlich besamte Königin kostet mindestens fünfunddreißig Dollar. Nachdem ich mir jede der Königinnen angesehen habe, stelle ich sie in ihrem Käfig vorsichtig auf den Küchentisch. Königinnen sind eifersüchtig und würden einander töten, wenn sie könnten. Sobald sie spüren, daß noch andere Königinnen in der Nähe sind, stoßen sie durchdringende hohe Töne aus: sii-iii-iip, sii-iii-iip, sii-iii-iip. Mord wohnt in ihrem Herzen.

Überlasse ich die Bienen in meinen Stöcken sich selbst, ziehen sie sich alle paar Jahre, wenn ihre Königin keine befruchteten Eier mehr legt, eine neue Königin heran. Dazu wählen die Arbeiterinnen – Weibchen mit verkümmerten Geschlechtsorganen – ein frisch gelegtes befruchtetes Ei aus, das sich normalerweise ebenfalls zu einer Arbeiterin entwickeln würde, und füttern die daraus entstehende Larve mit Gelée royale, einem vitaminreichen Futtersaft aus ihren Kopfdrüsen. Diese Nahrung – und nur sie – läßt eine Königin entstehen, die knapp zwei Wochen, nachdem das Ei gelegt worden ist, aus der Puppe hervorgeht.

Fast ihr ganzes Leben lang meiden Königinnen das Licht; wird ein Stock geöffnet, verstecken sie sich schnell. Die frisch geschlüpfte Königin aber ist Jungfrau und wird vom Licht angezogen. Von den Arbeiterinnen gedrängt, verläßt sie den Stock und steigt auf ihrem Hochzeitsflug hoch in die Lüfte. Mindestens zehnmal paart sie sich dann mit den Drohnen – männlichen Bienen –, die sie umringen, und sichert sich damit einen lebenslangen Spermavorrat, mit dem sie die Eier, die sie legen wird, befruchtet. Bei der Paarung führt die Drohne ihren Begattungsschlauch in die Geschlechtsöffnung der Königin ein, wo das mit Sperma gefüllte Endstück verbleibt, wenn die Drohne sich losreißt. Sie hat nun ihre Funktion im Bienenvolk erfüllt und fällt sterbend zu Boden. Drohnen besitzen nicht die physiologischen Voraussetzungen, um nach Nektar oder Pollen zu suchen, und sie haben auch keinen Stachel, mit dem sie das Volk verteidigen könnten. Ihre Aufgabe besteht einzig und allein darin, sich mit einer attraktiven Königin zu paaren. Nach der Paarungszeit im Frühjahr und Frühsommer findet man in einem Bienenvolk nur noch selten Drohnen. Die Arbeiterinnen sperren sie aus, und ohne Zugang zu den Nahrungsvorräten im Stock verhungern sie. Ein Volk, das seine Königin verloren hat, duldet die Drohnen sehr viel länger, um sie zur Paarung zur Verfügung zu haben. Drohnen sind große, kräftige, pelzige Bienen mit riesigen Augen; man erkennt sie auf den ersten Blick. Sieht man sie noch im Spätsommer oder im Herbst, läßt das darauf schließen, daß etwas mit dem Volk nicht stimmt, daß es in Schwierigkeiten ist und man sich darum kümmern muß.

Ich lasse die meisten meiner Bienenvölker ihre Königinnen selbst aufziehen, weil ich glaube, daß sie besser als ich beurteilen können, wann sie eine neue Königin brauchen. Die genetischen Linien, die sich auf diese Weise herausbilden, sind für die Gegend und das Klima hier am besten geeignet. Ich führe ja über jeden Stock Buch, und solange er eine durchschnittliche Honigmenge oder auch mehr produziert, greife ich nicht ein. Geht die Honigproduktion eines Stockes jedoch zurück, forsche ich nach der Ursache, und wenn sich herausstellt, daß die Legeleistung der Königin nachgelassen hat, merke ich mir das Volk für den Austausch der Königin im nächsten Frühjahr vor.

Die Aggressivität der Bienen, ihre schnelle Bereitschaft zuzustechen, ist ein genetisches Merkmal, und viele Imker, besonders solche, die nur wenige Völker besitzen, tauschen die Königinnen aus, wenn ihnen die Bienen zu aggressiv werden. Ich selbst mache das nicht, jedenfalls nicht, solange das Volk noch genug Honig produziert. Die Bienen verstehen sich aufs Honigmachen, und dafür bin ich ihnen dankbar. Ich gehe besonders behutsam mit ihnen um, betätige meinen Rauchbläser etwas heftiger, um sie zu beruhigen, wenn ich den Stock öffne, und finde mich damit ab, daß ich öfter gestochen werde.

Manche der Königinnen, die ich kaufe, gebe ich auch zu Ablegern vorhandener Völker, die dann andere, im Jahr zuvor zugrundegegangene ersetzen. Dabei gehe ich genauso vor wie beim Austauschen der Königin. Ich nehme drei mit Eiern, Larven (»Brut«) und jungen Bienen besetzte Waben und hänge sie in einen einfachen Bienenkasten. Dazu kommen noch zwei Honigwaben und vier Rähmchen mit leeren Waben. Den Käfig mit der neuen Königin klemme ich zwischen zwei der Brutwaben in der Mitte, nachdem ich zuvor ein kleines Loch in den Futterteigverschluß gebohrt habe. Würde ich die Königin aus dem Käfig herausnehmen und direkt in den Stock setzen, würden die Bienen auf den Brutwaben sie töten, denn sie fühlen sich noch der Königin aus ihrem Ursprungsstock verpflichtet. So aber haben sie die Möglichkeit, sich durch den schützenden Fliegendraht hindurch mit ihr bekanntzumachen. Die Erinnerung an ihre alte Königin verblaßt allmählich, und wenn sie sich durch den Futterteigverschluß durchgefressen haben, sind sie bereit, die neue Königin zu akzeptieren. Bei schönem, warmem Wetter dauert dieser Prozeß ein bis zwei Tage. Eine gute neue Königin fängt sofort an, Eier zu legen, und dann kann ich den Stock an seinen endgültigen Standort bringen oder die Königin samt ihrem neuen kleinen Hofstaat in ein schwaches Volk einsetzen. Dazu suche ich dessen alte Königin und töte sie, setze das neue Brutnest an die Stelle des alten und vereine die alten Bienen mit den neuen.

Die Frühjahrs-Bienenarbeit erfordert Zeit, Geduld, Geschick und einen kräftigen Rücken. Und sie erfordert einen klaren Kopf und Konzentration. Nichts fesselt die Aufmerksamkeit so sehr wie das Öffnen eines Bienenstocks. Auf der Höhe seiner sommerlichen Kraft besteht ein Bienenvolk aus etwa sechzigtausend Bienen, im Frühjahr sind es die Hälfte oder drei Viertel. Wenn ich einen Stock öffne, veranlaßt mich die schiere Zahl der Bienen, die darin so geschäftig ihrer Arbeit nachgehen, meiner eigenen nachzugehen: mich um sie zu kümmern.

Seit einigen Jahren gibt es weniger gewerbsmäßige Imker in den USA als früher, weil zunehmend billiger Importhonig den Markt beherrscht. Bei der letzten Zählung waren wir nur noch zwölfhundert, vierhundert weniger als vor sechs Jahren. Irgendwann – wahrscheinlich schon bald – kommt der Tag, an dem ich mir klarmachen muß, daß ich auf einem preisbewußten Markt der Konkurrenz des südamerikanischen Honigs nicht mehr standhalten kann und mir meinen Lebensunterhalt irgendwie anders verdienen muß.

Aber was in aller Welt sollte ich tun, nachdem ich Bienen gezüchtet habe?

Meine Bienen überfliegen auf der Suche nach Nahrung zweieinhalbtausend Quadratkilometer Land, das mir nicht gehört, sie fliegen von Blume zu Blume, für die ich keine Miete zahle, sie stehlen Nektar und bestäuben dafür die Pflanzen. Es ist eine ungebärdige, aber harmlose Form der Landwirtschaft, und davon zu leben hat einen so verwegen-anarchischen Reiz, daß ich für jede andere Tätigkeit verloren bin, außer vielleicht für Banküberfälle.

Und noch einen anderen, stärkeren Reiz gibt es, nämlich den, daß man zu bestimmten Zeiten des Jahres zehn- bis zwölfstündige Arbeitstage mit den Bienen verbringt, die doch letzten Endes nur ein Haufen Insekten sind. Aber in so engem, vertrautem Kontakt mit Lebewesen zu stehen, die so anders strukturiert sind und auf so andere Weise durchs Leben kommen als wir Menschen, das ist, als wäre ich eine Besucherin in einer fremden, aber unsagbar verzaubernden Welt.

In der Stadt nennt man mich die Bienenfrau. Was könnte ich anderes sein.

Huuhuu-huuhuu … huuhuu-huuhuuoo. Mein Nachbar jenseits des Flusses ahmt einen Streifenkauz nach, in der Hoffnung, damit einen Truthahn von seinem Schlafplatz aufzuscheuchen. Es ist Truthahn-Jagdsaison, bei Tagesanbruch versuchen die Jäger, wilde Truthähne zu überlisten, und ich lausche ihnen, während ich unter den Eichen meinen Kaffee trinke.

Huuhuu-huuhuu … huuhuu-huuhuuoo.

GahgahGAHgah, antwortet eine Truthahn-Imitation aus einer anderen Richtung. Auch diesen Nachbarn kenne ich. Gestern hat er mir das Holzkästchen gezeigt, mit dem er Laute erzeugt, die wie das Kollern eines Truthahns klingen sollen. Das tun sie aber nicht. Nachdem die Truthähne ihre Schlafplätze verlassen haben, ahmen die Jäger die Laute von Truthennen nach, um die Hähne in Schußweite zu bekommen. Der Streifenkauz jenseits des Flusses hat mir seinen Truthahnlocker einmal gezeigt. Er steckte ihn in den Mund und erzeugte damit ein leises Glucken.

»Klingt richtig sexy«, sagte er mit hochgezogener Braue. »Puttputt … puttaputtputt.«

Inzwischen ist es hell, und ich kann mir vorstellen,

wie verärgert die beiden Männer sind. Ich habe heute morgen keinen einzigen echten Truthahn gehört. Die Jagdsaison richtet sich nach dem Kalender, aber die Truthähne brüten nach dem Wetter, und das Frühjahr war so naß und kalt, daß sie sich dieses Jahr später paaren als sonst. Erst seit ein paar Tagen höre ich morgens ab und zu Truthähne kollern, und es wird noch ein bis zwei Wochen dauern, bis sich ein kluger, vorsichtiger Truthahn von einem Mann mit einem Truthahnlocker täuschen läßt.

Heute morgen machen sich jedenfalls andere Vögel bemerkbar: Die Indigofinken, die bei Tagesanbruch immer als erste singen, sind noch nicht in die Ozarks zurückgekehrt, aber ich höre Kardinäle und Karolina-Meisen. Sie haben hier überwintert, und jetzt ertönt ihr Frühlingsgesang. Über mir in den Eichen zwitschern Schwirrammern und nicht weit von hier Feldammern. Auch Waldsänger sind da. Manche der Lieder sind mir vertraut, andere, die der Zugvögel, kenne ich nicht. Eine der schönsten Vogelstimmen ist die der Weißkehlammer. »Old Sam Peabody, Peadbody, Peabody«, singt sie angeblich, aber das ist nur der Rhythmus; über die lyrische Klarheit und Lieblichkeit der absteigenden Melodie verrät es nichts.

Letzte Nacht habe ich draußen geschlafen; in der Hütte war es einfach nicht auszuhalten. Im Winter war sie so einladend und gemütlich, aber neuerdings finde ich es stickig darin und fühle mich eingeengt, und so habe ich eine Plastikplane auf dem Boden ausgebreitet, um die Feuchtigkeit abzuhalten, habe meinen Schlafsack daraufgelegt und die Sterne betrachtet. Darüber bin ich dann eingeschlafen. Tazzie bleibt gern in meiner

Nähe, und da ich auf dem Boden lag, konnte sie sich an meinen Rücken schmiegen. Andy dagegen ist ein konservativer Hund, er macht sich immer viele Sorgen, und es war ihm nicht geheuer, im Freien zu schlafen, wo es ja Schlangen und Käfer geben kann. Er winselte unbehaglich, als ich mich hinlegte, und irgendwann in der Nacht stupste er mich mit der Schnauze an und bat jaulend darum, ins Haus gelassen zu werden, zu seiner Decke. Ich glaube, er wird allmählich häuslicher als ich, und ich frage mich, ob ich selbst nicht immer mehr zu einem wildlebenden Wesen werde. Die Wildnis zieht mich stärker an als noch vor ein paar Jahren, und ein häusliches Leben mit Abstauben und Kochen interessiert mich nicht im geringsten.

Manchmal frage ich mich, wo wir älteren Frauen unseren Platz im sozialen Gefüge haben, nachdem das Nestbauen seinen Reiz verloren hat. Vor einer Generation stellte sich Margaret Mead dieselbe Frage – sie hatte eine sehr gute persönliche Antwort darauf gefunden – und zeigte auf, daß wir in anderen Zeiten und anderen Kulturen durchaus eine Funktion hatten.

Es gibt so viele von uns, daß man versucht ist, von einer Klasse zu sprechen. Unsere fruchtbaren Jahre haben wir hinter uns. Die Männer wollen uns nicht mehr, sie ziehen jüngere Frauen vor, und biologisch ist es auch sinnvoll, daß männliche Wesen sich zu weiblichen hingezogen fühlen, die noch voll fortpflanzungsfähig sind und ein Nest bauen wollen. Das nimmt uns zwar die Möglichkeit, uns in den Freuden und der Intimität der Paarung zu verlieren, aber dafür haben wir zu uns selbst gefunden. Und noch etwas Wertvolles besitzen wir: Zeit, oder zumindest ein Bewußtsein der Zeit.

Wir leben lange genug und haben genug erlebt, um auf mehr als nur intellektuelle Weise zu begreifen, daß wir sterben werden. Wir haben gelernt, im Bewußtsein unserer Sterblichkeit zu leben, und treffen unsere Entscheidungen mit Bedacht, weil wir sie nicht noch einmal treffen können. Für uns hat die Zeit ein Ende; sie ist kostbar, und wir wissen um ihren Wert.

Ja, wir sind viele, aber wir sind so verschieden, daß mir bei einer soziobiologischen Analyse nicht wohl ist; die Lösung ist, vermute ich, eine persönliche, individuelle, wie bei Margaret Mead. Die Zeiten sind günstig für eine erwachsene Frau mit ihrer Individualität, ihrer Kraft und ihren Marotten. Wir sind wunderbar frei. Wir leben lange. Unsere Kinder sind zu den selbständigen Erwachsenen geworden, zu deren Entwicklung wir beigetragen haben; unsere Liebe wollen sie vielleicht noch, aber unsere Fürsorge brauchen sie nicht mehr. Die gesellschaftlichen Regeln sind heute so flexibel, daß nichts, was wir tun, Anstoß erregt. Auch politische Barrieren gibt es für uns nicht mehr. Sofern wir gesund bleiben und in der Lage sind, für uns selbst zu sorgen, können wir alles tun, alles haben und unsere Fähigkeiten einsetzen, wie es uns beliebt.

Huuhuu-huuhuu … huuhuu-huuoo.

Inzwischen ist die Sonne aufgegangen, und es ist zu spät für einen Streifenkauz. Ich kenne den Mann dort drüben am anderen Ufer; bestimmt ärgert er sich. Wahrscheinlich sitzt er ganz verkrampft vom Stillhalten und mit kalten Füßen auf einem feuchten Baumstamm. Ich kenne auch den anderen Jäger, den mit dem Truthahnlocker. Die beiden Männer wollen einen Truthahn, einen toten.

Ich will auch einen Truthahn, aber einen lebenden, und in einer Woche wird mein Wunsch in Erfüllung gehen, und ich werde im Morgengrauen Truthähne kollern hören. Und ich will noch mehr. Ich will, daß die Indigofinken ihre Melodien singen, wenn ich morgens aufwache. Ich will noch einmal *Joseph und seine Brüder* lesen. Ich will Eichenblätter und Hartriegelblüten und Glühwürmchen. Ich will, daß Asher herausfindet, was die Ohrmilben von Nachtfaltern im Winter machen. Ich will Liddy und Brian die großen Felsen in der Bachsenke zeigen. Ich will viel mehr über Weberknechte wissen. Ich will einen Roman schreiben. Ich will in der heißen Sonne nackt im Fluß schwimmen.

Deswegen schlafe ich jetzt im Freien. Ein Haus ist zu klein, zu einengend. Ich will die ganze Welt, und die Sterne dazu.

Letzten Winter wurde mit einer arktischen Kaltfront ein Vogel hierher geweht, den man bis dahin nie in Missouri oder einem anderen der achtundvierzig südlich von Kanada gelegenen Staaten gesehen hatte: die am Beringmeer beheimatete Kamtschatkamöwe. Ein Vogelbeobachter, der erfahren genug war, um zu erkennen, daß diese eher unscheinbare Möwe anders war, entdeckte sie unweit des Mississippi. »Als ich sie gesehen habe, hatte ich keine Ahnung, was es war, ich wußte nur, was es nicht war«, sagte Bill Rudden, der in mehreren amerikanischen Bundesstaaten den Titel des erfolgreichsten Seltenheitenjägers innehat.

Daß es den Titel des Seltenheitenjägers überhaupt gibt, zeigt, wie sich die Dinge im Bereich der Vogelbeobachtung entwickelt haben. Das »Birding« ist zu einer Art Volkssport geworden. Vogelrallyes werden veranstaltet, bei denen sich ein Teufelskerl von Vogelbeobachter mit dem anderen mißt. Sieger ist, wer innerhalb von vierundzwanzig Stunden die meisten Vogelarten sichtet, unterstützt von Vogelstimmen auf Band, die die Vögel hervorlocken sollen. Vogelbeobachter führen sogenannte Life-Lists mit den Namen der Vögel, die sie im Laufe ihres Lebens gesichtet haben. Sie reisen durch das ganze Land, einzig zu dem Zweck, ihre Listen zu ergänzen. Einmal habe ich einen passionierten Vogelbeobachter nach einem bestimmten Waldsänger gefragt, den ich während des Frühjahrsvogelzugs in meinem Waldstück gesehen hatte. Das hatte mich stutzig gemacht, und ich war mir nicht sicher, ob ich wirklich gesehen hatte, was ich gesehen zu haben glaubte. Ob er den Waldsänger kenne? Ob er ihn schon einmal gesehen habe? »Ich weiß nicht«, sagte er, »da müßte ich in meiner Liste nachschauen.«

Das Auftauchen der Kamtschatkamöwe in Missouri war für ehrgeizige Vogelbeobachter ein großes Ereignis, und sie zogen mit Bleistift und Papier bewaffnet in Schwärmen – man verzeihe mir den Ausdruck – zu den Eisschollen des Mississippi, um den Vogel auf ihre Listen zu setzen. Die verwirrte Möwe war aus eigener Flügelkraft auf den arktischen Winden hierher gelangt, die Naturschutzorganisation Audubon Society flog ihre in dicke Schals gehüllten Top-Vogelbeobachter mit einem Flugzeug ein. Nachdem die Möwe zweifelsfrei identifiziert worden war, wurde eine Pressekonferenz einberufen, und auf der Titelseite der *New York Times* erschien ein Artikel über sie. Die Kamtschatkamöwe wurde ordnungsgemäß als dreihundertachtundsiebzigste in Missouri identifizierte Vogelart registriert und feierlich zu Missouris Best Bird erklärt.

Ich hatte noch nie etwas dafür übrig, Listen zu führen und an organisierter Freizeitgestaltung teilzunehmen, und die wenigen Exkursionen, die ich zusammen mit »Birdern« unternommen habe, haben diese Abneigung noch verstärkt. Nein, aus mir wird nie ein »Birder« werden.

Ich erlaube mir aber, meinen eigenen Best Bird zu küren und den Titel von Zeit zu Zeit anderweitig zu vergeben. Diese Woche hat ihn – im Plural – ein Pärchen Braunkopf-Kuhstärlinge errungen. Ein »Birder« hätte sie keines Blickes gewürdigt, denn die schwarzen Vögel mit den braunen Köpfen sind viel zu alltäglich. Zu irgendeiner Zeit des Jahres tauchen sie in jedem Teil des Landes einmal auf, manchmal in ganzen Schwärmen, oft in der Nähe von Rindern, wo sie von den Hufen der Tiere aufgestörte Insekten fressen. Ihre Angewohnheit, Eier in die Nester anderer Vögel zu legen und ihre Jungen von ihnen – auf Kosten der eigenen Nachkommenschaft – aufziehen zu lassen, soll zu einem Rückgang der Stärlings-, Tangaren-, Laubwürger- und Waldsängerpopulationen geführt haben. Braunkopf-Kuhstärlinge gelten deshalb als ziemlich nichtsnutzige Vögel. Eines meiner Vogelbücher bezeichnet sie als »höchst unverantwortlich« und fährt fort: »Ganz diesem gottlosen Leben und seinem häßlichen Charakter entsprechend, gibt der Braunkopf-Kuhstärling ein gurgelndes, krächzendes Pfeifen von sich, gefolgt von einigen schrillen Lauten.« In meinen anderen Vogelbüchern kommt sein Gesang nicht besser weg. Aber die Bücher irren, und deshalb ist der Braunkopf-Kuhstärling diese Woche mein Best Bird. Zwei von ihnen umwerben einander zur Zeit, und als ich sie zum erstenmal hörte, ging ich mit meinem Fernglas hinaus, um zu sehen, wer da so schön sang, eine Melodie, die entfernt an das wohltönende, perlende Trillern von Rotschulterstärlingen erinnert. Es waren die Braunkopf-Kuhstärlinge.

Ich beobachte sie nun schon die ganze Woche. Ihre Liebesaffäre spielt sich in den Baumwipfeln und auf den Stromleitungen zwischen Scheune und Hütte ab, ich kann mich also bequem in einen Klappstuhl setzen und sie durchs Fernglas beobachten. Das Männchen wirft den Kopf zurück, plustert sich kunstvoll auf und singt ein tief bewegendes, liebliches Lied. Dann schlägt es mit den Flügeln, wippt mit dem Schwanz und läßt seine Darbietung in einem plebejisch klingenden »S-k-r-a-a-t« gipfeln, einem Finale, das das Weibchen zu beeindrucken scheint. Es ist eine Freude, die beiden zu hören, ihr Treiben zu verfolgen und berichten zu können, daß ihr Liebeswerben wohl von Erfolg gekrönt sein wird. Hoffentlich verläuft alles gut für sie.

Letzte Woche waren zwei Baltimoretrupiale meine Best Birds. Selbst ein Seltenheitenjäger würde wohl zugeben, daß die Baltimoretrupiale schöne Vögel sind, auch wenn sie ihm wahrscheinlich viel zu alltäglich wären, denn im Sommer sieht man sie überall in den Vereinigten Staaten. Die Männchen sind leuchtend gefärbt, orange mit schwarzem Kopf und Rücken, die Weibchen sind etwas unscheinbarer. Sie fressen Raupen und Insekten, und da sie das normalerweise in den Bäumen tun, erschrak ich, als ich vergangene Woche durchs Wohnzimmer ging und an dem mit Sirup gefüllten Kolibri-Futterspender vor dem Fenster, einem zierlichen Ding aus Glas und Plastik mit vier schmalen Tüllen, etwas Orangefarbenes aufblitzen sah. Ich wartete ab, ob sich das wiederholen würde, und nach einer Weile kamen die beiden Baltimoretrupiale tatsächlich zurück. So groß wie Drosseln, hielten sie sich unbeholfen an dem Futterspender fest, kippten ihn hin und her und pickten die herausquellenden Siruptropfen mit ihren mehr für Insektenkost geeigneten Schnäbeln ab. Ich konnte kaum glauben, was ich da gesehen hatte, aber in den folgenden Tagen wiederholten sie ihre Vorstellung immer wieder. Sie klammerten sich ungeschickt an den wild hin und her schwingenden Futterspender, schlürften den Sirup auf und vertrieben die erzürnten Kolibris.

Am Ende der Woche erschien in der Zeitung der etwa fünfzig Kilometer entfernten Kreisstadt auf der Titelseite ein Bericht über einen Baltimoretrupial, der es sich an einem Kolibri-Futterspender schmecken ließ. Dessen Besitzerin hatte am selben Tag wie ich erstmals einen solchen Vogel gesehen. Sie hatte im örtlichen Büro der Naturschutzbehörde angerufen und um eine Erklärung gebeten, aber man hatte ihr versichert, ein Baltimoretrupial könne nicht zum Fressen an einen Kolibri-Futterspender kommen, und sie habe den Vogel nicht richtig bestimmt. Verärgert rief sie daraufhin bei der Zeitung an, und die schickte einen Fotografen los, der eine ganze Serie von Aufnahmen eines Baltimoretrupials und seiner gymnastischen Übungen machte.

Was war geschehen? Hatten letzte Woche überall in den Ozarks Baltimoretrupiale unabhängig voneinander herausgefunden, daß es an den roten Plastik-Futterspendern etwas Leckeres zu holen gibt? Oder hatte es sich herumgesprochen, daß die roten Dinger zwar nichts bieten, was so schmackhaft ist wie Raupen, daß es sich aber dennoch lohnt, sie weit genug zu kippen? Und wenn es so war – wie hatte sich die Information verbreitet? Ich weiß keine Antwort auf diese Fragen, aber über sie nachzudenken ist viel schöner, als Vogellisten zu führen.

Meine Vorstellung von Vogelbeobachtung besteht darin, mir die Taschen mit Vogelbüchern vollzustopfen, mein Fernglas umzuhängen, mit den Hunden hinauszugehen und mich still unter einen Baum am Waldrand zu setzen, wo es sowohl freies Feld als auch Laubbäume gibt. Die Vögel haben mich auf dem Weg dorthin natürlich bemerkt, sie haben ja schärfere Augen als ich, und eine Zeitlang sehe und höre ich nichts von ihnen. Andy trabt auf einer Kaninchenfährte davon, Tazzie bleibt so dicht wie irgend möglich bei mir sitzen und seufzt. Sie weiß, daß die Vogelbeobachtung eine leise, einsame Angelegenheit ist und daß sie sich, um bleiben zu dürfen, ruhig verhalten muß. Nach einer halben Stunde haben sich die Vögel beruhigt und nehmen ihre gewohnten Tätigkeiten wieder auf – und ich genieße das Privileg, sie beobachten zu können, manchmal von so nahe, daß ich gar kein Fernglas brauche.

Noch besser als ein Platz am Waldrand ist die Hängematte, die ich zwischen zwei Kiefern unterhalb der Hütte aufgespannt habe. Am Spätnachmittag, wenn ich müde bin und die Vögel zum letztenmal vor Einbruch der Dunkelheit fressen, klettere ich mit Büchern und Brille hinein. Neben den Kiefern wachsen Sumach und anderes niedriges Gesträuch, dahinter ist freies Feld. Überall um mich herum versammeln sich Vögel – ganz gewöhnliche Vögel natürlich: Blauflügelwaldsänger, Rostscheitelwaldsänger, Brillenbuschsänger und all die anderen Sommergäste, deren Namen, deren Gesang und Verhalten mir im Lauf der Jahre vertraut geworden sind. Sie sind wie alte Freunde für mich. Es macht mir Freude zu sehen, was sie so treiben, und ihren Liedern zum Tagesausklang zu lauschen.

Bevor ich heute morgen zur Bienenarbeit aufbrach, habe ich nachgesehen, was der Rhabarber macht. Mein Bruder Bil und seine Frau Ann kommen demnächst zu Besuch, und dann will ich einen Rhabarberkuchen backen, Bils Leibgericht.

Als wir noch zu zweit hier gegessen und gearbeitet haben, hatte ich zwischen einer Tupelobaumgruppe und der alten Straße zum Fluß einen großen Garten. Ich hatte Freude an der Arbeit, die nötig war, um im Hochsommer zwischen den geraden Reihen Bohnen und rote Bete ernten zu können, außerdem Karotten, Kartoffeln, Mais, Tomaten, Mangold, Zwiebeln und Salat, wohlschmeckend und in erstaunlichen Farbtönen. Um den Boden feucht und unkrautfrei zu halten, mulchte ich die Pflanzen mit Zeitungspapier und Stroh. Am Zaun pflanzte ich Erbsen, die nach der Blüte zarte Schoten hervorbrachten, und überall im Garten leuchteten goldene und orangefarbene Tagetes, als Schutz für das Gemüse, denn das Ungeziefer meidet ihre Blüten und damit auch das Gemüse.

Für einen allein lohnt sich die Gartenarbeit nicht, zumal sie größtenteils genau dann anfällt, wenn am meisten mit den Bienen zu tun ist. Manchmal aber mache ich noch ein Eckchen frei und pflanze ein paar Tomaten und etwas Kopfsalat für sommerliche Gerichte. Dieses Jahr sind allerdings nur die zähen mehrjährigen Pflanzen da, die sich gegen das Unkraut behaupten können. Ein paar Erdbeeren wachsen auch noch, aber die werden sich die Schildkröten holen, bevor ich sie ernten kann. Rhabarber, Spargel und der resolute Akkerknoblauch blühen. Die Wildkräuter, vor allem die Minze, breiten sich ungehemmt aus. Der Garten verwildert immer mehr. Wurzelschößlinge des nahen Tupelobaums sprießen darin; in einigen Jahren werden sie eine neue Baumgruppe bilden und den Garten für sich vereinnahmen.

Selbst das in Maßen häusliche Leben, das ich hier in der Wildnis führe, erfordert einen ständigen Balanceakt. Während ich im Garten nach dem Rhabarber sah, machte im Haus die Natur ihre Ansprüche geltend. Termiten schwärmten aus dem Boden des Wohnzimmers im alten Teil der Hütte. Sie tun das seit mehreren Jahren jedes Frühjahr einmal, zehn bis zwölf Stunden lang, und heute war es wieder soweit. Das Wohnzimmer ist die ursprüngliche Ein-Raum-Hütte, so wie sie vor fünfzig Jahren gebaut wurde. Wie bei vielen Hütten in den Ozarks besteht ihr Unterbau aus Bohlen, die über zwei auf der nackten Erde ruhende Steine gelegt wurden. Es ist geschützt, feucht und warm dort unten, der ideale Lebensraum für Termiten, die sich die Bohlen und wahrscheinlich auch den Boden selbst schmekken lassen.

Unsere Häuser sind für Termiten nur eine unbedeutende Nahrungsquelle, und wenn wir nicht eine Vorliebe dafür hätten, mit Holz zu bauen, würden wir die

Tiere in einem freundlicheren Licht sehen, denn sie verwandeln totes Holz in Erdreich. Das Erdreich wiederum bietet nachwachsenden Pflanzen Halt und Nahrung, und somit versetzen die Termiten dem Rad des natürlichen Kreislaufs einen kräftigen Schwung.

Von den über zweitausend Termitenarten leben in Nordamerika, wo sie kein für sie günstiges Klima vorfinden, nicht mehr als einundvierzig, und von diesen sind es die zur Familie der Nasentermiten gehörenden unterirdisch lebenden Termiten, die dem Menschen am meisten Sorge bereiten.

Termiten gehören zu den sozialen Insekten; ihre Ernährungsgewohnheiten machen sie dazu. Man nennt sie auch »Weiße Ameisen«, obwohl sie nicht mit den Ameisen verwandt sind, sondern mit den Schaben. Wie bei manchen Schabenarten leben in ihrem Darm Mikroorganismen, die Zellulose abbauen und in verwertbare Nahrung umwandeln, die via Ausscheidung von einer Termite an die nächste weitergereicht wird. Das erfordert eine soziale Organisation; nicht umsonst spricht man vom Insektenstaat.

Ein Termitenstaat besteht größtenteils aus sterilen Arbeitern und – bei manchen Arten – »Soldaten« mit großem Kopf und großen Kiefern, die die Kolonie gegen Feinde, meist Ameisen, verteidigen. Die chitinöse Körperhülle dieser unterirdisch lebenden Art ist weniger hart als bei vielen anderen Insekten. Um zu ihren oberirdischen Nahrungsquellen zu gelangen, müssen sie Tunnels bauen, die ihren bleichen, zarten, flügellosen Körper schützen. Die Tunnelwände werden aus Kotbällchen angefertigt, eine Bauweise, die ebenfalls eine kooperative Sozialstruktur erfordert. Solche Tunnelbauten, die sich am Betonfundament eines Holzhauses hochziehen, sind oft das erste Anzeichen dafür, daß das Haus Termiten verpflegt.

Die Termiten, die heute morgen in meinem Wohnzimmer aus dem Boden schwärmten, waren die Geschlechtstiere, geflügelte, noch unverpaarte Männchen und Weibchen, die sich aus ihren unterirdischen Nestern aufgemacht hatten, um neue Kolonien zu gründen. Mit ihren schwachen Flügeln können sie nicht weit fliegen. Nach der Landung brechen sie die Flügel ab, indem sie deren Spitzen auf den Boden drücken. Nach kurzem Werben paaren sich der künftige König und die künftige Königin einer neuen Kolonie, wählen einen geeigneten Standort für ein Nest aus und graben einen Bau, aus dem sie nie wieder auftauchen. Aus den Eiern, die die Königin legt, schlüpft unfruchtbarer Nachwuchs, der die Kolonie aufbaut und alle anfallenden Arbeiten erledigt. Die Königin lebt viele Jahre, und wenn ihre Legeleistung nachläßt, wird sie durch ein aus einer Arbeiterlarve gezogenes Geschlechtstier ersetzt. Ein Termitenstaat kann also so lange überleben, wie seine Nahrungsvorräte reichen.

Die Termiten, die unsere nordamerikanischen Häuser fressen, Angehörige der Gattung *Reticulitermes*, gelten unter Entomologen als relativ urtümliche Arten. Die Tunnels, die sie zu ihren Nahrungsvorräten bauen, machen sie nur sehr begrenzt von ihren Nahrungsquellen unabhängig. Die Primitivsten unter ihnen sind Gefangene ihrer Nahrung und müssen in ihr leben, ein glücklicher Umstand für den, der sie untersuchen möchte. Ich las von einem Wissenschaftler, der in seinem Büro jahrelang eine blühende Kolonie primitiver

Termiten hielt, die in einem Holzklotz in einer Flasche lebten. Er mußte weder für Wärme noch für Feuchtigkeit sorgen, und die Tiere brauchten weder Pflege noch Zuwendung.

Die Mehrheit der auf der Welt lebenden Termiten aber gehört höherentwickelten Arten an als diese Minimalisten oder auch diejenigen, die an unseren Häusern knabbern. Man findet sie in tropischen Klimaten, vielgestaltig und in einer Vielzahl unterschiedlicher sozialer Organisationsformen und Verhaltensweisen. Die am höchsten entwickelten Termiten leben in den Tropengebieten der Alten Welt und haben es geschafft, sich völlig vom Holz unabhängig zu machen. In oberirdischen Hügelnestern produzieren sie ihre Nahrung selbst: Pilze, die sie auf runden, wabenähnlichen Gebilden in besonderen Kammern im Innern der Nester züchten. So komplizierte Nester können nur von großen Populationen gebaut und unterhalten werden: In jedem der riesigen Hügel leben um die zwei Millionen Termiten.

Ich glaube nicht, daß die weniger raffinierten Termiten unter meinem Wohnzimmerboden besonders zahlreich sind, aber wenn doch, würde ich mir deswegen keine Sorgen machen. Vielleicht, weil ich noch nie einen Fernseher hatte und mir somit Werbespots erspart bleiben, in denen erschreckende Bilder von Termitenschäden dem Hausbesitzer Angst einjagen sollen und ihn auffordern, die Dienste von Schädlingsbekämpfungsfirmen in Anspruch zu nehmen. Ich weiß aber auch, daß Termiten in gemäßigtem Klima sehr lange brauchen, um etwas so Großes wie meine Hütte aufzufressen. Bis sich die Wildnis meine Hütte holt, bleibt mir noch Zeit, und heute abend werde ich einfach nur die abgebrochenen Termitenflügel auffegen.

Wahrscheinlich wäre es vernünftig, den Garten aufzugeben. Ich brauche ihn weder, noch habe ich die Zeit, mich darum zu kümmern. Auf ein schützendes Haus aber möchte ich nicht verzichten und habe deshalb vor, einige der Fenstersimse und Pfosten durch behandeltes Holz zu ersetzen und den Wohnzimmerboden herauszureißen und dafür einen Steinboden zu legen. Das wird nicht nur die Termiten vertreiben, sondern auch für eine gleichmäßige Temperatur im Raum sorgen, denn die Steine können die Sonnenwärme speichern, die tagsüber durch die Fenster dringt. Im Moment geht das alles zwar noch nicht, die Arbeits- und Materialkosten sind zu hoch, aber Termiten, die in gemäßigtem Klima leben, gehen die Dinge gemächlich an, und bevor sie den alten Boden aufgefressen haben, werde ich wohl das Geld für einen neuen zusammen haben.

Winnie, eine junge Freundin von mir, die in Boston lebt, nahm vor kurzem an einer Tagung in Kansas City teil. Ich holte sie dort ab, und wir verbrachten noch einige Zeit zusammen auf meiner Farm; heute ist sie wieder abgefahren. Wir wanderten, lasen uns gegenseitig aus einem Buch vor, das sie mitgebracht hatte, redeten und sonnten uns am Bach unten. Bei einer Kanufahrt auf dem Fluß sahen wir Aschreiher, eine Schlange, die auf einem Stein einen Fisch verspeiste, und die rot-gelben Akeleiblüten überall an den Felswänden.

In der Stadt machten wir Einkäufe, und als wir fertig waren, schlug Winnie vor, etwas trinken zu gehen. Wir tun das immer, wenn ich sie in Boston besuche, aber hier, in einer trockenen Stadt mit eintausenddreihundert angeblichen Antialkoholikern, ist das nicht so einfach.

Es gibt eine einzige Bar, beim Abwasserteich außerhalb der Stadt, aber das ist eine schreckliche Spelunke. Vor einigen Jahren fing ein Mann, der dort getrunken und Billard gespielt hatte, mehrere Schlägereien hintereinander an, ging dann zu seinem Pickup und kam mit einer auf vollen Touren laufenden Kettensäge zurück, um die Angelegenheit zu regeln. Die Leute in der Bar standen Todesängste aus: Ein Billardstock wurde zersägt, und mehrere Menschen wurden verletzt, ehe ein anderer Mann ihm mit einer Schrotflinte Kaliber zwanzig, die er gerade zur Hand hatte, in den Bauch schoß. Nicht gerade ein Lokal, in dem Winnie und ich in Ruhe einen Drink genießen könnten.

Doch da fiel mir ein, daß vor kurzem, ebenfalls außerhalb der Stadt, ein neues Restaurant eröffnet hatte, das etwas zögernd und mit einigem Mut freitagnachmittags eine Happy Hour anbot. Es war Freitag, und da Winnie fand, eine Happy Hour in den Ozarks dürfe man sich nicht entgehen lassen, fuhren wir hin. Drinnen saßen die Yuppies der Stadt, die rührend beharrlich aneinander hängen, wie Apotheker, Arzt, Revisor und Lehrer in russischen Romanen über das Leben in der Provinz.

Ich stellte Winnie vor, und wir nahmen Platz. Sie ist sechsundzwanzig, sieht aber jünger aus, und die Kellnerin verlangte einen Altersnachweis von ihr, als sie unsere Bestellung aufnahm. Winnie zeigte ihren in Massachusetts ausgestellten Führerschein vor, doch die Kellnerin schüttelte den Kopf. Das gehe nicht, ein Führerschein als Altersnachweis müsse in Missouri oder einem Nachbarstaat ausgestellt sein.

Winnie sah sie ungläubig an, aber wir befinden uns hier nun mal im *Show Me State*, wo man Beweise sehen will, und es könnte ja sein, daß man an solch fernen Orten wie Massachusetts, sofern es sie überhaupt gibt, nicht in der Lage ist, wichtige Fakten festzuhalten.

Winnie kramte sichtlich verlegen in ihrer Brieftasche. »Geht auch meine Lord-and-Taylor-Kreditkarte?«

Die Kellnerin betrachtete ehrfürchtig die grüne Plastikkarte.

»Ich zeig sie dem Geschäftsführer«, sagte sie zu unserer Überraschung. Kurz darauf kam sie zurück. »Er sagt, die können wir akzeptieren«, berichtete sie feierlich. Wer verantwortungsbewußt mit einer Lord-and-Taylor-Kreditkarte umzugehen weiß, der kann weiß Gott auch in Missouri eine Margarita trinken.

Die Yuppies, von so viel großstädtischem Flair beeindruckt, fragten Winnie über Boston aus, Winnie ihrerseits mochte sie und befragte sie über ihre Berufe und ihr Leben. Sie tranken ihre Margaritas, logen kräftig und hatten ihren zivilisierten Spaß.

Im Frühling und Sommer habe ich immer viel Besuch. Die meisten meiner Gäste kenne und mag ich, so wie Winnie, aber mit den Jahren kommen auch immer mehr Leute, die ich nicht kenne. Es sind Menschen, die genug haben vom Leben in der Stadt und hierherziehen möchten, um ein einfaches Leben zu führen. Manche wollen von mir wissen, wie man mit der Imkerei das große Geld macht, andere sind einfach auf der Suche nach der Idylle, dem bukolischen einfachen Leben, ob mit oder ohne Bienen – obwohl sie schon gern ein paar Bienenstöcke hätten.

Ich finde diese hoffnungsvollen Bienen-Agrarindustrie-Besucher anrührend und interessant; viele von ihnen sind jung, und sie locken die Mutter in mir hervor. Oft haben sie eintönige, ungeliebte Jobs, und der Traum von einer Bienenfarm auf dem Land gibt ihnen Kraft und Auftrieb. Ich versuche, sie nicht zu entmutigen, aber manchmal muß ich es tun. Bei der heutigen Marktsituation sind Neulinge mit fast jeder Art von Farmwirtschaft zum Bankrott verurteilt, besonders aber mit der Imkerei. Praktisch die einzige Möglichkeit, noch schneller pleite zu gehen, ist die Schweinezucht. Als vor vier Wochen ein Mann meinen Rat suchte und mir sagte, er sei bereit, seine Ersparnisse aus zehn Jahren Fabrikarbeit in eine Farm zu investieren, auf der er Bienen und Schweine züchten wolle, mußte ich ihm sagen, daß das die schlechteste Idee sei, von der ich seit langem gehört hätte. Er zog betrübt ab; ob er die Farm gekauft hat, weiß ich nicht.

Die Ozarks, wild, unerschlossen und unwirtlich, werden noch immer entdeckt. In den dreißiger Jahren des zwanzigsten Jahrhunderts zogen viele hierher, weil sie glaubten, es sei besser, auf dem Land arm zu sein als in der Stadt. Andere, wohlhabendere, hielten Roosevelt für den Teufel in Menschengestalt und wollten ihr Geld in Land anlegen, bevor er es ihnen wegnahm. Seitdem kommen in Wellen Menschen hierher, denen die Städte zu kompliziert geworden sind. Sie möchten ein einfaches Leben führen, aber sie machen sich nicht klar, daß das Leben so einfach oder so kompliziert ist wie der Mensch, der es führt, und daß jemand, der das Leben in der Stadt als erdrückend empfindet, es hier, wo man sich seinen Lebensunterhalt viel schwerer verdient, noch erdrückender finden wird. Ein Mensch mit einem geregelten Einkommen mag unter seinen Fehlern leiden, aber sie bedrohen nicht sein Überleben. Hier, wo es wenig Geld gibt, zählt jede Entscheidung, und für Fehler ist kein Platz.

Die Menschen in den Ozarks werden von den Zurück-zur-Natur-Jüngern, solange sie noch in der Stadt leben, idealisiert, doch es sind keineswegs einfache Menschen. Ihr Leben in den Bergen hier ist nicht weniger kompliziert als das Leben irgendwo sonst. Sie bewältigen es mit Tüchtigkeit und Einfallsreichtum, aber sie reden nicht darüber, und deshalb wirkt es von außen leicht und ... einfach.

Die Ozarker begegnen den Zuzüglern mit gemischten Gefühlen. Diese Anhänger des einfachen Lebens haben immer eine oder mehrere Theorien bei der Hand, die sie auch bereitwillig darlegen, Theorien, die sich zwar im Detail unterscheiden, letztlich aber alle darauf hinauslaufen, daß ihre Vertreter besser wissen, wie man hier lebt, als die Einheimischen. Darüber ärgern sich die Ozarker oft und verständlicherweise. Andererseits sind die Fremden im Lauf der Jahre zu einer willkommenen Einnahmequelle geworden. Sie tauchen mit einem Pakken Ersparnisse hier auf und untermauern damit ihre Theorien, und diese Ersparnisse schmelzen so schnell dahin, daß man als Einheimischer seine Ressentiments tunlichst nicht allzu deutlich zeigt. Besser, man profitiert davon, ehe die Newcomer mit ihren geplatzten Träumen in die Stadt und zu einem festen Einkommen zurückkehren.

Die Ozarker sagen von den Zurück-zur-Natur-Jüngern: Das Dorngestrüpp kriegt ihre Kleider, die Hillbillys kriegen ihr Geld, dann ziehen sie mit einem leeren Koffer wieder ab.

Ich kenne sowohl das eine als auch das andere Leben und kann beide Standpunkte verstehen, deshalb versuche ich freundlich zu sein, wenn Leute, die vom einfachen Leben träumen, vor meiner Tür stehen. Aber sie kosten mich Zeit, zuviel Zeit manchmal, und ich mußte lernen, ohne Schuldgefühle nein zu sagen, um mit meinem eigenen nicht sehr einfachen Leben voranzukommen.

Letzten Sommer, mitten in der Honigernte, rief mich eines Abends eine Frau an. Es war schon spät, aber ich war noch im Schleuderraum und ging dort ans Telefon. Meine Füße schmerzten vom stundenlangen Stehen auf dem Betonboden, alles klebte, und ich war müde. Sie stellte sich vor und sagte, sie habe von mir gehört und wolle mir gern ein paar Fragen stellen. Ob sie dem Mann mit der Planierraupe ein Trinkgeld geben solle? Nein, das wäre ihm peinlich. Ob sie mir einen Besuch machen könne? Nein, antwortete ich so sanft wie möglich, ich hätte momentan zuviel zu tun. Sie hörte sich so einsam an, daß ich ihr ein paar freundliche Fragen stellte. Sie habe gerade eine Farm gekauft und sei hierher gezogen, erzählte sie, davor habe sie überall auf der Welt gelebt, zuletzt in New York auf der Upper West Side, aber hier sei das Leben ganz anders.

»Und jetzt kommt der Kulturschock?« fragte ich und versuchte mir den Umzug von einem vornehmen alten Sandsteinhaus auf eine Ozark-Farm mit Plumpsklo vorzustellen.

»Na, so schlimm wie in Afghanistan ist es nicht«, antwortete sie, um einen heiteren Tonfall bemüht.

Die Frau war wirklich einsam und auch überfordert. Ich versuchte, ein paar tröstende Worte zu finden, und bat sie, später im Jahr noch einmal anzurufen, wenn ich mehr Zeit hätte. Ich war aufrichtig dankbar für ihren Anruf. Für kurze Zeit hatte ich meine schmerzenden Füße vergessen, und da ich schon so lange hier lebe, vergesse ich auch manchmal, wie das Leben in den Ozarks auf Außenstehende wirken muß. Es war gut, daran erinnert zu werden.

Mein Bruder Bil ist ein großer Mann mit ungebärdigem dunkelbraunem Haar, und ich bin eine kleine Frau mit ungebärdigem hellbraunem Haar. Außer dem allgemein etwas zerknitterten Anblick, den wir beide bieten, haben wir auch eine ähnliche Sicht der Welt und genug Zuneigung und Verständnis füreinander, um hin und wieder etwas gemeinsam zu tun, ohne ein Wort darüber zu verlieren. Als wir gestern zum Fluß hinuntergingen, um uns Farne anzusehen, retteten wir in promptem, stillschweigendem Zusammenwirken ein Hirschkalb.

Wir gingen auf einer alten Straße an einem Drahtzaun entlang. Tazzie und ihr Bruder, Bils Hund Zenas, balgten sich und merkten nicht gleich, daß Andy und Chocolate, Bils älterer Hund, ein Bündel untersuchten, das in dem hohen Gras am Zaun lag. Bil und ich aber sahen es und erkannten – schneller als die Hunde –, daß es sich um ein neugeborenes Hirschkalb handelte, dessen einziger Schutz seine vollkommene Reglosigkeit war. Die Hunde begriffen langsam, daß dieses gefleckte Etwas von großem Reiz für sie sein konnte. Unmöglich zu sagen, ob es ein komplexes, klassifizierendes Begreifen war – »Aha! Ein kleines Exemplar dieser größeren

Wesen, die man so herrlich jagen kann« – oder einfach ein: »Oh! Was haben wir denn da? Vielleicht kann man das gefleckte kleine Ding ja aufscheuchen, zu Tode hetzen und in Stücke reißen.« Zu welchem Schluß die vier ungleichen Hunde auch kommen würden – Bil und ich wußten, daß sie sich alsbald in eine Mörderbande verwandeln würden. In dem Sekundenbruchteil, bevor es soweit war, riefen wir sie so scharf bei Fuß, daß sie gehorchten, und während ich sie auf der Straße weitertrieb, nahm Bil das Hirschkalb auf und schob es kurzerhand durch den Zaun, wobei ständig seine staksigen, zerbrechlichen Beine hängenblieben. Auf der anderen Seite in Sicherheit, lief es schwankend davon.

Es war das jüngste Hirschkalb, das Bil und ich je in freier Wildbahn gesehen hatten. Es war ganz neu auf dieser Welt; sein glänzendes rötlichbraunes Fell war noch leuchtendweiß gefleckt. Wir hätten es gern länger beobachtet, aber die Hirschkuh mußte in der Nähe sein und unsere Rettungsaktion verfolgt haben. Für uns war sie unsichtbar, für die Hunde würde sie es nicht sein, und so gingen wir, ehe sie sie entdeckten oder sich an ihr Junges erinnerten, schnell weiter zu dem Kalkstein-Felsvorsprung, wo die Farne wachsen.

Die Halbinsel beherbergt eine ganze Reihe von Raritäten der Natur. Hier findet man eine seltene Orchidee und Haubenschwarzspechte; große, urweltlich wirkende Vögel mit einem hohen roten Schopf sind dort so verbreitet wie anderswo selten, und Wanderfarne, die man vielerorts kaum jemals sieht, wachsen in dichten Matten.

Der Wanderfarn, *Camptosorus rhizophyllus*, ist die einzige auf dem amerikanischen Kontinent vorkommende

Art dieser kleinen Gattung. Auch in anderer Hinsicht ist es ein eigentümlicher kleiner Farn. Alle echten Farne vermehren sich durch Sporen, wobei sich geschlechtliche und ungeschlechtliche Generationen abwechseln, doch der Wanderfarn hat noch eine zweite, weniger langwierige Möglichkeit der Vermehrung für sich entdeckt. Die Pflanzen sind nicht sehr hoch, und wenn ihre langen, schmalen, zarten, spitzen, gebogenen Wedel den Boden berühren, sprießen aus ihren Enden neue Farne, aus deren Blattspitzen wiederum neue Pflanzen entstehen. Ältere Pflanzen sind oft von mehreren Generationen von Ablegern umgeben, die vom Zentrum fort »wandern«.

Zu solch einem Wanderfarnverband wollten Bil und ich. Er wächst unter den Bäumen am Fluß, im kühlen Schatten, an einer Stelle, wo Grundwasser austritt und die Felsen feucht hält. Bäume und Gestrüpp verbergen ihn vor Leuten, die auf dem Fluß vorüberrudern oder -paddeln, aber die immergrünen Farne mit den ledrigen Blättern fallen zwischen den Moosen und Flechten auf den Felsen, an denen sie Halt finden, ohnehin nicht auf.

Wir kletterten den Steilhang hinunter. Bil zündete sich eine Zigarette an und redete von Farnen, die Hunde liefen zum Fluß voraus und jagten wild planschend sowohl einander als auch Fische – reale wie imaginäre.

Wanderfarne haben wie andere echte Farne Sori an der Unterseite der Blätter. Die Sori enthalten Sporangien, und die Sporangien wiederum Sporen. Wenn sie reif sind und die Luft trocken genug ist, platzen die Sporangien auf, und die Sporen werden vom Wind zerstreut. Eine Spore, die das Glück hat, an einer schattigen, feuchten Stelle zu landen, senkt ein wurzelähnliches Haar ab, das sie dort festhält, während Zelle um Zelle grünes Pflanzengewebe aus ihr wächst. Auf diesem winzigen Gametophyten sprießen getrennte männliche und weibliche Organe, die Eizellen beziehungsweise Spermatozoide enthalten. Die Feuchtigkeit bricht das reife männliche Antheridium auf, und gleichzeitig öffnet sich das weibliche Archegonium und gibt einen chemischen Stoff ab, der die Spermatozoiden anlockt, die daraufhin zur Eizelle hinschwimmen. Aus dem befruchteten Ei wächst ein neuer Farn.

Auf diese Weise vermehren sich Farne ohne Samen, eine ältere Form der Fortpflanzung, die sich schon vor dem Devon entwickelt hat, der Zeit, aus der die ältesten fossilen Farnfunde stammen, lange bevor Blütenpflanzen mit Samen auf der Bildfläche erschienen.

Im Europa des Mittelalters wußte man zwar um die Vermehrung von Blütenpflanzen durch Samen, hielt sie aber für ein universelles Merkmal aller Pflanzen. Niemand hatte je die Samen einer Farnpflanze gesehen, aber damals, als Magie noch alles erklärte, konnte das nur bedeuten, daß Farnsamen unsichtbar waren. In der Annahme, diese Eigenschaft sei übertragbar, glaubte man, daß Farnsamen unsichtbar machen können. Am Abend der Sommersonnenwende breitete man Leinentücher rings um die Pflanzen aus, um die Samen aufzufangen, denn Gelegenheiten, bei denen Unsichtbarkeit von Vorteil ist, gibt es ja zur Genüge.

Noch zu Shakespeares Zeiten prahlt Gadshill, als er im ersten Teil von *König Heinrich IV.* Hals komischen Raub vorbereitet: »Wir stehlen wie in einer Festung, schußfrei! Wir haben das Rezept vom Farnsamen: Wir gehen unsichtbar umher!« Worauf der Hausknecht der Herberge höhnisch entgegnet: »Nun, meiner Treu, ich denke, ihr habt es mehr der Nacht als dem Farnsamen zu danken, wenn ihr unsichtbar herumgeht!«

Unser Gespräch wandte sich anderen Pflanzen zu, und als Bil und ich zu dem Kiesstreifen am Fluß hinuntergingen, erzählte er mir von den Bäumen in Neuseeland. Er hatte dort Material für einen Zeitschriftenartikel gesammelt und war gerade erst zurückgekommen, den Kopf voll von seinem noch ungeschriebenen Bericht. Bil ist ein Mensch von großer Überzeugungskraft, ein guter Redner und ein noch besserer Geschichtenerzähler, und bald verschwand das Flußufer, und wir befanden uns wahrhaftig in Neuseeland. Ich setzte mich hin und hörte zu, und Bil erzählte von exotischen Bäumen und von den Menschen, denen er begegnet war; viele verehrten die Bäume als Heiligtümer, andere hatten ein kommerzielles Interesse an ihnen. Als er geendet hatte, schwiegen wir, Bil rauchte noch eine Zigarette, und wir beobachteten ein Gürtelfischerpärchen, das den Fluß im Formationsflug nach kleinen Fischen absuchte. Ihr keckernder Ruf klang, als wäre er unverzichtbarer Bestandteil ihres Synchronflugs.

Schließlich pfiffen wir die Hunde herbei und gingen zur Hütte zurück. Dort, wo das Hirschkalb gelegen hatte, machten wir halt, aber von ihm oder seiner Mutter war nichts mehr zu sehen. Das niedergedrückte Gras hatte sich wieder aufgerichtet, und selbst der Geruch mußte verflogen sein, denn die Hunde standen ruhig und müde neben uns und zeigten keinerlei Interesse.

Vor einem Jahr, als ich an einem Nachmittag im späten Frühjahr die unbefestigte Straße entlangging, die über die Wiese zu den Bienenstöcken führt, lag vor mir quer über der Straße ein helles, bräunlich gefllecktes, langgestrecktes Etwas, eine Schlangenhaut, nahm ich an. Ich finde oft Schlangenhäute, verschrumpelte Hüllen, von den Schlangen während ihres Wachstums abgestreift. Sie sind zart und zerbrechlich, vollkommene, aber leere Kopien der Schlangen, die sie einmal bewohnt haben. Ich wollte die Haut mit der Schuhspitze umdrehen, doch dann hielt ich abrupt inne, den Fuß noch in der Luft, denn die gefleckte, verschrumpelte leere Schlangenhaut bewegte sich.

Ich fuhr zurück und mußte über meine eigene Reaktion lachen. Ronald Firbank fiel mir ein, der einmal geschrieben hat, daß der Kern des Bösen das Normale sei, das unnormal wird, der Stein auf dem Gartenweg, der sich plötzlich bewegt.

Ich ging in die Hocke, um zu sehen, was für ein merkwürdiges Gebilde ich da vor mir hatte, und erkannte, daß die vermeintliche Schlangenhaut aus einer Masse madenartiger Raupen bestand, jede nur etwas über einen Zentimeter lang, unbehaart, mit glatter, cremefarbener Haut, schwarzem Kopf und braunen Streifen auf dem Rücken. In der Mitte der knapp einen halben Meter langen Kolonne waren die Raupen dicht zusammengeballt, an den Enden lichteten sich ihre Reihen. Sie bewegten sich langsam, jede einzelne von ihnen in geschmeidigem Gleichklang mit ihren Gefährten, so daß eine Wellenbewegung durch die gesamte Linie lief.

Sie schienen so stark aufeinander bezogen, daß ich mich fragte, was sie wohl allein anfangen würden. Behutsam nahm ich fünf oder sechs von ihnen auf und setzte sie ein kleines Stück von den anderen entfernt auf die Erde. Ihre zuvor so weichen, gleichmäßigen Bewegungen wurden hektisch, und sie krochen eilig wieder zu ihrer Gruppe zurück. Was für treue Gefolgsleute! Woher wußten sie, wohin sie mußten? Die Raupe an der Spitze schwenkte ihren Vorderkörper nach links und rechts, als wollte sie ihre Position bestimmen. Nur sie schien in der Lage, eine neue Richtung einzuschlagen oder zu entscheiden, daß ein Grasbüschel hier zu umgehen, eine Kurve dort zu nehmen sei. War sie eine besondere, eine Superraupe? Ich nahm sie von der Spitze weg und setzte sie auf die Seite, und sofort verfiel sie in eine ähnliche Hektik wie die anderen zuvor und reihte sich irgendwo in der Mitte wieder in die Kolonne ein, wo sie zu einem von vielen Gefolgsleuten wurde und in der Masse verschwand. An der Spitze hatte inzwischen kurzerhand die nächste Raupe Führungsaufgaben übernommen, sie bog sich hierhin und dorthin und entschied, welche Richtung die Kolonne einzuschlagen habe. Ich nahm drei Anführerraupen hintereinander von der Spitze weg, und das Ergebnis war jedesmal das gleiche: Die nächste Raupe in der Reihe wurde schlagartig vom loyalen, willenlosen Gefolgsmann zum Anführer.

Was machten diese Raupen? Waren sie auf Nahrungssuche? Und wenn ja, was für Nahrung suchten sie? Was für eine Art von Lebewesen waren sie? Da meine Bienenarbeit nicht länger warten konnte, ging ich weiter zu den Stöcken, und als ich zurückkam, waren die Raupen – sofern es welche waren – verschwunden.

Als ich später in meinen Büchern nach einer Erklärung suchte, erwies sich keines von ihnen als besonders hilfreich, ausgenommen eines von Henri Fabre, dem französischen Entomologen des neunzehnten Jahrhunderts, der eines seiner berühmten Experimente mit Prozessionsspinnerraupen *(Thaumetopoeidae)* durchgeführt hatte. Bei Fabres Raupen handelte es sich um *Thaumetopoea processionea*, »das vorbeimarschierende Trugbild«, aus dem später recht unscheinbare Falter werden.

Die Eichenprozessionsspinner sind eine europäische Art, aber ihr Verhalten ist dem meiner Raupen ähnlich, wenn auch nicht identisch. Bei der Nahrungssuche bewegen sie sich nicht als eine Masse fort, sondern im Gänsemarsch, aber auch sie berühren mit dem Kopf das Hinterende ihres Vordermannes, und die Kolonne hat jeweils nur einen einzigen Anführer. Fabre fand ihr Verhalten so schafsähnlich, daß er sich fragte, was sie tun würden, wenn es ihm irgendwie gelänge, sie führerlos zu machen. In einem genialen Experiment setzte er sie auf den Rand einer großen Schüssel von einem Meter dreißig Umfang und wartete, bis die Spitze der Prozession deren Ende erreichte, so daß die Gruppe nun keinen Anführer mehr hatte. Alle waren jetzt Gefolgsleute. Sieben Tage lang marschierten die Raupen auf dem Schüsselrand im Kreis herum. Nach einiger Zeit wurden sie langsamer, denn sie waren müde und hatten nicht fressen können, aber sie wanderten weiter, wobei sich jede Raupe unbeirrt vom Hinterende der Raupe vor ihr leiten ließ, bis sie vor Erschöpfung herunterfielen. Doch selbst Fabre fand nicht heraus, wodurch eine einzelne Raupe zum Anführer wird, sobald sie sich an der Spitze der Kolonne befindet.

Erst Monate später konnte ich im Gespräch mit Asher etwas über die Raupen erfahren. Er meinte, ich hätte wahrscheinlich die Larven irgendeiner Buschhornblattwespenart gesehen. Sie lebten gesellig, sagte er, und manche seien weißlich mit braunen Streifen. Zweifelsfrei bestimmen könne man sie nur, wenn man ihre Bauchfußpaare zähle; so genau hatte ich sie mir natürlich nicht angeschaut, dazu hatte ich zuwenig gewußt. Man bekomme sie selten zu Gesicht, sagte Asher, wahrscheinlich würde ich sie nie wieder sehen, aber wenn doch, solle ich einige mitnehmen und sie in siebzigprozentigen Alkohol legen, dann werde er mir bei der Identifizierung helfen. Er kannte Fabres Experiment ebenfalls, wußte aber auch nicht mehr über das Verhalten der Raupen.

»Solltest du irgendwann mal herausfinden«, fügte er hinzu, »was bei den Prozessionsspinnerraupen den Herdentrieb auslöst, dann klär mich bitte auf. Vielleicht ist es das gleiche, was die Menschen veranlaßt, sich in den Wochenendverkehr zu stürzen, fernzusehen oder die Republikaner zu wählen.«

Es ist wieder Frühling. Ich würde gern die Bauchfußpaare der Raupen zählen, und um meine Neugier zu befriedigen, bin ich auch bereit, ein paar von ihnen in Alkohol einzulegen, aber vor allem würde ich sie einfach gern noch einmal beobachten. Dieses Mal würde ich die Bienenarbeit sausenlassen. Ich wüßte gern, wohin die Raupen ziehen, wonach sie suchen und ob ich sie in mehrere kleine Kolonnen aufteilen könnte, die dann nebeneinander her wandern würden. Ich habe jetzt mehr Fragen als vor einem Jahr, als ich sie auf der Straße gesehen habe.

Dieses Frühjahr gehe ich oft mit gesenktem Kopf dahin und halte nach ihnen Ausschau. Man hat schon nach Edlerem gesucht – weißen Walen und Heiligen Gralen –, und die Ahabs und Percivals, die ich kenne, gehören zu meinen unterhaltsamsten Freunden, aber ich bin aus anderem Holz geschnitzt und amüsiere mich auf meine Weise. Nach den Larven der Buschhornblattwespe zu suchen, sofern es welche sind, scheint mir dieses Frühjahr nicht die schlechteste Idee.

Dank

Ein Buch dieser Art ist zwangsläufig die Schöpfung vieler Menschen, deren Leben meines berührt hat und die mich dazu gebracht haben, die Welt auf meine Weise zu sehen. Einige wenige gibt es aber doch, denen ich besonderen Dank schulde.

Linda Skrainkas Malerei und das Gespräch mit ihr haben mir geholfen, die Fragen zu formulieren, und Steve Skrainka hat mich nie vergessen lassen, daß ich Schriftstellerin bin, auch nicht, wenn ich es wollte. Linda Verigan, Mac Johnson und Steve Cox, die hochprofessionellen Lektoren, haben mich besser verstanden als ich selbst, und ohne sie hätte ich nie den Mut gefunden, mit dem Schreiben weiterzumachen. Liz Darhansoff und Bil Gilbert haben (oft gegen meinen heftigen Protest) dafür gesorgt, daß mein Buch auch gedruckt wurde. Und Brian Hubbell mit seiner lebenslangen Fähigkeit, das scheinbar Unaussprechliche zu verstehen, hat mir die Gewißheit gegeben, daß man die richtigen Worte finden kann. Marty Lightwood und Asher Treat haben das Manuskript in verschiedenen Stadien gelesen und wertvolle Vorschläge gemacht.

All diesen Menschen bin ich dankbar.

Und auch Black Edith bin ich dankbar, der sich auf die fertigen Seiten gesetzt und zugeschaut hat, wie die neuen Seiten aus der Schreibmaschine kamen. Ich halte es nämlich für einen wirkungsvollen Zauber, wenn ein schwarzer Kater auf einem Manuskript sitzt.

Die Bienenfrau

Nachwort von J. M. G. Le Clézio

Sue Hubbell, eine ausgebildete Biologin, die als Bibliothekarin arbeitet und genug hat von ihrem Dasein in der nordamerikanischen Konsumgesellschaft, beschließt eines Tages, ihr Leben zu ändern. Zusammen mit ihrem Ehemann macht sie sich, dem Beispiel des Dichters Thoreau folgend, auf die Suche nach dem idealen Ort zum Leben fern der Städte. Nach einiger Suche finden die beiden eine Farm in den Ozark Mountains, im Südosten Missouris, und da sie von Landwirtschaft und Viehzucht nichts verstehen, gründen sie eine Bienenfarm. Damit beginnt für Sue Hubbell ein Abenteuer, dessen Tragweite sie sich nicht im Traum vorstellen konnte. Die Jahreszeiten ziehen dahin, die Jahre vergehen, und Sue Hubbell, nunmehr allein – ihr Mann hat sie verlassen – und nur mit theoretischem Wissen über die Natur ausgestattet, entdeckt nach und nach das Universum, das sie sich ausgesucht hat: Auf den paar Hektar Hügelland, seit der Vertreibung der Osage-Indianer fast unbewohnt, hat das Leben seine eigenen

Gesetze und Regeln aufgestellt und gleichsam ein Netz von Abhängigkeiten zwischen allen Bewohnern gesponnen: Darin stehen Pflanzen, Insekten, Spinnen, Schlangen, Vögel, Säugetiere, ja selbst Parasiten und Bakterien miteinander in Verbindung. Der Eintritt in diese Welt ist nicht gerade einfach. Für Sue Hubbell wird damit alles anders. Denn sie, die aufgrund ihrer Erziehung und Ausbildung so viel über das Leben der Tiere zu wissen glaubte, entdeckt auf ihrem Stück Land, daß die Natur eine viel bessere Lehrmeisterin ist, weil sie auf all die Fragen niemals dieselbe Antwort gibt und weil sie das Wissen keimen und reifen läßt – wie alles, was lebendig und wahr ist.

Sue Hubbell erkennt vor allem, daß sie keiner Sache sicher sein kann, daß sie nichts wirklich besitzt. In der Abgeschiedenheit der Wildnis, in der sie ihre Imkerei aufbaut, lernt sie, wie sie selbstironisch feststellt, daß Bienen von der Honigherstellung einfach mehr verstehen als sie selbst. Ihre Farm ist kein Wirtschaftsunternehmen. Sie ist ein neues Lebenssystem, das es Sue Hubbell dank seiner achtzehn Millionen Abgesandten ermöglicht, ein ganzes Reich an Pflanzen, Bäumen und Blumen kennenzulernen. Das schiere Ausmaß dieses Reiches – an dem gemessen selbst die größten menschlichen Ansiedlungen lächerlich klein erscheinen – verändert nach und nach Sue Hubbells Gedanken- und Gefühlswelt und verleiht dem, was andere gemeinhin unter Moral, Verantwortung und Liebe verstehen, einen neuen Sinn.

Dieses Buch, entlang dem Verlauf der Jahreszeiten geschrieben, ist ein Tagebuch des Lernens. Da sind zunächst die Bienen mit ihrer schweren Arbeit: die Suche nach dem Nektar, die Belüftung der Stöcke, damit die Feuchtigkeit verdunsten kann, das Füttern der Larven und der Königin. Schwere Arbeit auch für Sue Hubbell, die ihre dreihundert Zentner Honig selbst erntet, verarbeitet und verkauft. Der Honig – ihr Lebensunterhalt – ist auch das Symbol ihres Lernens: Alles in ihrer vertrauten Wildnis ist Geheimnis. Das Geheimnis des Ausschwärmens, das Geheimnis von Sprache und Tanz der Bienen, das ihres Orientierungssinns, der Organisation des Bienenstaats, das Geheimnis der Bienenkönigin und ihres Hochzeitsflugs und vor allem das Geheimnis der Chemie, die den Nektar der Blumen in Honig verwandelt. Die Bienen machen Sue Hubbell zu dem, was sie ist – sie sind es, die mit ihrer Kraft und Harmonie die menschliche Gesellschaft ersetzen, aus der Sue Hubbell geflohen ist. Es ist kein abstraktes Wissen, das sie im Verlauf der Jahreszeiten sammelt: Es ist ein Zauber, eine fast übernatürliche Fähigkeit, die sie zur Bienenfrau macht, wie die Leute in den Ozark Mountains sie nennen.

Dank der Bienen hat diese alleinstehende Frau ihren Platz in den Bergen gefunden. Und dank der Bienen vermag sie den Zauber wahrzunehmen, der alle Elemente dieses Stückes Erde zusammenhält. Sue Hubbell führt uns durch die Jahreszeiten und läßt uns mit ihr staunen. Da sind die Rufe der Laubfrösche, da ist die Invasion der Wasserpfeifer (vor denen sich ein Pharao mit schwachen Nerven, glaubt man der Bibel, so sehr geekelt hat!). Da sind die Schlangen, die Wassermokassins und Kupferköpfe, von denen Sue Hubbell lernt, ehrfürchtig zu sein (denn ein so kleines Tier kann einen großen Hund sehr krank machen). Da sind die Spinnen, scheue häusliche Mitbewohner wie etwa die Braune Spinne (über die in der Stadt wahre Schauergeschichten kursieren). Da gibt es die Goldwespenspinnen, »scheu, glänzend und elegant«, denen sich Sue Hubbell so nah fühlt:

»Wir beide leben von den Bienen. Bei mir gestaltet sich das allerdings ungleich komplizierter. Ich hätschle die Bienen das ganze Jahr über, nehme den überschüssigen Honig weg, verarbeite ihn, fülle ihn ab und bringe ihn mit dem Laster nach New York, wo ich ihn an Bloomingdale's verkaufe. Vom Erlös kaufe ich dann alles, was ich so brauche. Die Spinne dagegen frißt die Bienen einfach nur.« Da sind die Grasmilben, die beim Menschen eine heftige Kratzreaktion auslösen, für den Biologen Krantz ein Beispiel für »schlechte Anpassung an den Wirt«. Die zweihundertfünfzig Millionen Jahre alten »Schaben sind möglicherweise die erfolgreichste komplexe Lebensform, die es je auf der Erde gegeben hat«.

Jede Spezies hat ihren Platz im harmonischen Gleichgewicht dieses Stückchens Erde, jede Lebensform hat uns etwas zu sagen und antwortet auf die unzähligen Fragen, die das Leben stellt. Sue Hubbells wunderbares Buch ist eine Folge von Parabeln und Legenden, von denen eine der erstaunlichsten sicher jene von den Parasiten ist, die ihre Eier in die Hörorgane von Nachtfaltern legen. Würden diese winzigen Tiere das in beiden Ohren des Falters tun, könnte er, taub geworden, die Ultraschallrufe der Fledermaus *Myotis lucifugus*, deren bevorzugte Beute er ist, nicht mehr wahrnehmen. Doch um keine Überlebenschance zu verschenken, legt die Milbe, die als erste zum Ohr des Falters wandert, eine Fährte, der ihre Artgenossen folgen, so daß das andere Ohr frei bleibt. So viel Intelligenz – und so viel Höflichkeit, wie Sue Hubbell humorvoll sagt – bei einem derart kleinen Lebewesen hat etwas Schwindelerregendes.

Sue Hubbells Bericht ist von Anfang bis Ende wunderbar. Ihr Wissen, ihr eleganter Stil und ihre Ironie machen die einfache Lektion, die sie uns erteilt, vollkommen verständlich – nicht durch große Ideen, nicht durch große Worte, sondern indem sie uns alle Formen des Lebens, die sie umgeben, zeigt: die zahllosen Vögel – Indigofinken, Kardinale, Hüttensänger, Meisen, Kleiber und manchmal auch eine verirrte Kamtschatkamöwe. Die Zugvögel werfen die Frage auf, woran sie sich orientieren – möglicherweise am Schall von Gebirgen und Meeren. Wenn solche Fragen unbeantwortet bleiben, so deshalb, weil sie einer anderen Dimension angehören, weil sie das menschliche Vorstellungsvermögen übersteigen. Weil wir in einer Welt leben, die seltsamer ist, »als wir überhaupt denken *können*«.

Sue Hubbells Welt macht uns schwindlig: die tausend Augen um sie herum, die sie nicht weniger aufmerksam beobachten als umgekehrt; die »Millionen kleiner Wesen unter der Erde«, die sich als die eigentlichen Besitzer ihres Landes erweisen. Sue Hubbell setzt den Weg fort, den die großen Insektenforscher des neunzehnten und zwanzigsten Jahrhunderts – Fabre, Maeterlinck und Reverend MacCook – eingeschlagen haben. Doch sie ergänzt Wissen und Beobachtung durch eine menschliche Qualität, die über die Wissenschaft hinausgeht und diese, so könnte man sagen, transzendiert. Sue Hubbell ist mit all ihren Ängsten und Wünschen Teil der lebendigen, vibrierenden Welt, die sie umgibt. Jeder Augenblick des Lebens hier betrifft sie, berührt Erinnerung, Schmerz und Leidenschaft, ob sie nun dem Chor der Frösche lauscht, den Hochzeitsflug der Bienenkönigin beobachtet oder die Angst der Hirschkuh ahnt, deren Junges ihre Hunde aufgespürt haben – all das weckt in ihr die verlorene Liebe und den Mutterinstinkt von einst, das »überwältigende Gefühl«, das sie zur Bärenmutter machte.

Wo haben »wir älteren Frauen unseren Platz im sozialen Gefüge, nachdem das Nestbauen seinen Reiz verloren hat?« fragt Sue Hubbell. Doch ihr Buch selbst ist Antwort auf diese Frage, auf die zahllosen Fragen des Lebens.

Ich habe oft von einem allumfassenden Buch geträumt, in dem es Vögel geben würde und Insekten, die durch das Morgenlicht fliegen, Tautropfen, die in Spinnweben hängen, und einen Himmel, der sich mit den Jahreszeiten wandelt, von einem Buch, das vom Geruch des Regens und dem Geräusch des Windes erzählen würde, von den Rufen der Tiere, einem Buch, in dem man die Hitze der Sonne spüren würde, die leichte Berührung der Pflanzen, einem Buch über die sichtbaren und unsichtbaren Geheimnisse der Welt, ja sogar über so ausgefallene, beruhigende Dinge wie das Rezept eines Persimonen-Hickorynuß-Kuchens (auf Seite 161). Ein Buch, das mir das gleiche Glück bescheren würde wie damals, als ich am Meer saß und im Schatten der Olivenbäume (heute stehen dort Hochhäuser) Vergil las. Ein Buch also, das Poesie atmet, das seine eigene, vertraute Sprache hat. Sue Hubbells Buch scheint mir genau so eines zu sein.

Weitere Bücher aus dem
SchirmerGraf Verlag

Sybille Bedford
Treibsand

Erinnerungen einer Europäerin. Aus dem Englischen von Matthias Fienbork. 376 Seiten. Leinen mit Schutzumschlag und Lesebändchen

Die Erinnerungen der Kosmopolitin, die Literatur, Reisen und gutes Essen fast so sehr schätzte wie ihre Freundschaften mit den europäischen Künstlern und Dichtern ihrer Zeit, sind eine Fundgrube für all jene Leser, die sich den Reichtum und die Dramatik des 20. Jahrhunderts anhand einer außergewöhnlichen Lebensgeschichte vor Augen führen möchten.

Es sind die tatsächlichen Orte, die authentischen Namen, die wahren Begebenheiten, die diese Erinnerungen zu einem kostbaren Zeitdokument einer der letzten großen europäischen Femmes de lettres machen. Erinnerungen, die von Sybille Bedfords Kindheit auf einem badischen Schloß ins Berlin der zwanziger Jahre führen, nach Rom und an die Côte d'Azur, wo sie mit der exilierten europäischen Intelligenzija das Leben einer Bohemienne führte, bis nach New York und ins London der Nachkriegszeit.

»Sybille Bedford … beschwört die Welt von gestern in ihrer eigenwillig-impressionistischen, überaus suggestiven Prosa, ohne der Nostalgie zu verfallen … Eine der großen Schriftstellerinnen des 20. Jahrhunderts.« *Gina Thomas in ihrem Nachruf in der Frankfurter Allgemeinen Zeitung*

Sybille Bedford

Zu Besuch bei Don Otavio

Eine mexikanische Reise. Mit einem Vorwort von Bruce Chatwin. Aus dem Englischen von Christian Spiel. 384 Seiten. Leinen mit Schutzumschlag und Lesebändchen

»1953 debütierte Sybille Bedford mit ihrem aufsehenerregenden literarischen Reisebuch über Mexiko. ›Ich hatte ein großes Bedürfnis nach einer Ortsveränderung‹, erklärt sie, die ewig Reisende, auf den ersten Seiten. Das Ergebnis ist diese brillante und komische Geschichte zweier Frauen in einem widerspenstigen Land.« Brenda Wineapple, *The New Criterion*

Zusammen mit einer Freundin und nicht viel mehr Gepäck als einem Lunchkorb, gefüllt mit Brathuhn und Kirschtomaten, macht Sybille Bedford sich von der New Yorker Grand Central Station auf in Richtung Süden. Ohne geplante Reiseroute, aber auch ohne Vorurteile – dafür mit hellwachen Sinnen. Was sie sehen, hören und schmecken, wen sie treffen und was sie Aufregendes erleben in diesem schönen, rauhen Land, erzählt Sybille Bedford mit der für sie typischen Frische und mit feinem Humor. Und schließlich, als die beiden vor Insekten wimmelnde Hotelzimmer und abenteuerliche Busfahrten mit Truthähnen und Schweinen überstanden haben und auf der idyllisch gelegenen Hazienda vom Freund eines Freundes landen – dem charmanten und gastfreundlichen Don Otavio –, finden sie ihr Paradies auf Erden.

»Ein Buch zum Immer-Wieder-Lesen.« *Bruce Chatwin*